중원의 바람

−장군 김윤후

중원의 바람
-장군 김윤후

최희영 장편소설

도화

요동 벌 북쪽에서 먼지가 날아오르고, 일단의 기마 군사들이 초원을 가로질러 남하하고 있었다. 말발굽 소리에 놀란 새들이 날고 들짐승들이 날뛰었다.

계축년(1253년) 칠월 갑신일, 기마병을 앞세운 삼만여 명 몽골군이 압록강을 건너 단숨에 고려 국경을 들이쳤다. 국경은 허술했다. 수비대는 자취를 감췄고, 백성들은 뿔뿔이 산야로 흩어졌다. 국경 마을은 불길에 휩싸인 채 피비린내가 촘촘히 박혔다.

국경에서 봉홧불이 솟아올랐다. 낮에는 연기로 밤에는 횃불이 남쪽으로 향했다. 봉화가 서경에 도착할 때 몽골군은 패수(청천강) 북쪽에 군영을 꾸리기 시작했다. 봉수군은 봉수대를 내려와 깊은 산골짜기로 숨어들었다. 서경에서 개경은 지척이었다.

몽골군이 대동강에 이르자 송악산 봉수대에 봉홧불이 솟아올랐다. 개경 궁궐은 텅 비어, 강도(강화 도성)로 따라가지 못한 백성들은 임금을 원망하며 꺼이꺼이 울부짖었다.

"폐하, 어디로 가시옵니까?"

백성들의 울음은 애달파 조강阻江으로 곤두박질쳤다.

"폐하, 폐하, 폐하……!"

그러나 남풍은 남루해 오뉴월 북풍조차 막지 못해 고려는 위태 위태했다.

차례

◆
◆

프롤로그

에필로그

일러두기

감사의 말

작가의 말

1부·유학사

1

멧부리에서 저녁노을이 주저앉자, 능선과 능선은 끊어진 사슬처럼 출렁거리며 세상과 인연을 놓으려는 듯했다. 골짜기에 바람이 불었다. 바람은 들어와서 머무르고 나가서 흩어졌다. 골짜기마다 물이 흘러 마른 땅을 적셔 버려진 산사를 적막에서 깨웠다.

후드득, 일주문 건너편 숲속에서 멧비둘기가 날아올랐다.

"나무아미타불 관세음보살······."

염불 소리가 뚝 끊어졌다. 축축한 밤공기가 흩어졌다. 유학사 법당 앞에 미륵불이 그림자를 거둬들인 석탑에 기댄 채, 멧부리에서 가라앉는 저녁노을을 바라보며 빙긋이 웃었다.

'외대골 숯장이들인가······?'

그들은 이내가 걷히기 전에 마을로 내려갔다. 여태 산속에서 어슬렁거릴 사람들이 아니었다.

'산짐승이 내려왔나······?'

서늘한 기운이 일주문 바깥에서 스멀거렸다. 법당 향연香煙이 출렁거렸다. 온종일 숯장이들의 괭이로 땅 파는 소리를 들어서였을까, 오늘따라 신경이 예민했다. 김윤후는 염불을 멈추고 책상다리를 고쳐 앉았다. 숨을 가슴 들이쉬고 단전으로 기氣를 끌어모았다. 온몸 구석구석 뜨거운 기운이 퍼지기 시작했다. 귀양 온 지 4년이 지나도록 이처럼 모골이 송연한 적은 없었다. 하긴, 지난겨울 시백이 유학사를 다녀간 뒤부터 신경이 날카로워져도 이처럼 조바심 나지 않았다.

댕그랑~!

풍경 소리가 바람 잔해에 실려 갔다. 수상한 기운이 멈칫거렸다. 김윤후는 머리카락이 쭈뼛거렸다. 검까지 거리를 가늠했다. 다섯 보…… 두 번은 굴러야 닿을 것 같았다.

"나으리……."

"……?"

익숙한 목소리였다. 김윤후는 일주문에서 들려오는 낮은 목소리에 집중했다.

"금대구먼유."

외대골 부곡마을 젊은 대장장이였다.

"아니, 이 사람아……, 이 밤에 절까지 찾아오다니?"

김윤후는 책상다리를 고쳐 앉았다.

그러면 그렇지……! 일주문으로 들어서는 금대 발걸음 소리가 법당 마룻바닥을 들썩였다. 쓸데없는 기우였다. 김윤후는 법당문을 열어젖히고 고개를 내밀었다. 일주문에 선 금대가 유학사 경내를 기웃거리고 있었다.

"밤이 이슥한데 무슨 일이냐?"

얼마 전, 장마가 끝날 무렵이었다. 부곡마을에 괴질이 돌아 밤 늦게 들른 뒤로 처음이었다.

"별일 없었지유?"

"이놈아, 별일이라니…… 저녁나절에 바위산 훈련장에서 보지 않았더냐!"

"나으리, 저녁나절이라뇨?"

금대가 고개를 연신 갸웃거렸다. 그러고 보니 사나흘 전이었다. 참선에만 매달려 세상일에 아둔했던 게 괜히 미안했다.

"그래, 무슨 일이냐?

"저~, 나으리, 그게 그러니께유……."

금대가 목구멍으로 말을 욱여넣더니 주위를 두리번거렸다.

"무슨 일인지 말해 보아라. 밤이 이슥한데 절까지 찾아온 것이 마을에 급한 일이 생긴 모양이구나?"

김윤후는 부곡마을에 다급한 일이 생긴 것 같아, 바랑을 꾸리려고 법당 구석으로 눈길을 돌렸다. 누런 봉지들이 빼곡히 매달려있었다. 이태 전부터, 관병들의 눈을 피해 이 산 저 산에서 채취해 두었던 약초들이었다.

"나으리, 그게 아니구유……."

금대가 주억거렸다.

"그게 아니라니……, 이웃끼리 멱살잡이라도 했더냐?"

광산에서 채취한 석철괴를 선광할 때에 가끔 다툼을 벌이는데, 질 좋은 시우쇠를 얻으려는 대장장이들의 욕심 때문이었다.

"아녀유. 나으리."

관병들이 번番을 교대한 지 두어 시진 지났다. 지금쯤 취침 준비로 어수선할 터, 김윤후가 관병 허락 없이 유학사에서 벗어날 수 없다는 것을 금대가 모를 리 없었다.

"관병들은 무얼 하던가?"

김윤후는 요사채를 흘끔거렸다.

"걱정 마셔유. 나으리."

요사채를 턱으로 가리키며 금대가 눈을 찡긋했다. 사실, 유배지 감시라기보다는 쉬러 오는 곳이었다. 쓸데없는 수고였다. 할 일 없으면 훈련이나 하든지 온종일 빈둥거리며 음식이나 축내고 돌아갔다. 김윤후도 눈을 찡긋했다.

하긴, 근래에 들어 관아 감시가 소홀했다. 김윤후의 귀양살이가 길어지니 충주 부사 김익태 관심에서 멀어졌던지, 아니면 쓸모없는 짓거리라 여겨졌던지 번을 서는 관병은 느지막이 유학사로 올라와 법당 몇 번 기웃거리고, 날도 채 저물기 전에 번을 교대했다.

"걱정 안 하셔도 돼유."

금대가 어깨를 으쓱했다.

"그런가……?"

무슨 꿍꿍이라도 있는지 우쭐거리는 금대 추임새에 김윤후는 슬며시 웃음이 나왔다.

"곡주를 두어 됫박이나 처먹었으니 녹초가 되었을 거구먼유."

금대가 작은 눈을 깜빡거리며 히죽거렸다. 아무리 유배지 감시하는 관아 병사들이라도 뱃심 좋은 그의 넉살에 넘어가지 않고 못 배겼을 것이다. 김윤후는 나오는 너털웃음을 꾹 참았다.

"허어~, 사람하고는…….."

그러나 어쭙잖은 병사라도 관아에서 차출한 병사들이다. 김윤후는 신경 쓰일 수밖에 없었다.

"그래, 이왕 왔으니 저놈들이 곡주에서 깨어나기 전에 무슨 일인지 들어보기나 하자꾸나."

금대 넉살에 혀를 내둘렀다. 김윤후는 약재가 든 바랑을 내려놓고, 법당 문턱에 걸터앉았다.

"해거름에 낯선 사람이 소인 마을에 들러 나리를 찾길래, 수상한 행색이 신경 쓰여 모른다고 잡아뗐디……. 찾아온 사람은 없었남유?"

금대가 김윤후를 빤히 바라보았다.

"나를 찾았다고?"

"야, 나으리…….."

김윤후는 기억을 더듬었다. 일상이 단순해 기억이랄 것도 없었다. 법당을 흘끔거리는 관병 외에는 딱히 들른 사람은 없었다. 지난겨울에 시백이 다녀간 이후, 아무리 기억을 되살려도 유학사를 찾은 사람은 없었다. 게다가 떠나기 전날 밤 시백에게 저녁상까지 차려주었으니 금대가 기억 못 할 리도 없었다. 게다가 유배지 죄인을 만나려면 죽음을 각오해야 한다. 뱃심 좋은 사람이라도 쉬이 들릴 수 없을 것이다.

'누굴까……?'

어명을 받은 관료라면 관아에 먼저 들러 충주 부사의 지원을 받았을 터인데, 굳이 부곡마을까지 들러 대장장이에게 물어볼 만큼 허술한 사람을 유배지로 보내지 않았을 터…….

"그 참……!"

김윤후는 아무리 생각해도 관병들 외에는 딱히 집히는 사람이 없었다.

"없었네만……."

금대가 연신 고개를 주억거렸다.

"지나가던 나그네의 말을 자네가 잘못 들었을지도 모르지 않는가, 너무 신경 쓰지 말게나……."

일주문 건너편 숲속에서 퍼덕거리던 멧비둘기가 신경이 쓰였지만, 김윤후는 바람이 남긴 흔적이라 생각했다. 지나가다가 이유 없이 버려진 산사에 유배된 죄인을 찾을 만큼 어리석은 사람은 없을 것이다.

"잘못 들었을 게야."

김윤후는 찜찜한 생각이 온몸에서 스멀거렸지만, 아무렇지 않은 척 너스레를 떨었다.

"분명히 나리를 찾았는데유?"

나그네의 예리한 눈빛은 분명 예사롭지 않았다. 걸음걸이도 날 렸다. 금대는 혹시 하는 생각에 일주문을 유심히 살폈다. 그러나 나그네 흔적은커녕 개울물 소리조차 숨죽이며 흘렀다.

"이 사람아, 아무도 들르지 않았다네. 게다가 밤도 이슥하지 않은가, 허튼소리 그만하고 어서 할 말이나 하게."

김윤후는 얼굴까지 들이밀며 금대를 다그쳤다.

"그래, 무슨 일인가?"

"예, 나으리."

금대는 그때야 정신이 들었든지 정색했다.

"저, 나으리, 그게 그러니까……. 아무리 비적이라도 목검이나 쇠스랑으로 물리치기는 어렵지 않겠남유."

금대가 눈을 반짝거렸다.

"……그건, 그랬네만!"

김윤후는 금대 뒷말을 금방 알아차렸지만, 시침을 뚝 뗐다.

"외대골 청년들과 의논했는디유…… 그러니께…… 그게, 음……. 나으리, 소인들도 진검眞劍으로 검술 훈련을 하고 싶은

디……?"

김윤후를 빤히 보던 금대가 말꼬리를 목구멍으로 욱여넣었다.

"진검으로 훈련하고 싶다니…… 그게 무슨 말이냐?"

대장장이가 원한다고 할 수 있는 게 아니었다. 하지만 금대 얼굴에 간절함이 번질거렸다. 이태마다 쳐들어오는 몽골군이 아니더라도, 흉흉한 세상을 틈탄 비적들이 쇠둑부리(야철로)가 즐비한 외대골에 들이쳐, 애써 지은 곡식을 약탈하고 여자들과 어린아이들을 붙잡아 가는 것을 두고만 볼 수 없었을 것이다. 검술도 익힌 데다 혈기 충천한 남정네라도 진검으로 달려드는 비적들을 목검으로 상대하려니 역부족이었을 것이다. 아직은 허술해도 대장장이들이 검술은 물론 진법까지 익혔으니, 마을을 지키고 싶었을 것이다.

"나으리, 진검 만드는 방법만 알려주시면 소인들이 짬을 내서 만들어 보려는디유……?"

금대가 말꼬리를 삼키며 김윤후를 흘끔거렸다.

"그래서?"

김윤후가 얼굴을 들이밀었다. 금대 눈빛이 반짝거렸다. 스무 살 갓 넘은 젊은 혈기에 검술까지 익혔으니, 비적이든 오랑캐든 싸울 용기가 생겼을 것이다. 그 용기란 게 굳이 나라를 위한 것이 아닐지라도 다짐만은 다부졌다. 하지만 큰일 날 일이었다. 유학사를 감시하는 관병이 아니더라도 누군가 고변하면 대장장이들은 물론,

김윤후도 역적으로 몰려 죽음을 면치 못할 것이다.

"진검을 만들 수 있을 것 같은디……."

금대가 뒤통수를 긁적거렸다.

대장장이에게 검술 가르친 지 4년이 지났다. 목검으로 익힌 검술이니만큼 진검으로 수련하고 싶었을 것이다. 나쁘지 않은 생각이었다. 솔직히 제 몸이나 건사하라고 검술을 가르치기 시작했다. 이제는 검술 솜씨도 만만찮았다. 그러나 이들에게 진검으로 훈련시키려면 목숨까지 담보해야 한다. 여태 살려둔 것도 배알이 뒤틀릴 터인데, 강도江都에 알려지면 당장 반역죄로 옭아맬 것이다. 죽는 것은 두렵지 않았다. 하지만 대장장이들이 위험할 수 있어, 김윤후는 선뜻 마음이 내키지 않았다.

"음…… 근데, 진검을 만들 수 있겠느냐?"

금대 속내를 떠보았다. 대장장이 일상이 쇠 다루는 일인데, 진검 만드는 것쯤이야 식은 죽 먹기 보다 쉬울 것이다. 당장 몽골군이 국경을 넘어 쳐들어오는 것도 아니었고, 충주부 인근에 비적 출몰이 잦은 것도 아닌데, 진검 제작을 충주 관아에서 허락할 리 없었다.

"나으리께서 알려주시면 만들 수 있을 거구먼유!"

머리를 조아리는 금대 의지가 단단해 보였다. 김윤후가 알려주더라도 충주 부사 김익태가 가만두지 않을 것이다. 그러잖아도 백성들의 재물을 약탈해 문제가 발생하자, 부사 김익태가 아전들을 시켜 입막음한다는 소문이 충주 성내는 물론 부곡마을까지 파다했다.

일주문 건너 숲속에서 바람 잔해가 축축하게 흩어지고 수상한 기운이 다시 움찔거렸다.

"금대야!"

김윤후는 수상한 기운을 뒤쫓으며 요사채를 턱으로 가리켰다.

"벌써 술이 깼을 리 없을 텐디유……."

금대가 어슬렁거리며 요사채로 갔다. 코 고는 소리가 요란했다.

"아이고, 이놈들……."

금대가 혀를 끌끌 찼다. 병사들 꼬락서니가 가관이었다. 배때기를 내민 놈, 옷고름을 풀어 헤친 놈, 바지춤을 궁둥이에 걸친 놈, 제멋대로였다. 곡주 두어 사발에 정신 줄을 놓다니 어처구니가 없었다. 비적들이 들이치면 맞서보지도 못하고 제대로 당할 것이다. 이러고도 녹봉을 받아 처먹다니, 울화통이 치밀어 널브러진 관병들의 궁둥이를 발길로 툭툭 걷어 찬 뒤 법당으로 돌아왔다.

"그래, 어떻게 하고 있던가?"

김윤후가 금대를 다그쳤다.

"술이 깨려면 아직 멀었는디유!"

요사채에서 돌아온 금대가 눈을 끔뻑거렸다.

"그런가……."

김윤후는 더는 말하지 않았다. 사실 관병보다 숲속으로 움직이는 수상한 기운이 더 신경 쓰였다.

"나으리, 저 치들은 내일 아침에나 깰 꺼구먼유."

김윤후의 표정을 살피던 금대 말은 천연덕스러웠다.

"알았네."

김윤후는 더는 말하지 않았다. 먹이 찾으려고 산사에 내려온 짐승일지 모르는데, 괜한 기우로 금대를 신경 쓰게 할 필요가 없었다.

'나그네라······.'

서늘한 기운이 여전히 숲속에서 얼쩡거렸다. 금대가 만났다던 그 나그네가 어쩌면 시백이 보낸 사람은 아닐 것이다. 강도에서 다급한 일이 일어났으면 시백은 직접 유학사에 들렀을 것이다.

2

"나으리……?"

골똘하게 생각에 잠긴 김윤후 보는 게 답답했던지, 금대가 작은 눈을 깜빡거리며 입을 열었다.

"어, 그래 금대야. 말해 보거라."

"진검 말인데요."

김윤후는 그때야 정신이 번쩍 들었다. 수상한 나그네를 생각하느라 눈앞에서 고개를 쳐든 금대를 잊고 있었다.

"어, 그래, 진검 이야기 마저 해야지……."

하긴, 진검 제작은 어렵지 않았다. 바위산에서 채취한 석철괴를 잘 선별해 제련하면 질 좋은 시우쇠는 어렵지 않게 얻을 수 있을 것이다. 그리고 낫 벼리듯이 모루에 시우쇠를 놓고 망치로 두들기면 검이든 창이든 대장장이가 못 만들 무기는 없었다. 게다가 비적들과 맞설 검이라면 몽골군의 외날 검처럼 단단한 강철 검이 아니어도 문제 될 게 없었다. 진검이라도 담금질을 제외하면 농기구나 다를바 없어 버리기 전에는 무기에 정통한 아전들도 검인지 낫인지 쉽게 구분하기 어려웠다.

"나으리, 소인들이 만들어도 될까유?"

김윤후는 대답할 수 없었다. 대장장이들이 관아에 고변하는 일은 없을 것이다. 그리고 외대골 부곡마을에 들락거리는 충주 관아 아전들이 문제지만, 부엌칼이나 괭이 두어 자루 쥐여주면 눈감을 터, 딱히 걱정할 필요가 없었다. 게다가 대장장이들을 의심할 만큼 충주 부사 김익태는 영민하지 않았다. 그렇다고 대장장이들이 진검을 만들어 역적모의하거나 반란을 도모할 만큼 거칠지도 않았고, 공납 의무에 소홀하지도 않을 것이다. 그저 부곡마을을 약탈하려는 비적으로부터 식솔을 지키려는 소박한 마음일 것이다.

"만들 수 있겠느냐?"

"예, 나으리, 검 형상만 소인에게 알려주시면 만들 수 있을 거구먼유."

유학사로 들를 때부터 마음을 먹은 듯 금대는 망설임이 없었다.

"그래……."

김윤후는 생각에 잠겼다. 형상을 잡으려면, 검 폭과 슴베 길이를 알려주면 될 터이고, 쇠둑부리에 참숯 네댓 개 더 넣고 풀무 발판을 열심히 밟으면 질 좋은 시우쇠를 얻을 수 있어 문제 될 게 없었다. 하긴 시우쇠가 단단할수록 농기구와 달라 검날 벼리기 쉽지 않았다. 하지만 낫 벼릴 때보다 쉰 배 더 망치로 매질하고 식히면 철갑옷도 뚫을 수 있는 훌륭한 검을 만들 수 있을 것이다.

"쉽지 않을 터인데……?"

쇠 다루는 솜씨가 뛰어나도 식칼이나 낫과 비교할 수 없을 것 같아 김윤후가 한 말이었다.

"그렇쥬, 소인도 알구먼유."

자존심이 상했던지 금대 주둥이가 불쑥 튀어나왔다. 비적을 물리쳐 가족을 보호하려는 대장장이 마음을 모르는바 아니었지만, 김윤후는 목숨 거는 일이어서 쉽게 결정할 수 없었다.

"예, 나리께서 형상과 제작법을 알려주시면 소인들이 열심히 맹글어 보려구유."

입술을 깨무는 금대 얼굴에 자신감이 번뜩였다.

"알았네."

김윤후는 마음을 정했다.

"그리구 나으리 ……."

"그래, 이번에는 또 뭔가?"

김윤후는 금대를 다그쳤다. 뭔가 할 말이 있는 것 같았다.

"저어, 그게 그러니께……. 마을 어르신들에게 들은 말인디유……."

금대가 뒤통수를 긁적거렸다.

"아이구, 이 사람아, 뜸 들이지 말고 어서 말하게, 숨넘어가겠네."

금대를 채근하려는데, 서늘한 기운이 다시 울타리를 타고 넘었다. 누군가 엿보고 있었다. 김윤후는 긴장을 늦추지 않았다.

"영소월광검이라던가…… 뭔가 하는 보검이 있다던디……?"

금대의 작은 눈이 반짝거렸다.

"그런데?"

김윤후는 금대 눈을 들여다보았다. 구름 한 점 없는 파란 하늘처럼 깨끗했다.

"그라고, 그 보검만 있으면 몽골 오랑캐도 꼼짝 못 하고 요동 벌판으로 달아난다고 하던디……!"

금대가 말꼬리를 목구멍으로 욱여넣었다.

"마을 어르신들에게 들었다고?"

"야……."

김윤후는 선뜻 대답할 수 없었다. 그러니까 이십여 년 전, 조계산 수선사에 수원승(수행승려 무리, 재가 승려, 또는 무승武僧)으로 있을 때, 진각국사 혜심 스승님의 말씀이 언뜻 떠올랐다.

영소월광검影掃月光劍은 불심으로 만든 보검이라 몽골군은 물론 국경을 넘는 오랑캐를 능히 물리칠 수 있다던 전설 같은 이야기였다. 하지만, 팔만대장경으로도 물리치지 못하는 몽골 오랑캐를 이미 고려에서 사라진 영소월광검 따위가 나타난다고 흉포한 몽골 오랑캐가 스스로 물러갈 리 없었다. 그저, 전쟁에 시달리는 백성들이 지어낸 소망에 불과할 것이다.

"글쎄다……."

영소월광검이 나타나면 나라가 제대로 돌아가려나……. 김윤후도 금대 바람과 다르지 않았다.

"……?"

금대의 짧은 대답은 단단했다. 김윤후는 혜심 스승님이 오래전 말씀을 더듬었다. 영소월광검은 고려 어느 사찰에 있는데, 행방을 아는 사람이 없다고 했다. 신라와 후백제를 무너뜨리고, 태조대왕이 고려를 건국할 때 세상에 잠시 나타났다가 사라진 뒤로 수백 년 동안 한 번도 세상에 나타나지 않았다고 했다. 국난이 닥치면 세상에 나타날 거라며 조계산 멧부리에 걸린 저녁노을을 바라보며 한숨을 내쉬던 혜심 스승님의 처연한 모습이 떠올랐다. 백성들이 얼마나 전쟁에 시달렸으면 대장장이들조차 영소월광검이 나타나기를 기다릴까. 김윤후는 어처구니없는 현실이 안타까웠다.

"소문에 불과할 것이야, 보검 한 쌍이 고려에 출현한다고 몽골 오랑캐가 고려 땅에 쳐들어오지 않겠느냐, 다 헛소문일 거야……."

백성들이 죽거나 말거나 내팽개치고 저들만 살겠다고 개경을 버리고 강도로 달아난 임금과 관료 대신들에게 백성들은 안중에도 없을 것이다. 유학사 앞마당에 가부좌를 튼 채 시종일관 웃는 미륵불도, 법당에서 젊잖게 턱을 바친 석가여래도 허허롭기는 마찬가지였다.

"그렇겠쥬……?"

금대 생각도 다르지 않았다. 아무리 불심으로 만든 보검이라도 쇳덩이에 불과한 영소월광검이 고려에 나타난다고 몽골 오랑캐가 제 발로 물러가지 않을 것이다. 틀린 말이 아니었다.

"금대가 그 보검을 만들면 되겠구나."

김윤후는 금대의 진지한 표정이 안타까워 짐짓 농담을 던졌다. 스무 살짜리 대장장이 쇠 다루는 솜씨가 아무리 뛰어나더라도 영소월광검 같은 보검을 만들 수 없을 것이다. 게다가 영소월광검은 쌍검으로 영소검과 월광검이 함께 있어야 힘을 발휘한다며, 수선사 대법당에 제자들을 모아놓고 에둘러 말씀하시던 혜심 스승님의 얼굴이 떠올랐다.

"몽골군이 국경을 쳐들어왔다는데 소문은 들었느냐?"

수선사 법당문에 선 혜심 스승님은 조계산에 떨어지는 저녁노을처럼 중얼거렸다.

"예, 스승님. 몽골군이 서경을 들이쳤다는 소문은 들었습니다."

만우(김윤후의 법명)는 머리를 조아렸다. 아무리 강한 몽골군이라도 고려 국토 남단의 조계산 수선사까지 쳐들어올 리 없었다. 설혹 쳐들어오더라도 걱정할 필요가 없었다. 삼백여 명의 수원승들이 계곡 입구를 틀어막으면 몽골군 수만 명이 들이치더라도 충분히 방어할 수 있었다. 오랑캐 침입을 걱정하는 혜심 스승님의 마음을 알 수 없었다.

"백성들이 또 힘들겠구나……."

꺼져가는 모닥불처럼 혜심 스승님의 목소리는 힘겨워 보였다.

"월광검 소재라도 알면 백성들이 희망이라도 가질 터인데……."

혜심 스승님의 목소리는 바람 속으로 흩어지고 있었다.

만전(교정별감 최항의 법명)이 피식 웃었다. 만우와 같은 생각이었을 것이다. 그러나 혜심 스승님은 꾸지람은커녕 들은 척도 하지 않았다.

"스승님, 영소월광검을 찾으면 되지 않을까요?"

만우는 머리를 조아렸다.

"그게 쉽지 않구나?"

저녁노을이 내려앉은 조계산 수선사는 어둠에 갇혔다.

김윤후는 법당 구석에 새워놓은 영소검을 흘끔거렸다.

'월광검이 나타나기는 하려나……?'

어느 곳 어느 사찰에 있는지조차 알 수 없는데 갑자기 월광검이 나타날 리가 없었다. 김윤후는 그 보검이 나타나게 해달라고 매일 아침 부처님에게 불공을 올렸다. 그러나 백성들의 안위는커녕 귀양살이에 지친 마음조차 다스릴 수 없었다.

"지가요?"

금대는 영소월광검의 푸른 광채가 눈앞에서 번쩍거리는 듯했다.

"그럼, 자네가 만들어야지……."

유학사 오층 석탑에 보름달이 얼쩡거렸다. 달빛을 쫓아 고개를 들었다. 고사리봉 멧부리에 걸린 푸른 달빛을 향해 두 손을 번쩍 들어 올렸다. 금대는 가슴이 두근거렸다.

"아니, 이 사람아 농이네, 농담이라고. 그건 그렇고…… 그러니까. 진검을 만들 수 있겠느냐?"

김윤후는 금대에게 허튼 희망을 준 것 같아 금방 후회했다.

"예, 나으리, 영소월광검이 눈앞에 보여유……!"

"아니, 이 사람아, 정신 차리게."

김윤후가 허우적거리는 금대를 나무랐다.

"나으리, 잠깐만유……."

금대는 어디선가 들리는 목소리를 쫓아 지그시 눈을 감았다.

"금대야, 네 마음을 들여다보아라. 너의 마음을 따라가면 보검을 만들 수 있느니라……."

유학사 3층 석탑이 푸르게 빛났다. 금대는 황홀한 빛에 정신이 아뜩했다. 검신劍身에 쓰인 명문이 달빛 속으로 홀연히 나타났다가 사라졌다. 영소월광검의 웅장한 자태. 숨이 멎을 것 같았다.

"이 사람, 금대야, 정신 차리게!"

얼빠진 사람처럼 허우적거리는 금대를 만류하느라 김윤후는 정신이 하나도 없었다.

"어~. 어~ 나으리."

"아니, 이 사람아 정신 차리게, 농이야, 농담이라고."

"예, 나으리…… . 낫 벼리듯이 시우쇠를 두들기면 되겠지유."

금대는 눈앞에서 사라진 푸른 검광을 쫓아 허공에서 헤어나지 못했다.

"어…… 어……!"

금대는 석탑으로 사라진 검광을 놓친 게 안타까웠다.

"알았네, 알았어. 걱정하지 말게. 진검을 만들 수 있게 내가 힘써 보겠네."

"나으리…… . 고맙구먼유."

금대가 머리를 조아렸다.

"짬을 내 마을로 내려갈 테니 질 좋은 시우쇠나 생산해 두게. 그때 의논해 보기로 하세."

임금이 강도로 도망가버렸으니 백성들은 물론 대장장이들까지 의지할 곳이 없었을 것이다. 진검이라도 만들어 제 식솔이라도 지키고 싶었을 것이다. 김윤후도 대장장이들에게 진검으로 훈련 시키고 싶었다. 도망간 임금에게 기대할 수 없으니 진검을 만들어 부모와 이웃 그리고 식솔들을 그들이 만든 무기로 보호하고 싶었을 것이다.

"고맙구먼유 나으리, 그리고 음…….'

금대가 뭉그적거렸다.

"그래, 또 할 말이 남았느냐?"

금대가 봇짐을 풀어 헤쳤다.

"……그게 뭐냐?"

"메밀가룬데유……. 형수가 온종일 절구에 빻아구먼유."

금대가 얼굴을 붉혔다. 네댓 됫박은 됨직했다.

"식솔들 먹일 양식도 모자랄 텐데, 그냥 오지 않고서……."

지난해 보릿고개가 닥쳤을 때 외대골 사람들도 많이 굶어 죽었
다. 금대 가족도 예외는 아니어서 그의 어린 조카가 굶어 죽었다.

"아이구, 나으리, 소인들이 받은 게 얼마나 많은데, 이따위 메밀
가루까지 물리치려 하남유. 별말씀을 다 하셔유.'

"허~ 도움이랄 것까지야 있나."

검술 훈련은 차치하더라도 마을에 질병이 돌 때마다 김윤후가
나서서 치료해 준 것을 두고 하는 말일 것이다.

"아무튼, 고맙네 고마워, 내 잘 먹음세."

"예, 나으리.'

유학사를 찾던 나그네를 생각하는지, 금대는 일주문을 나서면
서까지 고개를 갸웃거렸다.

"산짐승이겠지……'

김윤후는 일주문을 나서는 금대 어깨 너머로 서늘한 기운을 느꼈다.

"산짐승일 게야."

김윤후는 애써 담담한 척했으나 숲속의 서늘한 기운은 가시지 않았다.

3

개경 이북을 짓밟은 몽골군 일단은 동쪽으로 진군하고, 총사령
관 야굴이 이끄는 중앙군은 조강阻江 기슭 승천부(황해도 개풍군)
에서 진군을 멈췄다. 강 건너 고려 도성都城이 눈앞에 보였다. 얕
은 능선에 쌓아 올린 성벽과 성루는 도성이라기에는 초라했다.

"고려 임금은 어이하여 저처럼 볼품없는 작은 성으로 달아나다
니⋯⋯."

야굴은 의기양양했다.

"그러하옵니다. 장군⋯⋯."

몽골군 군사軍師 홍복원이 주억거렸다. 강도江都는 작고 초라한
도성이었다. 그러나 몽골 초원을 달리며 전투를 치렀던 장수가 바
다의 오묘한 변화를 알 리 없었다.

"음⋯⋯."

야굴은 짧은 숨을 내뱉으며 입술을 핥았다. 백성을 버리고 저만

살겠다고 섬으로 달아난 고려 임금이 가소로웠다. 성을 함락하는 데 하루면 충분해 보였다. 야굴은 군영을 둘러보았다. 오색깃발이 군영마다 나부꼈다. 함락한 고려 성이 스무 개는 넘어, 군사들의 사기는 드높았고, 빼앗은 성에서 약탈한 보급품도 충분했다. 포로와 계집도 넉넉해, 강도江都 공격을 서둘 필요가 없었다. 하지만 하루라도 빨리 고려 임금을 사로잡고 싶었다.

강도江島 턱밑까지 들어찬 바닷물 수위는 넉넉했고, 섬을 둘러싼 조강(임진강과 한강 합류지)과 염하(鹽河, 김포와 강화도 사이를 흐르는 강) 물살은 빠르지도 느리지도 않아 군선 띄우기에 적당해 보였다. 보급로를 차단할 배후 산성도 없었다. 게다가 날씨까지 화창해 강도를 공격하기에 더없이 좋았다.

"군선을 띄워라."

야굴은 호기롭게 명령했다. 군선을 띄워 강도를 함락하면 고려 임금을 금방 사로잡을 것 같았다.

"안 됩니다. 장군."

홍복원이 머리를 조아렸다.

"안 되다니, 그 무슨 개 같은 소리냐?"

홍복원을 노려보았다. 야굴은 군사 홍복원을 반신반의했다. 제 놈이 아무리 주둥아리를 털어도 고려국 출신임을 자인하는 꼴이었다. 한 번 쫓겨났으면 그만이지 미련을 두다니…… . 한심한 놈이었다. 그리고 기회가 왔을 때 단숨에 성을 함락해야지 머뭇거리면 실패하기 십상이었다. 공격을 막아서는 홍복원이 의심스러웠다.

"군선을 띄우면 안 된다니⋯⋯."

야굴은 홍복원의 의견이 어쭙잖았다. 평생 모시던 주군을 배신한 놈을 믿고 그의 의견을 따를 수 없었다. 형세가 불리하면 언제든지 배신할 놈이었다.

"장군, 소장의 충심을 믿으소서."

홍복원은 야굴이 의심한다는 것을 알고 있었다. 그러나 고려 임금을 사로잡기 전까지는 참고 견뎌야 한다.

"그래, 왜 군선을 띄우면 안 되는지 말이나 들어보자."

야굴은 교의에 등을 기댄 채 눈을 감았다. 어쭙잖은 말이라도 들어볼 참이었다.

"군사, 홍복원이 아룁니다. 강물이 잔잔하게 흘러 군선 띄우기가 쉬워 보여도 수면 아래 물길이 몹시 사나워 강도江島에 상륙하기 전에, 군선은 소용돌이 물살에 휩쓸려 진퇴양난에 빠질 것입니다.

"날물이면 될 것 아닌가?"

야굴은 홍복원의 속내를 넌지시 떠보았다. 그의 표정은 진지하다 못해 흙빛으로 변했다. 고려 바다는 조수간만의 차가 심하고 섬이 많아 물때와 물길을 모르면 연안 항해가 어렵다고 했다. 모르는 바 아니었다. 다른 방법도 있을 터인데, 굳이 공격을 미뤄야 할 이유가 없었다. 야굴은 하루라도 빨리 고려 임금 무릎을 꿇리고 몽골로 돌아가고 싶었다.

"그 또한 아니 되옵니다. 장군, 날물에는 사방이 갯벌이 되어 군
선은 움직일 수 없고, 기마병과 병사들이 갯벌에 한 번 빠지면 나
아가지도 물러나지도 못해 그 또한 낭패이옵니다."

홍복원이 침을 꼴깍 삼켰다. 말 타고 초원을 달려 강을 도하하
고, 성을 포위한 뒤 적장을 사로잡았을 것이다. 그러나 해전海戰은
초원을 흐르는 강을 도하 하는 것과 다르다. 게다가 수시 때때로
변하는 조강 수위와 갯벌은 생물처럼 움직이고, 염하의 소용돌이
물살을 모른 채 강도를 공격하기 어렵다. 초원 강을 도하 하듯 조
강에 군선을 띄우면 그야말로 실패하기 십상이었다.

"네 놈도 고려 종자라 임금 편을 들고 싶은 게로구나?"

야굴은 군선을 띄울 수 없다는 홍복원이 거짓이 아니라는 것을
알았지만, 역정이 났다.

"아니옵니다. 장군. 소장은 이미 몽골 사람인데 어찌 고려 임금
을 편들겠사옵니까. 다만……."

홍복원은 당장 고려 임금을 사로잡아 명줄을 끊고 싶었다. 고려
군에게 쫓겨 압록강을 건넜던 때를 생각하면 지금도 치욕스러워
온몸이 부들부들 떨렸다. 반드시 고려 임금 무릎을 꿇리고 싶었다.

"그래서, 다만……. 어찌하라는 말이냐?"

야굴은 두툼한 턱주가리를 한껏 들어 올렸다.

"고려 임금을 뭍으로 나오게 해야 합니다."

몽골군이 무서워 백성을 버리고 섬으로 달아난 고려 임금이 제 발로 뭍으로 나올 리 없었다. 아무리 바다를 모르기로서 함부로 주둥아리를 놀리는 홍복원을 보고 있으려니 야굴은 부아가 치밀었다.

"이유를 말하라."

야굴의 목소리 커졌다.

"예, 장군. 아뢰겠습니다."

홍복원은 고려 임금 수작이 눈에 보이는 듯했다. 물론 임금 뒤에 숨은 교정별감 최항의 얄팍한 계략일 것이다.

"간조기에 드러나는 갯벌과 만조기의 조강 소용돌이 물길은 몽골 군선에 치명적이어서, 강을 건너기도 전에 부서질 것이옵고, 간조기에는 아무리 날랜 기병이라도 갯벌에 한 번 빠지면 고려군 화살받이가 될 것이옵니다."

고려가 도성을 강도로 옮긴 이유를 야굴이 알 턱이 없었다. 강도를 함락하기는 생각보다 쉽지 않았다. 보급선 차단도 어려웠다. 섬과 섬 사이로 운항하는 조운선 막으려면 군선을 띄워야 하는데, 첨병처럼 촘촘한 작은 섬들 사이로 흐르는 뱃길을 알 수 없었다. 누가 뭐래도 강도는 천혜의 요새였다. 아무리 몽골 대군이라도 쉽사리 공격했다가 낭패할 것이다. 홍복원 이맛살이 일그러졌다.

"으음……."

야굴이 신음을 토해냈다. 홍복원의 말은 그럴듯했지만, 신뢰하기에는 어딘가 미심쩍었다.

"장군, 먼저 사신을 강도로 보내 고려 임금을 뭍으로 나오게 유인하시면 어떨까 합니다만······."

홍복원이 주억거렸다.

야굴은 당장이라도 강도를 들이치고 싶었지만, 지세를 알 수 없으니 군사 홍복원 의견을 따를 수밖에 없었다.

"고려 임금이 뭍으로 나오겠느냐?"

홍복원은 머리를 굴렸다. 고려 임금이 선뜻 뭍으로 나올 리 없었다. 하지만 사신을 보내는 것도 나쁠 게 없었다.

"사신을 보낸다고 고려 임금이 뭍으로 나오지 않을 것이 옵니다. 하지만, 오래 버티지는 못할 것이 옵니다. 게다가 고려 사신이 뭍으로 나오면, 뱃길을 염탐할 수 있으니 그 또한 나쁘지 않을 듯합니다만······."

홍복원은 머리를 조아렸다.

"즉시 강도로 사신을 보내라."

군선을 띄워 강도를 함락하면 고려 임금 무릎을 꿇릴 터인데 사신을 보내는 게 못마땅했다.

고려 임금은 백성을 버리고 어찌 섬에 숨었느냐, 작은 섬에서 옹색하게 사느니 뭍으로 나와 항복하라. 그러면 그대와 그대 백성에게 이로울 것인 즉, 형제의 도를 받들라 ······.

몽골군 사령관 야굴은 사신이 지참한 서찰 곳곳에 위엄을 드러 냈다. 그의 위엄은 커, 강도는 물론 고려 땅 구석구석까지 파고들 었다. 그러나 강도 고려 조정은 야굴의 위엄조차 아랑곳하지 않고, 보란 듯이 풍악을 울렸다.

시랑(정사품 병부) 이국술이 연회장으로 들어와 임금 앞에 납작 엎드려 아뢰었다.

"폐하, 몽골 오랑캐가 개경 궁궐에 불을 지르고 백성들을 모조 리 도륙한다고 엄포를 놓으며 승천부에 진을 치고 야단법석을 부 리니 이 일을 어찌하면 좋습니까?"

"……."

임금은 입술을 실룩거리더니 타액을 목구멍으로 욱여넣었다. 그리고 교정별감 최항을 흘끔거렸다.

"폐하, 술잔 올리옵니다."

교정별감 최항은 임금을 본체만체 청자주병을 들어 올렸다.

"술병이 비지 않았느냐."

여의주를 입에 문 청룡이 청자주병에서 허우적거렸다.

"여봐라, 술을 가져오너라!"

최항의 목소리가 연회장 구석구석 도닐었다. 풍악을 울리던 악 사들은 머리를 조아렸고, 무희는 마룻바닥에 주저앉았다. 청자 술병을 받든 궁녀 서넛 명이 총총히 연회장으로 들어왔다.

"합하, 술 가져왔사옵니다."

궁녀가 청자 술잔을 들어 올리자, 최항이 어깨를 으쓱거리며 술잔을 떨어뜨렸다.

—쨍그랑!

청자 파편이 흩어졌다. 연화장은 삽시간에 긴장감이 팽팽했다. 최항의 용렬한 행동이 못마땅했지만, 대신들은 입술조차 달싹거리지 않았다.

"합하! 살려주십시오."

궁녀가 연회장 마룻바닥에 머리를 처박으며 살려달라 애원했다.

"이 년을 끌어내 당장 목을 베어라!"

최항의 명령은 임금 위에 있었다.

"합하……!"

궁녀가 끌려 나가면서 버둥거렸다. 비명이 들리고 피 냄새가 연회장을 뒤덮었다. 청룡이 여의주를 뱉으며 청자주병 속으로 곤두박질치고, 임금은 용상에서 부들부들 떨었다.

"폐하, 군, 현으로 파발을 띄우셔야 합니다."

시랑 이국술의 주청은 다시 연회장에 도닐었다. 목숨 건 주청임을 임금이 모를 리 없었다.

"아니, 저놈이……."

최항이 눈깔을 희번덕거리며 시랑 이국술을 노려보았다. 당장 죽이고 싶었다. 그러나 몽골군과 맞설 대안이 없었다.

"폐하, 시랑 이국술 말대로 전국으로 파발을 띄우셔야 합니다."

최항의 주청에 연회장은 쥐 죽은 듯 조용했고, 용안龍眼은 연회장 뜰에서 얼쩡거렸다.

"……!"

최항이 자리를 박차고 일어섰다. 연회장에 찬바람이 쌩하고 일었다.

"별장은 어디 있느냐?"

"예, 주군."

김인준이 냉큼 자리에서 일어나 머리를 조아렸다. 그의 머릿속은 복잡했다. 충주부 유학사로 자객을 보낸 지 보름이 지나도록 소식이 없었다.

"여태 소식이 없느냐?"

최항은 김인준에게 귀엣말했다. 명령한 지 꽤 오래된 것 같은데 보고조차 없었다.

"아직……, 소식이 없습니다만……."

별장 김인준이 어물쩍거렸다. 사실 대답할 수 없었다.

"이런……."

최항이 이맛살을 찡그리며 별장 김인준을 쏘아보았다.

"합하……. 소장이 확인해 보겠습니다."

김인준이 머리를 조아렸다.

순식간에 연회장은 공포에 휩싸였다. 대신들과 관료들은 마룻바닥에 머리를 처박고 교정별감을 흘끔거렸다.

"폐하 어명을 내리시지요."

최항은 임금 위에서 아뢨다.

"……?"

임금은 변덕스러운 최항 속내를 가늠하느라 정신이 혼미했다. 어명을 내릴지, 못 들은 척해야 할지 판단이 서지 않아 교정별감을 흘끔거렸다.

"영공……?"

임금 목소리가 떨고 있었다.

"폐하, 백성들이 오랑캐에게 도륙당하는데 머뭇거릴 때가 아니옵니다. 시랑의 주청대로 하루라도 빨리 전국 주州, 현縣으로 파발을 띄워 백성들이 청야입보하여 몽골군과야 맞서게 해야 합니다."

임금은 교정별감이 반대할 거로 짐작했다. '파발을 띄우라니……?' 의외의 주청에 오히려 긴장했다.

"영공, 괜찮겠습니까……?"

"폐하, 머뭇거릴 시간이 없습니다. 급히 파발을 띄우시라 어명을 내리시지요."

임금은 그때야 안심이 되는지 숨을 몰아쉬었다.

사실, 최항은 고민했다. 몽골군을 대적할 군사가 없었다. 강도 방어에 관군을 투입하면 뭍으로 내보낼 병사가 모자랐다. 그렇다고 야별초를 전장에 투입하면, 집 지킬 무사들이 없었다. 그러잖아도 그를 제거하려는 무리가 호시탐탐 노리는데 경비까지 소홀할 수 없었다.

"그러시구려……. 영공."

임금이 용안龍眼을 끔뻑거렸다.

"시랑은 어명을 받들어라."

"예, 폐하!"

이국술이 머리를 조아렸다. 어명은 갈랬다.

백성들은 가까운 섬이나 산성으로 청야입보(淸野入保/전투에 앞서, 들판을 말끔히 청소하고 성으로 들어가 방어하는 수성(守城) 방책)하여 몽골 오랑캐를 막도록 하여라. 그리고 주, 현과 고을 수령들은 백성을 모두 인솔하여 섬이나 산성으로 들어가 몽골 오랑캐를 대적하라. 이는 백성을 여여삐 여기는 임금의 명령임을 명심하여라…….

교정별감 최항의 입술에서 청자 술잔이 붓날렸다. 강도를 떠난 파발은 고려 주, 현으로 밤새 달렸다. 그러나 어명은 갈랬고, 길은 험해 주, 현까지 도달하기 각다분해 강도로 돌아가는 파발은 없었다.

4

"어떻게 되었느냐?"

교정별감 최항의 목소리는 여느 때보다 팍팍했다.

"아직, 소식이 없습니다만······."

별장 김인준이 어물쩍거렸다.

"벌써 보름이 넘었는데, 소식조차 없다니 말이 되느냐?"

섭랑장이 아버지(최우)에게 충성하는 것도 배알이 틀리는데, 김경손 상장군을 거들며 주둥아리를 나불거렸다. 일찌감치 죽여야 할 놈을 옛정을 버리지 못해 살려두었더니 되레 대들었다. 사실, 별장 김인준이 말리지 않았더라면 이미 황천길로 보냈을 터인데 최항은 분통이 터졌다.

"씹어먹어도 시원찮을 놈!"

교정별감 최항은 김윤후가 밉기도 했지만 서운하기도 했다. 진각국사 혜심 문하, 조계산 수선사에서 동문수학까지 했으면서 상장군 김경손을 거들었다. 의리는커녕 믿을 수조차 없는 놈이었다.

"뛰어난 야별초를 다시 보내겠습니다."

김인준이 머리를 조아렸다.

"함부로 보아서는 안될 거야. 야별초 최고 무사를 보내더라도 그놈을 당할 수 없을 거야."

최항은 검술 훈련하던 김윤후의 예리한 눈빛이 생각나 한 말이었다. 스승님과 대련에도 한 치 물러나지 않을 만큼 침착해 어쭙잖은 야별초를 보내면 되레 당할 것이다.

"예, 주군."

김인준은 돌아서서 피식 웃었다.

'어이, 씨······.'

섭랑장 한 놈 죽이는데 자객을 보내고도 머리털 한 올 건드리지 못했다. 최항은 그조차 처리하지 못하고 끙끙거리는 김인준이 못마땅했다.

'도대체 머리를 쓸 줄 모르니······.'

그렇다고 일일이 설명할 수도 없었다. 저런 화상하고는······. 그래도 어쩌겠나 충성심은 별장 김인준이 최고인데······. 최항은 김인준을 힐끔거렸다. 사실, 그의 속내는 다른 곳에 있었다. 김윤후를 죽이지 못하더라도 스승님이 물려준 보검, 그러니까 '영소월광검' 행방을 알고 싶었다. 그 뒤에 죽여도 늦지 않았다. 섭랑장 김윤후는 보검의 행방을 알고 있을 것이다. 아무리 강한 몽골군이라도 보검을 손에 넣으면 능히 물리칠 거라던 스승님 말씀 때문이었다. 그는 혜심 스승님의 말을 온전히 믿지 않았다. 하지만 보검을 수중에 넣으면 개경으로 돌아가자고 보채는 임금을 강도에 붙잡아 둘 명분이 생긴다.

최항은 수선사에서 중질할 때 '영소월광검' 따위에 관심조차 없었다. 그런데 교정별감에 오르자 사정이 달라졌다. 몽골군은 수시로 고려 국경을 넘어 백성들을 도륙하는데, 정작 그는 강도에 틀어박혀 숨죽이는 것밖에 없어 교정별감 체면이 말이 아니었다. 몽골군 사령관의 요구대로 개경으로 환도하려니 야굴도 믿을 수 없었지만, 고려를 배신한 아굴의 군사 홍복원은 더 믿을 수 없었다. 게다가 속내를 드러내지 않는 임금도 믿을 수 없었다. 그렇다고 야별초를 이끌고 몽골군을 몰아낼 자신도 없었다. 몽골군이 물러갈 때까지 강도에서 버티려면 적당한 명분이나 구실을 찾아야 하는데, 영소월광검이라도 찾으면 그나마 교정별감 체면을 세울 수 있고, 개경으로 환도하자는 대신들의 입도 틀어막을 수 있을 것이다.

"젠장……."

최항은 진각국사 혜심의 말을 떠올렸다.

검은 생명이니라

"생명은 무슨……!"

최항은 시큰둥했다. 검이 생명이라니 얼토당토않은 헛소리였다. 팔만대장경은 이미 완성되어 가야산 해인사에 보관 중이었다. 수년 동안 불심으로 제작한 대장경도 몽골군 침략을 감당하지 못하는데 전설처럼 내려오는 영소월광검을 찾는다고 몽골 오랑캐를 물리칠 수 없을 것이다. 하지만 백성들은 그 보검이 고려에 나타나기를 기다리고 있었다. 그 소문이 사실이든 거짓이든, 남은 것은 영소월광검이라도 찾아 손에 쥐는 일이었다.

쇳조각으로 만든 영소월광검이 몽골 오랑캐를 물리치지 못할 것이다. 그러나 그 보검만 찾으면 이처럼 강도에서 움츠리고 살지 않아도 될 터인데, 그 단순한 일조차 처리하지 못하고 허우적거리는 별장 김인준이 못마땅했다. 하기는 그만큼 심지 굳은 심복도 흔치 않았다. 김인준의 도움으로 교정별감까지 올랐다. 어쨌든 강도에서 믿을 놈은 그래도 별장 김인준밖에 없었다.

김인준이 교정별감을 흘끔거렸다.

'아이고, 저런 화상······.'

귀양 중인 섭랑장 김윤후에게 사약을 내리면 간단하게 끝날 일인데, 자객을 보내라며 야단법석을 떨었다. 백령도로 귀양보낸 김경손 상장군을 살해할 때도 마찬가지였다. 자객을 보내 살해했지만, 금방 강도에 소문이 퍼져 웬만한 사람들은 다 알아 전전긍긍 얼굴까지 가리고 다녔다.

"그놈 식솔들은 어떻게 되었느냐?"

최항은 김윤후를 귀양보낸 뒤 그의 식솔들을 서문 밖 초가에 감금시켰다. 사실, 그는 김윤후가 두려웠다. 무슨 짓을 저지를지 모를 놈이라 식솔을 볼모로 잡아뒀는데 근황을 알고 싶었다.

"서문 너머 골짜기 초가에 감금해 두었습니다. 야별초 병사들이 주야로 감시하고 있으니 염려하지 않으셔도 됩니다. 주군!"

김인준은 거짓말로 둘러댔다.

"도망가지 못하게 철저히 감시하라."

"예, 주군."

김인준은 교정별감을 흘끔거렸다. 아직 눈치채지 못한 것 같았다. 유학사로 보낸 자객이 돌아오면 나머지 식솔들도 모조리 죽여 후환을 없앨 참이었는데, 며칠 전 감시가 소홀한 틈을 타 김윤후의 식솔들이 달아나 버렸다. 그러나 문제 될 것은 없었다. 야별초 병사들을 풀어 강도를 벗어나기 전에 붙잡아 죽이면 그만이었다. 강도를 벗어났더라도 고려 땅에서 발붙일 곳은 없을 것이다.

"보낼 사람은 물색해 놓았느냐?"

"예, 주군. 며칠 기다렸다가 연락이 없으면 보낼 겁니다."

"누군가?"

최항은 야별초 무사가 누군지 알고 싶었다.

"주군, 보는 눈이 많습니다. 모르시는 게 낫습니다."

김인준은 임경필을 염두에 두고 있었다.

"알았네!"

별장 말이 틀리지 않았다. 최항은 더는 말참견하지 않았다. 김인준의 말대로 임금 측근이 눈치라도 채면 사실 곤란했다. 그렇지 않아도 몽골군이 개경을 함락하고 승천부에 진을 친 뒤부터 몽골군에 항복해 개경으로 환도하자는 조정 대신들의 움직임이 눈에 띄게 잦아졌다. 큰일 날 소리였다. 저들이야 목숨을 구걸할 수 있을지 몰라도, 적어도 교정별감은 살려두지 않을 것이다. 개경 환도는 곧 최항의 죽음이나 마찬가지였다.

'야굴, 이 나쁜 놈……!'

최항은 개경 환도가 두려웠다. 아무리 멍청한 몽골군 장수라도 맞서 싸우자는 고려 장수를 살려둘 이유가 없었다. 교정도감을 해체하고 교정별감은 물론 야별초 장수들을 모조리 죽일 것이다.

'개경으로 환도하다니……!'

턱없는 말이었다. 아무래도 김윤후가 문제였다. 몽골군이 충주성을 함락하기 전에 섭랑장 김윤후에게 영소월광검 행방을 알아야 한다. 그리고 죽여야 한다. 홍복원처럼 몽골군에 투항해 고려를 향해 창을 겨눌 것이다. 살려두면 위험했다. 김윤후는 검술도 뛰어나지만, 병서에도 해박하고 용병술도 뛰어났다. 조계산 수선사 수원승으로 있을 때 혜심 스승님을 따라 전국 사찰을 돌아다녔으니 지리에도 밝아 자칫 골칫거리가 될 것이다.

최항은 김윤후에게 사약을 내리려고 임금에게 여러 번 주청했다. 그런데 임금은 그 멍청한 주둥이에 자물쇠를 채웠는지 입술조차 달싹거리지 않았다. 섭랑장에게 사약을 내리지 않는 임금 속내가 의심스러웠다. 어쩌면 몽골군에 항복해 개경으로 환도하려는 수작일지 모를 일이었다.

최항은 김인준을 흘낏 보았다.

"아이고, 저런 화상……."

김인준은 눈을 껌벅거렸다.

"주군, 소장이 처리하겠습니다."

임경필은 수하 중에 가장 영리한데다 무술도 뛰어났다. 그러나 속내를 드러내지 않는 게 흠이었다.

'임경필……?'

김인준은 임경필을 선뜻 자객으로 보내려니 불편했다. 하지만 이번 기회에 그의 충성심을 확인할 참이었다.

"뜸 들일 필요가 없지 않은가. 누군지 몰라도 곧장 보내게."

최항은 김인준을 다그쳤다.

"예, 주군. 그렇게 하겠습니다."

김인준은 머리가 복잡했다. 서문西門을 나와 저녁노을을 따라 해안가로 말을 달렸다. 교위 임경필과 대정 이기달 그리고 야별초 두 명이 뒤따랐다.

끝없이 펼쳐진 갯벌에 저녁노을이 붉게 요동쳤다.

"별장 어디로 갑니까?"

김윤후를 죽이려니 김인준은 선뜻 마음이 내키지 않았다. 심지가 굳고 의리가 남다른 무장이었다. 옥사에 갇혀 죽음을 목전에 두고도 뜻을 굽히지 않았다. 김경손 상장군이 뭐라고……, 그의 부릅뜬 눈빛에 결기까지 서려 있었다. 그래도 설득하면 넘어올 거라 믿었다. 그런데 아니었다. 어차피 내 편으로 만들지 못할 바에는 죽여서 후환을 없애야 한다. 더는 망설일 필요가 없었다.

"해치우자……."

연회장에서 빈정거리던 교정별감의 목소리가 귓속에서 얼쩡거렸다.

"화상이라니……."

김인준은 비위가 뒤틀렸다. 교정별감의 강퍅한 성질머리로는 권력을 오래 유지할 수 없을 것이다. 그 뒤를 생각해야 한다. 살아남아야 한다.

'그때까지……. 기회가 올 때까지 기다릴 수밖에…….'

김인준은 어금니를 꽉 다물었다. 저녁노을이 갯벌 속으로 가라앉고 있었다. 내일을 다짐이라도 하듯이 마음속 깊이 욱여넣었다.

"당장 충주 유학사로 떠나라."

인제 와서 김윤후를 살려둘 이유도 머뭇거릴 필요도 없었다. 김인준의 명령은 단호했다.

"예, 별장."

임경필이 말을 달려 앞으로 나아가고, 야별초 무사들이 뒤따랐다. 열흘이면 모든 것이 끝날 것이다.

김인준은 강도 동문 성루에서 나룻배에 올라 염하를 건너는 야
별초 무사들을 지켜보았다.

갯벌을 따라 무장 네 명이 말을 달리고 있었다. 무슨 꿍꿍이를
부리려는지 별장 김인준과 수하 서너 명이 저녁노을을 바라보며
한참 쑥덕거리더니 궁궐로 돌아갔다. 시백은 갈대숲에 숨어 그들
의 심상찮은 모의를 숨죽이며 지켜보았다.

"죽일 놈들!"

연화가 갈대밭에서 뛰어나가려고 했다.

"안 돼! 지금은 저들을 이길 수 없어."

시백은 연화 뒷덜미를 낚아챘다.

"연화야, 지금은 강도를 빠져나가야 해. 너는 석모도로 돌아가
마님과 식솔들을 돌봐라. 알았느냐?"

시백은 밀려드는 바닷물을 바라보며 훌쩍거리는 연화를 가슴에
껴안았다. 며칠 전 겪었던 일을 상기했다.

집을 들이친 자객은 스무 명이 넘었다. 하나같이 복면으로 얼굴
을 가려 누군지 알 수 없었다. 검술로 보아 야별초 무사들이었다.
다행히 식솔들을 먼저 석모도로 피신시켰기 망정이지 큰일 날 뻔
했다. 주군 섭랑장 김윤후를 유배한지 4년이 지나도록 풀어주지
않았다. 별장 김인준의 사특한 모함으로 교정별감 최항을 꼬드겼
을 것이다.

'나쁜 놈, 식솔까지 죽이려 들다니…….'

시백은 숲속에 숨어 자객들의 난동을 낱낱이 지켜보았다. 주군이 위험했다. 식솔들을 죽이려고 자객까지 보냈다면, 주군의 귀양지 충주부 유학사에도 자객을 보냈을 것이다. 그들에게 어명 따위는 필요 없었다. 뜻이 다르면 주저 없이 살해했다. 그것으로 끝이었다.

"나쁜 놈들……."

아무래도 주군이 위험했다. 더는 머뭇거릴 시간이 없었다. 충주 유학사에 알려야 한다. 시백은 마음이 다급했다.

"연화야, 사공은 어떻게 됐느냐?"

야별초가 집을 습격한 뒤 도성 서쪽 섬 석모도로 식솔들을 피신시키고 유학사로 떠날 참으로 나룻배를 준비해 두었다.

"도착할 때가 됐습니다."

바닷물이 미끄러지듯 갯벌을 밀어내고 있었다. 그 갯벌 끝자락에서 적의에 찬 붉은 파도에 실려 나룻배 한 척이 미끄러지듯 갈대숲으로 다가왔다.

"이쪽입니다."

사공 목소리가 어둠을 뚫었다. 시백이 갈대숲을 헤치고 손을 흔들었다.

"빨리 배에 오르세요."

사공이 다급하게 말했다.

"알았소."

시백은 나룻배에 올랐다. 손을 흔드는 연화가 어둠 속으로 사라지고 있었다.

"돛이 바람을 잘 받아야 조강을 빨리 벗어날 수 있어요. 물때를 놓치면 한나절은 더 기다려야 합지요. 어서 서두르세요."

사공은 서둘러 나룻배를 바다로 밀어냈다. 파도가 가파르게 차올랐다.

"섬을 돌아가면 조강입지요. 바람을 거스르지 않으면 열흘쯤에 충주부 달래강 북창나루에 도착할 수 있을 겁니다."

시백은 고개를 끄덕였다. 나룻배가 바다 가운데로 힘차게 미끄러져 석모도를 크게 돌아 조강 입구로 들어섰다. 파도가 사납게 일렁거렸다. 사공이 돛을 올렸다. 노 젓는 소리가 바닷바람에 뒤채였다.

"열흘이라고……."

시백은 뱃머리에서 적의에 찬 강도江都를 붙들고 있었다.

5

유학사에서 반 시진 걸려 외대골 입구에 도착했다. 골짜기 막바지에 바위산 멧부리가 고개를 우뚝 내밀었다. 장마 후로 사방공사를 못 했는지 마을 길은 흙더미로 뒤덮여 있었다. 당산나무 뒤로 부곡마을이 보였다. 석철괴石鐵塊 무더기가 띄엄띄엄 쌓였고, 쇠둑부리(야철로)에서 검은 연기가 솟아오르고 석철괴 부수는 망치 소리가 둔탁하게 메아리쳤다.

화입火入한 지 두 시진쯤 됐는지 쇠둑부리 연기가 자욱한 대장간으로 김윤후가 들어섰다.

"금대 있느냐?"

풍로 발판을 밟던 풀무꾼들이 눈물을 찔끔거리며 고개를 내밀었다.

"나으리, 내려오셨구먼유. 그런디 금대는 인부들과 바위산으로 석철괴 실으러 갔구먼유."

숯장이 목도였다.

"그랬구나……. 그런데 목도야?"

김윤후는 며칠 전 일주문 건너편 숲에서 수상스러웠던 기운이 언뜻 생각나 목도를 불러세웠다.

"예, 나으리……."

"밤늦게까지 괭이질하더니만 마무리는 잘 지었느냐?"

참나무를 태워 겨우내 땅속에 묻어두었다가 쇠둑부리에 불 지필 때쯤 파내, 볕에 말려 사용하면 화력이 두세 배는 더 셌다.

"나으리, 근래에는 숯 챙기러 산에 간 적 없었구먼유."

목도가 무슨 말이냐는 듯이 되레 김윤후를 빤히 바라보았다.

"산에 가지 않았다고……?"

"예, 나으리……."

숯장이가 아니라면 누가 유학사를 엿보았을까, 온몸에 소름이 돋았다. 분명 관병들은 곡주에 취해 잠들었다고 금대가 직접 확인까지 했다. 김윤후는 금대가 말했던 나그네가 설핏 생각났다.

"나으리, 저기 금대가 오구먼유."

"어, 그렇구나."

목도가 허튼소리를 할 리 없었다.

"나으리 오셨어유?"

금대가 수레를 대장간 앞에 세웠다. 뒤따르던 대장장이들이 고개를 숙였다. 그들은 바위산 기슭에서 검술 훈련하던 부곡마을 젊은이들이었다.

"고생이 많구나."

김윤후는 진검을 만들겠다며 의기양양하던 금대 모습이 설핏
떠올랐다.

"잘 돼 가는가?"

"예, 나으리. 언제 내려오셨남유?"

"지금 막 도착했네, 바쁜 모양이구나."

"아녀유, 야적장에 석철괴만 부려놓고 금방 올라갈 것이구먼유.
나으리 먼저 바위산으로 가셔유."

"그래라, 짐 부려놓고 천천히 와도 된다."

급할 게 없었다. 절에 가 봐야 염불을 읊지 않으면 바람 소리에
기댈 것이다. 게다가 관병들도 점심나절이 가까워서야 낯짝을 들
이밀 텐데, 서둘러 유학사로 돌아갈 이유가 없었다.

산비탈을 따라 초가 여럿이 보였다. 손수레를 끄는 장정 서넛이
바삐 바위산으로 가고 있었다. 검술 훈련에 참석하려는 스무 살쯤
먹은 젊은 대장장이들이었다. 반 시진이면 바위산 훈련장에 도착
했다.

얕은 능선을 돌았다. 목검 부딪치는 소리가 바위산에서 들렸다.
기슭 훈련장에서 대장장이들이 검술 훈련하는 소리였다. 스무 명
은 됨직했다. 근래 들어 인원들이 늘었다. 대장장이들의 검술 훈련
을 김윤후는 멀찍이서 지켜보았다.

"나으리, 여기 계셨구먼유. 이것 좀 보서유?"

언제 뒤따라왔는지 금대가 시우쇠 덩이를 불쑥 내밀었다. 거친 시우쇠 조각, 길이로 보아 형틀에서 막 꺼낸 장검이었다.

"석 자는 되어야 할 텐데……?"

김윤후가 검 길이를 어림잡아 말했다. 고려 검은 몽골군의 외날 검보다 한 자쯤 더 긴 양날 검이었다. 검 폭도 적당했다. 제대로 날을 벼리면 찌르기보다 좌우로 벨 수 있어 기마 전투에 제격이었다.

"네 뼘으로 했으니 얼추 맞을 것이구먼유……."

금대가 손바닥을 펴며 눈을 말똥거렸다. 눈대중으로 보아도 얼추 비슷했다. 낫자루를 흉내 냈는지, 짧은 슴베(칼자루 낄 곳)가 흠이긴 하지만, 날을 제대로 벼리면 근사한 장검이 될 것 같았다. 몇 번 더 시행착오를 거치면 괜찮은 검을 만들 수 있을 것 같았다.

"검 자루는 무엇으로 할 거냐?"

"저기요."

금대가 턱으로 가리켰다. 훈련장 귀퉁이에 가지런히 놓아둔 물푸레나무토막이 보였다. 굵기도 적당해 손아귀에 꽉 들어올 것 같았다. 잘 익은 시우쇠를 생산하면 될 것 같았다. 검날이야 금대 말처럼 낫 벼리듯이 모루에다 올려 자주 두드리고 식히면 질기고 단단한 검이 만들어질 것이다.

사람들이 우르르 서낭당으로 몰려갔다.

"무슨 일이라도 있는 것이냐?"

김윤후는 무슨 일인지 궁금했다.

"충주 관아에서 方訪을 붙였는데유. 성으로 청야입보 하란데유……."

턱도 없다는 듯 금대가 퉁명스럽게 말했다.

"청야입보라니…… 몽골 오랑캐라도 쳐들어왔다는 말이냐?"

"예, 나으리……. 여태 모르셨남유?"

김윤후는 깜짝 놀랐다.

"몽골 오랑캐가 궁궐에 불을 질러 개경은 불바다가 됐다는데유!"

금대는 청야입보가 싫었다. 추수철이 곧 다가오는데 곡식을 들판에 두고 갈 수 없었다. 충주성으로 입보한다고 관가에서 먹여주는 것도 아니었다. 관리들이야 공납 곡식으로 식솔들 끼니를 해결하겠지만, 대장장이들에게 나눠줄 리 만무했다. 남을 곡식도 없겠지만, 설혹 남더라도 가축에게 먹일지언정 짐승보다 못한 천민들에게는 나눠줄 리 없었다.

"청야입보라……?"

몽골군이 개경 궁궐에 불을 질렀으면 조정에서도 청야입보 외에는 달리 방책이 없었을 것이다. 야별초는 교정별감 지키기에 빠듯할 터이고, 임금은 교정별감 꽁무니만 따라다닐 것이다. 하기는 이태마다 치르는 전쟁이라 조정이나 백성도 이골이 났을 터, 섬이나 더 깊은 산골로 도망가는 게 상책이었다.

'김경손 상장군이 있었더라면 몽골 오랑캐와 맞서 싸우기라도 할 텐데……'

이제는 그조차 할 수 없었다. 백성들이야 죽거나 말거나 임금은 강도에 틀어박혀 몽골군이 제풀에 꺾여 돌아가기를 숨죽이며 기다릴 것이다. 김윤후는 가슴이 답답했다.

"외대골 사람들도 충주성으로 들어가야지?"

"공납할 시우쇠도 많이 남았고, 추수라도 끝낸 뒤 천천히 성으로 들어가려구유……."

금대가 시무룩이 말했다.

"아니 이 사람아, 나라에서 가까운 성으로 입보하라고 방문을 붙였는데 태평세월이라니, 오랑캐가 들이닥치면 어떻게 하려고 그러느냐?"

"성으로 들어간다고 누가 밥 맥여 주남유!"

금대가 시큰둥했다.

하긴 그랬다. 양식도 없이 성으로 들어가 봐야 굶어 죽기 알맞았다. 그렇다고 충주 부사 김익태가 대장장이 끼니까지 챙길 리 없었다.

"어떻게 하려고?"

"곡식이라도 거둬 바위산 석굴에 감춰놓고 가려구유."

금대가 주위를 두리번거리더니 당황해했다. 김윤후가 신경 쓰였던 모양이었다.

"걱정하지 말게."

김윤후가 빙긋이 웃었다. 귀양살이하는 주제에 대장장이들이 감춰둔 곡식을 관아에 고변할 일은 없었다.

금대가 뒤통수를 긁적거렸다. 바위산에 곡식을 감춰두어도 오랑캐가 못 찾아낼 것이다. 충주 부사라면 몰라도. 외대골은 골짜기가 깊고 외져 쇠둑부리에 불을 지피지 않으면 찾기 어려웠다. 게다가 산이 가팔라 골짜기를 틀어막으면 몽골군이 들이쳐도 바위산 석굴에 감춰둔 곡식은 못 찾을 것이다.

"몽골 오랑캐라……."

김윤후는 이십여 년 전, 얼떨결에 몽골군과 싸웠던 처인성 전투가 생각났다. 그때는 운이 좋아 적장 살례탑을 죽였다. 그러나 수많은 백성이 목숨을 잃었다. 방어책을 세워야 하는데 강도에서 납작 엎드려 숨소리도 내지 않을 것이다.

6

밤은 절망이었다. 개경 보제사 다리 밑이 그랬고 조계산 수선사에서도, 그리고 유학사에서 귀양살이하면서 보냈던 밤이 그랬다. 김윤후는 밤이 싫었다. 삼경三更이 지났는지 북두 파군성(북두의 제7성인 요광성, 칼 모양으로 칼끝이 가리키는 방향에서 일하면 불길하다고 함)이 바위산 멧부리에 드러누웠다.

'행색이 수상한 사람이라······.'

김윤후는 금대가 했던 말이 귓전에서 얼쩡거렸다.

'금대가 잘못 들었을 거야······!'

백령도로 귀양 가던 김경손 상장군은 일 년도 안 돼 자객에게 살해됐다. 교정별감 최항의 짓이었다. 김윤후는 금대가 다녀간 뒤로 밤마다 뒤척이는 멧비둘기 소리에 잠을 설쳤다. 꿈자리도 뒤숭숭했다.

"이보시게 섭랑장······ 숨 좀 쉬게 해주게."

지난밤에도 김경손 상장군이 여지없이 꿈속에 나타나, 바다에 빠져 숨을 헐떡거리며 숨차했다. 하룻밤에 서너 차례나…… 게다가 어젯밤에는 아내와 식솔이 불타는 집에서 아우성쳤다.

"나으리……. 살려주세요!"

역시 꿈이었다. 무슨 일이 일어나고 있었다. 김윤후는 가위에 눌려 밤새도록 끙끙거리다가 눈을 뜨면 온몸에서 땀이 질척거렸다. 교정별감 권력이면 섭낭장 한 명쯤 죽인다고 시비 걸 사람도 없었다.

"서문 너머 외진 골짜기로 옮겼다고 했는데……."

시백조차 연락이 없었다. 귀양 온 지 사 년이 지났다. 교정별감 최항의 인내도 어지간했다. 김경손 상장군을 살해하고도 눈도 깜짝하지 않으면서 섭낭장 따위를 여태 살려둘 이유가 없었다.

"빌미를 못 찾은 것일까……?"

멧비둘기가 후드득거리고 풀벌레 울음이 멈췄다. 울타리 넘는 소리가 귓전을 스쳤다. 스산한 바람이 법당문 틈으로 밀려들었다. 김윤후는 촛불을 끄고 운기를 단전으로 끌어모았다. 달빛이 일렁거릴 때마다 사늘한 기운은 점차 법당문 틈으로 파고들었다. 문살에 그림자가 설핏 지나갔다. 한두 놈이 아니었다. 김윤후는 신경이 바짝 곤두섰다.

"누구냐!"

김윤후는 문살에 비치는 그림자를 쫓았다.

"……."

대답할 리가 없었다. 그림자가 법당문 양편에 멈췄다. 김윤후는 가부좌를 튼 채 그림자 움직임을 가늠했다. 검을 잡았다. 죽을 때가 온 것 같았다. 아무리 돌중이라도 부처님에게 피를 보이고 싶지 않았다. 김윤후는 여차하면 바깥으로 뛰쳐나갈 참이었다.

법당문이 왈칵 열렸다. 복면 자객이 법당으로 뛰어들었다. 네 명이었다. 불상이 미소를 일그러뜨렸다.

"웬 놈들이냐?"

김윤후는 좌선한 채로 등 뒤에서 움직이는 그림자를 쫓았다. 시퍼런 검날이 견정혈을 베어왔다. 살수 중의 살수였다. 몸을 굴려 마룻바닥을 박차고 법당 밖으로 몸을 날려 미륵불에 등을 기댔다. 자객들이 뒤따라서 마당으로 뛰어나와 김윤후를 에워싸고 빙빙 돌았다. 보법이 예사롭지 않았다. 네 명, 앞과 뒤, 좌우에서 검을 곧추세웠다. 정면의 자객이 검으로 김윤후 명치를 찔러왔다.

김윤후는 몸을 돌려 미륵불을 한 바퀴 돌았다. 자객들이 따라 돌았다. 위기를 벗어나는 게 우선이었다. 그는 삼 층 석탑을 등에 지고 움직였다. 자객들의 검 끝이 일제히 기해혈을 찔러왔다. 살수였다. 김윤후는 단전에 힘을 모으고 미륵불 위로 힘껏 솟구쳤다.

─얍!

─쨍!

김윤후는 몸을 비틀면서 네 개의 검날을 동시에 튕겨내며 미륵불을 한 바퀴 돌아 정면 복면 자객의 천돌혈을 찌르면서 견정혈을 비껴치는 자객의 검을 허리를 젖혀 피했다. 미륵불상에 부딪히는 둔탁한 쇳소리를 냈다. 양옆에서 달려들던 자객들의 검을 피해 몸을 날렸다.

김윤후는 손바닥으로 땅바닥을 짚고 마당에 내려섰다.

복면 자객들이 김윤후를 에워싸고 빙빙 돌았다.

김윤후는 석탑으로 뛰어올라 정면에서 달려드는 자객의 인당혈을 집는 척 복면을 낚아챘다. 자객이 얼굴을 감싸며 돌아섰다.

'익숙한 눈매였다, 누굴까……?'

어디서 본 듯했다. 김윤후는 땅바닥으로 굴러 삼 층 석탑에 등을 기대고 검을 비껴 잡았다.

'마지막인가……?'

김윤후는 살 방법이 보이지 않았다. 이대로 죽을 수 없었다. 그때였다. 시위 소리가 귓전을 후볐다.

─슉, 슉, 슉!

화살 소리가 귓전을 갈랐다. 김윤후는 석탑을 돌았다. 자객들이 몸을 날렸다. 법당에 화살 꽂히는 소리가 둔탁하게 들려왔다. 화살 깃털이 파르르 바람을 일으키며 문살이 떨었다. 김윤후 화살 방향을 가늠했다. 일주문이었다. 두건을 머리에 동여맨 사내가 일주문으로 뛰어들었다.

'이것으로 끝인가……?'

복면 자객들이 물러섰다. 사내는 자객들을 가로막았다. 그의 검법은 익숙했다.

"나으리, 피하십시오."

"······?"

김윤후는 얼떨떨했다. 복면 자객들이 두어 발짝 물러나 검을 곧추세웠다.

사내가 미륵불상을 돌아 김윤후와 등을 맞댔다.

─얍

날카로운 목소리가 허공을 갈랐다. 검과 검이 부딪쳤다.

─쨍

복면 자객들이 슬금슬금 뒷걸음질 치더니 쏜살같이 울타리를 넘어 어둠 속으로 사라졌다.

사내는 복면 자객들을 일주문까지 뒤쫓았다.

"뒤쫓지 마시게."

김윤후는 복면 자객들이 달아난 곳을 바라보았다. 예사 검술이 아니었다. 적어도 야별초보다 뛰어났다.

"허~, 참······."

김윤후는 온몸이 땀으로 질척거렸다. 사내 도움이 없었더라면 자칫 화를 당할뻔했다.

'누가 자객을 보냈을까?'

교정별감 최항이라면 귀양지까지 직접 자객을 보낼 만큼 어리석지 않았다. 별장 김인준일 것이다. 하긴 그놈이 그놈이겠지만, 귀양 중이던 김인준이 강도로 돌아와 돌중 만전(최항 법명)을 교정 별감까지 올려놓은 헛된 충성심이 임금을 능욕한다는 것을 모르는 사람이 없었다.

'그렇다면 김인준은 왜, 자객까지 보내 살해하려고 할까?'

잠시 쉬었다가 오라던 김인준의 우직했던 눈빛이 눈앞에서 어른거렸다.

'처지가 바뀐 것일까?'

"나으리 시백이 인사 올립니다."

김윤후는 깜짝 놀랐다. 강도에서 식솔을 돌봐야 할 시백이 유학사에 나타나다니…… 그것도 한밤중에…….

"네가 어쩐 일이냐?"

"나으리, 큰일 날 뻔했습니다. 다친 곳은 없습니까?"

"아니, 이 사람아, 집은 어떻게 하고……?"

시백이 눈물까지 글썽거리는 게 심상찮아 보였다. 강도 집에 무슨 일이 일어난 것이 같았다.

"나으리, 죽여 주십시오."

시백이 눈물을 찔끔거렸다.

"도대체 무슨 일이냐?"

김윤후는 꿈속에서 아내와 아이들이 아우성치던 모습이 생각났다.

"예, 나으리. 소상히 말씀 올리겠습니다."

김윤후는 말없이 시백의 말을 들었다. 보름 전에 강도江都 궁성 서문 너머에서 다른 곳으로 옮겼다가, 감시하던 야별초들의 행동이 수상해 강도江島 건너편 석모도로 몰래 옮겼는데, 그날 밤 복면 자객들이 집을 불태웠다고 했다. 다행히 피했기 망정이지 큰일 날 뻔했다고 말했다.

"나으리, 소인이 잘못했습니다."

"······!"

김윤후는 아무 말 하지 않았다. 교정별감 최항이 식솔을 죽이려고 마음먹으면 시백이 아니라 그 누구도 감당하지 못할 것이다.

"별장 김인준의 움직임이 수상해 한달음에 유학사로 왔는데, 요행히 자객들을 물리칠 수 있었습니다."

시백은 그나마 다행이라는 생각이 들었다. 반 시진이라도 늦었더라면 주군이 큰일 날 뻔했다.

"강도로 빨리 돌아가거라."

김윤후는 강도 식솔이 걱정이었다.

"주군은 어쩌시려고요."

"나는 걱정하지 말아라. 이제 전후 사정을 알았으니, 여기서 대처하면 될 일이다."

자객은 다시 올 것이다. 죽음이 가까이 있었다. 김윤후는 죽는게 두렵지 않았다. 하지만, 이유도 모른 채 당하는 식솔이 안타까웠다. 시백이 강도로 돌아가더라도 막지 못할 것이다. 교정별감 최항이 해치려고 마음먹으면 살 사람은 고려에 없었다.

'죽을 수밖에…….'

개경 보제사 다리 밑에서 숨을 헐떡이며 죽어가던 어머니가 생각났다. 마음이 아팠다. 하지만 김윤후가 할 수 있는 일은 아무것도 없었다. 지금처럼, 어쩌면 운명일 것이다.

'이렇게 끝나는 것인가…….'

김윤후는 유학사 마당에 우두커니 선 미륵불상을 바라보았다. 웃고 있었다. 어제도 웃었고, 사 년 전에도 웃었다.

7

승천부 앞 조강에 갯벌이 드러났다. 몽골군 깃발이 강도를 향해 나부꼈다. 총사령관 야굴은 하루가 멀다고 임금을 협박했다. 별장 김인준은 하루하루가 숨 가빴다. 충주부로 보냈던 자객들은 여태 소식조차 없었다. 어떻게 된 일일까. 다그치는 교정별감 최항 눈빛이 얼쩡거렸다.

"주군, 별장 김인준입니다."

김인준은 교정별감을 찾았다.

"무슨 일인가?"

최항의 퉁명스러운 대답이 장지문 너머에서 들려왔다.

"드릴 말씀이 있습니다만……."

김인준은 다소곳이 아뢨다. 이대로는 두었다가 무슨 사달이 벌어질지 알 수 없었다.

"그래, 무슨 일인가?"

최항은 장지문을 열었다. 귀양 중인 섭랑장 한 놈 해치우지 못하면서 주둥이를 들이대는 별장 김인준이 못마땅했다.

"섭랑장 말입니다."

"섭랑장이 왜?"

"충주성 방호별감으로 보내는 게 어떠실는지……?"

임경필에게 야별초 무사 세 명을 딸려 유학사로 보냈지만, 김윤후를 반드시 제거한다는 확신이 없었다. 게다가 피 흘리지 않고 제거하는 방법이 있는데 굳이 칼에 피묻힐 필요가 없었다. 명분도 괜찮았다. 김인준이 교정별감을 흘끔거리며 뒤통수를 긁적거렸다.

"김윤후를 방호별감으로 보내다니, 무슨 개소리를 지껄이느냐?"

최항이 발칵 화를 냈다. 죽이라고 했더니 방호별감으로 임명하라니 뚱딴지같은 소리를 지껄였다. 그것도 방호별감으로 영전까지 시켜서, 별 미친놈을 다 보았다. 별장 놈이 정신 줄을 놓았거나, 아니면 엉뚱한 생각을 품었던지……. 자발없이 뇌까리는 꼬락서니가 한심했다.

"몽골군이 영남을 들이칠 거라는 정보가 있습니다."

"그래서……."

최항은 뜨악했다. 김윤후를 살해하는 것과 몽골군이 영남을 들이치는 것이 무슨 연관이 있다고……. 이놈이 정신 줄을 놓은 것 같았다.

"몽골군이 영남을 치려면 문경새재를 넘어야 하는데, 반드시 충주성을 점령해야 합니다. 게다가 충주성은 작은 읍성이라 몽골 대군을 방어하기 어렵습니다. 주군, 그래서…….”

김인준은 임경필의 말을 곱씹으며 머리를 잔뜩 조아렸다.

"어째서?"

최항은 어이없다는 듯 김인준을 바라보았다.

"어, 그게…….”

김인준은 최항의 귀에 주둥이를 들이댔다.

"……?"

최항은 말없이 김인준을 빤히 보았다. 무식한 대갈통에서 나온 계략 같지 않았다. 충주성이 작은 읍성이지만 영남으로 가는 요충지라 항상 문제가 많았다. 양반들은 달아나고 노비들이 힘을 합쳐 성을 지켰지만, 전투가 끝난 뒤 성으로 돌아온 양반들이 노비들을 모함해 재물을 빼앗고 죽였다. 게다가 평지성이라 성곽도 허술했다. 아무리 뛰어난 장수를 방호별감으로 보내더라도 성을 지키기 쉽지 않을 것이다. 김인준의 계략은 나쁘지 않았다. 어쩌면 손에 피를 묻히지 않고 김윤후를 제거할 수 있을 것 같았다.

"누구 생각인가?"

"소장 생각입니다만……?"

김인준은 다부지게 말하던 임경필을 언뜻 떠올랐다.

"아무튼, 알았네."

별장 김인준 대가리는 썩지 않았다.

'그럼 그래야지……'

십 년 묵은 체증이 쑥 내려가는 것 같았다. 최항은 자리에서 일어났다.

"채비를 차려라. 당장 폐하를 뵐 것이다."

"예, 주군."

김인준은 머리를 조아렸다. 고민했던 문제들을 한꺼번에 해결할 수 있을 것 같아 슬며시 웃었다.

"폐하, 교정별감 드십니다."

시랑 이국술이 최항의 입궐을 아뢰었다.

"허어, 영공 어서 오세요."

임금 안정은 어전 밖에서 얼쩡거렸다.

"교정별감이 폐하를 뵈옵니다."

"의논할 게 무에 있다고 영공께서 직접 어전으로 다 찾아오시고……."

임금 호들갑은 어설펐다. 교정별감이 엉뚱한 말을 할까 봐 사실 두려웠다. 이치에도 안 맞는 말을 주절거리지 않으면 그나마 다행이었다. 어차피 제 마음대로 결정할 터인데 군이 어전에서 의논하겠다니……. 무슨 허튼소리를 지껄일지 마음이 불편했다.

"당연히 아뢰어야지요. 폐하."

최항은 일단 뜸을 들였다.

"가까이 다가가도 되겠나이까?"

임금은 어전으로 오르겠다는 교정별감 최항이 불쾌했다. 하지만 물리칠 용기도 없었다. 잘못 화를 돋웠다가 무슨 해코지를 할지 몰랐다. 하긴, 물러가란다고 물러날 위인도 아니었지만.

"가까이 오세요. 영공."

"예, 폐하. 그럼······."

최항이 엉거주춤 임금에게 다가갔다.

임금이 귀를 내밀었다.

용안을 뚫어지게 바라보던 최항이 주둥이를 들이밀었다.

"······?"

임금이 용안龍眼을 끔뻑끔뻑했다.

"그렇게 하시구려. 교지는 시랑에게 맡겨두어도 되겠습니까?"

"예, 폐하."

최항은 뒷걸음질로 어전을 물러났다. 그의 계략을 임금이 알 리 없어 속으로 쾌재를 불렀다.

"젠장, 이거야 원······."

최항은 임금이 불편했다. 교정도감에서 처리해도 될 일을 굳이 임금에게 그것도 어전까지 달려와 아뢰려니 배알이 뒤틀렸다.

"어명이라니, 어이 씨!"

어전을 돌아보던 교정별감 최항이 투덜거렸다.

"시랑은 들어라. 충주부 유학사에 귀양 중인 섭랑장 김윤후를 충주성 방호별감으로 명하라."

어명은 준엄했다.

시랑 이국술은 깜짝 놀랐다. 살다 보니 별일이 다 있었다. 섭랑장 김윤후에게 사약을 내릴 줄 알았다. 몽골군이 고려 땅 곳곳을 유린하는데, 귀양 중인 죄인들이 몽골군에게 항복할 것을 염려해 죽이는 게 상례常例였다. 그런데 풀어주라니, 게다가 충주성 방호별감으로 영전까지 시켜서……. 입이 다물어지지 않았다. 그래도 다행이었다. 김경손 상장군이라도 살았더라면 몽골군이 저토록 처참하게 백성을 도륙하게 내버려 두지 않았을 것이다. 다행히 섭랑장 김윤후라도 귀양에서 풀려나 방호별감이 되었으니 대책을 세울 것이다.

"폐하, 은덕이 하해 같사옵니다."

이국술은 임금 앞에 조아리고 꺼이꺼이 눈물을 찔끔거렸다.

유학사 일주문이 와자지껄했다. 관복을 차려입은 시랑 이국술이 일주문 안으로 들어섰다. 충주부 군사들과 야별초 예닐곱 명이 뒤따르고 시백과 연화도 보였다. 뜬금없이 금대와 목도, 그리고 외대골 대장장이들도 우르르 뒤따랐다.

"시랑께서, 무슨 일로……. 이 먼 곳까지……?"

김윤후는 놀라지 않았다. 올 것이 왔을 뿐이었다. 자객에게 살해당하기보다 임금이 내린 사약을 받으니 그나마 다행이었다. 바닷속에서 고개를 내밀며 숨을 헐떡거리던 김경손 상장군과 불난 집에서 아우성치던 아내와 식솔들이 설핏했다. 미안했다. 가장으로서도 신하로서도 도리를 다하지 못한 게 부끄러웠다.

이국술이 두루마리를 펼쳤다.

"죄인 김윤후는 어명을 받으시오."

김윤후는 법당 마당에 무릎을 꿇었다. 한 많은 세상, 이제야 끝나는구나……. 지난 세월이 헛헛하게 머리를 스쳤다.

시랑 이국술이 어명을 읽어 내려갔다.

죄인 김윤후는 죄가 가볍지 않아 죽어야 마땅하다. 하나, 몽골 오랑캐가 나라를 어지럽히니 이보다 불행한 일이 있겠느냐. 김윤후는 오랑캐를 물리쳐 공을 세워라. 그리하여 지은 죄를 죽음으로 사하도록 하라……. 죄인 김윤후를 충주성 방호별감으로 명하노라.

"폐하, 성은이 망극하옵니다."

김윤후는 어안이벙벙했다. 옥새가 뚜렷하게 찍혀있었다. 허수아비 임금이라도 임금은 임금이었다.

"시백과 연화가 주군에게, 인사 올립니다."

강도에 있어야 할 사람들이었다. 보름 전에 유학사로 떠날 때 시백에게 식솔들 안위를 부탁했다. 그런데 불쑥 눈앞에 나타나 인사 올리다니 김윤후는 반갑기 그지없었다.

"식솔들은 어떻게 하고 왔느냐?"

"나으리, 염려 놓으셔요. 마님과 식솔들은 안전하게 모셨습니다. 마님께서 나리를 도우라는 성화에 연화를 데리고 다시 왔옵니다."

아무리 아내가 성화를 내더라도 곁에서 돌봐야지 시백이 충주 유학사로 와버리면, 강도에서 불행한 일이 생겨도 대처할 방법이 없었다. 하긴, 교정별감 최항이 마음먹으면 고려 땅 어디에 숨더라도 찾아내 죽일 것이다. 김윤후는 시백이 잘 갈무리했을 거로 믿었다.

"나으리, 소인들도 인사 올립니다."

금대와 목도, 외대골 대장장이 이십여 명이 뒤따라 부복했다.

"나으리, 감축드리구먼유."

금대 목소리가 꿈같이 들렸다. 죽은 것인가 산 것인가 김윤후는 얼떨떨했다.

"부처님이 도왔구먼, 도왔어⋯⋯."

교지를 내밀면서 시랑 이국술이 중얼거렸다.

"⋯⋯?"

이국술의 등 뒤로 복면 자객 그림자가 설핏했다. 김인준이 보낸 자객일 것이다. 시랑 이국술은 유학사 요사채에서 하룻밤을 보낸 뒤 강도로 돌아갔다. 음식은 외대골 대장장이 금대 집에서 보내왔다. 기껏해야 좁쌀밥에 산나물 서너 대접이어도 정성 듬뿍한 조반이었다.

"부처님이 도왔어!"

아침을 먹는 둥 마는 둥 이국술이 강도로 떠날 때 하던 말이 김윤후 귓전에서 온종일 얼쩡거렸다.

충주성 방호별감이라……. 김윤후는 대장장이들을 외대골에 두고 떠나려니 걱정됐다.

"너희들은 어떻게 할 참이냐?"

몽골 오랑캐가 개경 궁궐에 불까지 질렀다면 머지않아 충주성을 들이칠 터인데, 아무리 심심산골이라도 쇠둑부리가 즐비한 외대골을 그냥 지나치지 않을 터, 게다가 영남을 치려면 충주성을 함락하지 않고 문경새재로 우회할 만큼 몽골군 장수는 어리석지 않았다.

"소인들도 나리를 따라 충주성으로 들어가려구유."

금대가 머리를 긁적거렸다.

"그렇다면, 서두르게."

충주성으로 들어간다고 사는 것도 아니었다. 그렇다고 사 년을 함께 지낸 대장장이들을 몽골군이 짓밟도록 외대골에 남겨두고 떠날 수 없었다. 죽을 때 죽더라도 서로 힘을 보태야 할 것이다.

"예, 방호별감 나으리."

금대가 외대골로 돌아갔다.

"떠날 준비가 되면 연락하거라."

"몽골군이라……."

이십여 년 전 수주(수원)현 처인성 전투가 생각났다. 그때는 운이 좋아 몽골군 총사령관 살례탑을 죽여 승리를 이끌었다. 그 공으로 수원승에서 섭랑장으로 환속까지 해 교정별감 호위병으로 최우가 죽을 때까지 괜찮았다. 그런데 제 아비 뒤를 이은 최항이 문제였다.

최항은 환속하기 전 법명이 만전으로 쌍봉사 주지였다. 더군다나 조계산 수선사에서 진각국사 혜심 문하에서 동문수학했다. 제 아비 뒤를 이어 교정별감이 되더니 오만방자는 극에 달해 김윤후를 괴롭혔다.

만전은 제 형 만종보다 더 용렬한데 속까지 좁아 사람을 믿지 않는 이를테면 외톨이었다. 성격도 강퍅해 제 아비(최우) 발바닥에도 미치지 못했다. 늙은 제 아비 권력만 믿고 안하무인 날뛰다가 쌍봉사로 내쳐졌다. 그나마 혜심 스승님의 처분이라 가능했다. 그런데 망나니 만전이 제 아비 뒤를 이어 교정별감이 될 거라고 누구도 생각 못 했다. 왕후장상의 씨가 따로 없다더니, 임금을 업신여기는 최항은 언젠가 임금까지 해할 놈이었다.

충주성은 유학사에서 시오리 길이었다. 김윤후는 시백과 연화, 그리고 시백이 데리고 온 수주(수원)현 백현원 수원승 백여 명과 충주성으로 출발했다.

수레에 짐짝을 실은 외대골 사람들이 방호별감 김윤후를 뒤따라 충주성으로 향했다.

"오랑캐가 충주성까지 쳐들어올까유?"

수레를 끌던 젊은 대장장이가 바위산에 감춰둔 곡식이 걱정되었던지 수레를 탄 노인에게 물었다.

"글쎄다. 십수 년 전에도 쳐들어왔으니 그럴지도 몰라."

"추수는 거둬들였시유?"

"아들놈이 곡식은 죄다 거둬들였지만, 볏짚은 들판에 버려두라고 했제. 짐승들도 먹어야 하지 않겠나……."

말하기가 힘들었던지 노인은 외대골을 물끄러미 바라보았다. 틈틈이 일군 화전에 곡식을 추수할 때면 관아에서 빼앗아 가고, 감춰둔 곡식은 비적들이 탈취해갔다. 노인은 이래저래 심기가 불편했든지 시무룩했다.

"다행이구먼유."

젊은 대장장이는 덩달아 입을 다물었다. 곡식이라도 거둬들였다니 김윤후는 그나마 다행이라는 생각이 들었다.

"근데 어르신……."

수레를 끌던 젊은 대장장이가 노인에게 물었다.

"말혀?"

노인은 수레를 끄는 젊은이를 물끄러미 바라보았다.

"고려에 영소월광검인가 그 뭐라더라……. 아무튼 그런 영험한 보검이 있다던디, 그 보검만 찾으면 아무리 강한 몽골군이라도 물리칠 수 있다고 하던디유, 혹시 소문 들어보셨남유?"

"암, 들어봤지……."

노인은 오래된 기억이라도 끌어내는지 이맛살을 찌푸렸다.

"그려유?"

젊은 대장장이는 귀를 쫑긋 세웠다.

"삼백 년도 넘은 전설 같은 이야기지, 고려 태조 임금님도 그 보검으로 통일했다더구먼……. 근데…… 그 뒤로는 아무도 본 사람이 없다는구나. 몽골 오랑캐가 저토록 백성을 도륙하는데도 보검이 나타나지 않는 걸 보면 임금님의 불심이 없어서인지도 모르지……. 암 그럴 거야."

노인은 눈을 껌뻑거리며 바위산을 한참이나 바라보더니 말을 이었다.

"어쩌면, 다 헛된 소문일지도 몰러……."

노인이 한숨을 내쉬었다. 그 한숨은 서글프다 못해 애달팠다. 김윤후는 그저 바라보았다. 노인의 눈물이 안타까웠다.

'정말 보검이 있을까.'

금대가 궁금해했던 그 전설 같은 보검을 노인도 기억하고 있었다. 불심으로 만든 팔만대장경도 몽골 오랑캐를 물리치지 못하는데, 아무리 보검이라도 영소월광검 한 자루가 흉포한 몽골 오랑캐를 물리칠 수 없을 것이다. 노인의 말대로 헛된 소문에 불과할 것이다.

'영소월광검이라……?'

김윤후는 보검 따위는 믿지 않았다. 달래강 너머 충주성이 눈앞에 보였다.

2부·충주성 방호별감

1

충주성은 허술했다. 몽골군은커녕 비적조차 막기 어려워 보였
다. 내성內城은 성벽이 낮고 성문은 옹성甕城이었지만, 치성雉城은
옹졸했다. 그나마 외성外城은 터가 넉넉해 여유로웠다. 그러나 사
면斜面이 느린 토성이라 성벽으로 뛰어오르는 기마병을 물리치기
에 모자라 보였다. 몽골군이 외성을 점령하고 내성을 포위해 장기
전으로 맞서면 보름 버티기도 어려울 것 같았다.

동쪽의 청풍강(남한강)과 서쪽 들판을 돌아 성을 휘감아 흐르는
달래강은 천혜의 해자로 손색없었다. 아무리 용맹한 적장이라도
퇴로를 확보하지 않으면 뒷골이 당겨 함부로 강을 건너 공격하기
쉽지 않을 것이다. 게다가 청풍강을 따라 계명산과 남산의 가파른
벼랑은 초원에 익숙한 몽골군 기마병이 접근하기 어렵다.

달래강은 대문산 탄금대에서 청풍강과 합수해 북쪽으로 흘렀
다. 물살이 느린 청풍강은 뗏목으로 공격할 수 있어도 매복이 두려

위 함부로 공격하지 못할 것이다. 그리고 달래강은 강폭이 좁고 물살이 빨라 해자垓字로는 충분해도 강을 사이에 두고 적군과 맞서 싸우기에는 그 폭이 좁아 아군에게 유리할 수도 불리할 수도 있어, 도움은 제한적이었다. 그나마 합수부 소용돌이 물살은 위협적이라 함부로 강을 건널 수 없을 것이다.

대문산은 우뚝해 탄금대에 올라서면 북쪽으로 흐르는 청풍강 하구까지 시야가 툭 틔어 강을 거슬러 공격하는 적을 망보기는 좋아도 거기까지였다. 전쟁을 치러본 적장이라면 나룻배로 강을 거슬러 충주성을 공격하지 않을 것이다.

몽골군이 공성 장비로 성을 공격하려면 달래강에 부교를 설치해 퇴로를 확보하든지, 물살이 느린 청풍강에 뗏목을 띄워 강을 건널 것이다. 그리고 기마병을 앞세워 성을 공격하려면 달래강 들판으로 들이칠 터인데, 시백의 백현원 수원승 기마 일백 기로 맞서기에는 형편없이 모자랐다.

'어떻게 공격해 올까?'

적장의 전략을 모르니 김윤후도 전략을 세울 수 없었다.

"허 참……."

김윤후는 머리가 지끈거렸다.

"방책이 없을까?"

아무리 생각해도 막막했다. 몽골군의 주력은 기마병이었다. 보병이라야 거란에서 차출한 병사나 함락한 성에서 항복한 고려군 포로 병사들일 것이다. 그들이 앞장서서 한꺼번에 충주성으로 들이치면, 몽골군의 고려군 포로 병사들과 아군 병사들이 서로 창검을 겨누며 싸워야 한다. 몽골군 포로 병사들과 아군의 병사는 모두 고려 백성이었다.

'내 손으로 백성을 죽여야 한다니⋯⋯.'

김윤후는 가슴이 답답했다.

'충주성 방호별감이라⋯⋯.'

어명은 또 다른 사약이었다. 충주성에서 죽으라는 명령이었다. 차라리 유학사에서 자객에게 죽어야 했다. 어금니까지 악다물며 패악을 부리던 교정별감 최항이 설핏했다.

"저 새끼, 당장 눈앞에서 치워라!"

최항의 독설은 야멸찼다.

"미친놈⋯⋯."

김윤후가 대들었다. 아무리 개망나니라지만, 죽은 지 수삼 년도 안 된 제 놈의 아비(최우) 첩실을 취하려 하다니⋯⋯. 분명 미친놈이었다. 그게 다가 아니었다. 제 어미 천박함은 제쳐두더라도 제 아비 본처 대 씨까지 무참히 살해했다. 제 버릇 개 못 준다더니, 교정별감 최항의 싹수없는 버릇은 예나 지금이나 달라지지 않았다.

"아무리 계모라도 부모는 부모입니다. 어떤 자식이 부모를 죽입니까?"

"저 개자식이……!"

검을 빼든 최항이 분을 이기지 못해 씩씩거렸다.

"죽여라!"

섭랑장 김윤후는 목을 들이밀었다. 최항의 망나니짓이 어이없어 독설을 퍼부었던 게 사달이었다. 별장 김인준이 만류하지 않았더라면 그는 진작 모가지가 달아났을 것이다.

"주군, 그만두세요!"

김인준의 목소리는 단호했다.

"어이, 씨……."

최항이 검을 내던졌다. 제풀에 겨웠던지 쌍욕을 내뱉으며 자리를 박차고 일어서는 옹졸한 그의 욕망이 허허로웠다. 제 아비의 권력을 꿰찰 때 반대했던 상장군 김경손을 밀어낼 때 별장 김인준이 가까이서 적극 도왔으니 함부로 내치지 못해 분통이 터졌을 것이다.

"미친놈……!"

김윤후는 코웃음 쳤다. 최항이 목에 칼을 들이대고 윽박질러도 눈조차 깜빡거리지 않았다.

"저놈을 당장 옥사에 처넣어라!"

최항이 고래고래 고함을 지르며 자리를 박차고 나갔다.

"섭랑장……."

별장 김인준의 은근한 목소리가 옥사 너머에서 들렸다.

"……?"

김윤후는 대답하지 않았다. 앞에서는 대범한 척해도 별장 김인준도 최항 못지않았다.

"이참에 잠시 쉬었다 오시지요."

김인준이 말꼬리를 목구멍 속으로 욱여넣었다. 강도를 떠나라는 말이었다. 고려 땅 어디를 가더라도 최항이 마음먹으면 찾아낼 것이다. 진각국사 혜심 스승님이 입적入寂한 조계산 수선사(순천 송광사)라면 몰라도……. 김윤후는 대답 대신 고개를 돌렸다. 수선사 수원승은 강도 야별초보다 못하지만, 그렇다고 만만하지도 않았다. 김경손 상장군처럼 자객에게 피살당하느니 차라리 수선사라면 버텨볼 수 있을 것 같았다. 그러나 김윤후는 충주부의 오래된 폐사찰 유학사에 유폐되었다.

혜심 스승님 말씀이 떠올랐다.

이십 수년 전, 수선사 뒤뜰에서 만전(최항의 법명)과 검술 대련할 때였다. 만전이 느닷없이 만우(김윤후의 법명) 기문혈(갈비뼈 아래)을 찔러왔다. 사망에 이를 수 있는 치명적인 급소였다. 간신히 목검 끝을 피했지만 화가 났다. 만전의 견정혈을 사정없이 내리쳤다.

"만우야, 이쯤에서 그만두어라. 만전이 힘들어하지 않느냐?"

목검을 놓친 만전이 분을 못 삭여 씩씩거릴 때마다 혜심 스승님이 하신 말씀이었다.

"예, 스승님."

"어이, 씨……."

제풀에 겨웠던지 만전은 목검을 던지더니 돌아서서 고래고래 고함까지 지르면 패악을 쳤다.

"네, 이놈, 만전아! 시합에 졌으면 당당하게 승복해야 진정한 무사라고 가르치지 않았더냐. 그 무슨 버르장머리 없는 행패냐!"

혜심의 꾸지람은 단단했다.

"……!"

만우는 검을 거둬들였다. 시퍼런 검기劍氣가 조계산 멧부리에서 뒤척이는 저녁노을처럼 갈랬다.

김윤후는 충주성을 둘러보았다. 내성은 그나마 석성이라 성벽은 단단했다. 동쪽의 조양문, 서쪽의 휘금문, 남쪽의 봉아문과 도성을 향한 경천문 중, 퇴로는 내성 봉아문에서 외성 남문을 빠져나가면 대림산성으로 향하는 길이었다. 몽골군이 외성을 포위하면 그 길은 막혀, 몽골군의 퇴로는 사방으로 뚫리지만, 아군의 퇴로는 없어 성안에서 굶어 죽는 수밖에 없었다.

"으음……."

김윤후 시름이 밤공기를 갈랐다. 눈앞에 다가오는 몽골군을 맞서기도 벅찬데 등 뒤에서 비수를 꽂으려 호시탐탐 노리는 강도의 적까지 감당할 자신이 없었다. 눈앞에서 치우라며 패악을 부리던 최항의 어쭙잖은 상판대기가 설핏 떠올랐다. 그때 죽었더라면……. 이처럼 고민하지 않을 것이다.

보름달이 소대기산 중턱에 걸렸다. 텅 빈 달래강에 서성거리는 달빛을 소대기산 그림자가 한 뼘씩 지워나가고 있었다. 추수가 끝나 곡식을 거둬들인 들판을 불태운 게 그나마 다행이었다. 자칫 추수가 늦어 곡식이 몽골군 수중에 들어갔더라면 힘든 싸움이 될 뻔했다.

"최 교위는 안으로 들어오라."

교위 최평은 강도에서 청야입보하라는 파발이 도착하자 충주성을 팽개치고 제 식솔을 데리고 달아난 충주 부사 김익태 부관이었다. 부사가 달아난 성에 하급 장수가 남은 게 대견스러웠다. 하지만 속내까지 온전히 믿을 수 없어 김윤후는 지켜보는 중이었다.

"예, 별감."

"치성(雉城, 성벽이 돌아가는 모서리에 망을 보기 위해 성벽보다 약간 높은 성) 보강공사는 얼마만큼 진척되었느냐?"

"경천문과 휘금문 사이 치성 보수공사는 열흘이면 끝날 것 같은데, 조양문과 봉아문을 연결되는 동측 치성은 보름은 더 걸려야 합니다."

최평의 보고는 긴장감이 없었다.

"보름이라……."

이만 명의 몽골군이 성을 포위하고 동시에 들이칠지, 기마병을 앞세워 성문으로 들이칠지 알 수 없는데 허술한 성벽 보강공사까지 늦어지면 큰일이었다. 서둘러 성벽을 마무리하지 않으면 낭패였다.

김윤후는 가슴이 답답했다.

"보름이면 끝날 수 있겠느냐?"

김윤후는 최평을 다잡았다. 그를 믿고 마냥 기다릴 수 없었다.

"병사들을 다그치고 있으니 걱정 안 하셔도 됩니다."

김윤후는 입술이 바짝바짝 타들어 갔다. 평원에서 전투한 적장이라면 평지성인 충주성을 꿰차고 있을 것이다. 군사를 나누어서 공격하면 불리하다는 것을 적장도 알 것이다. 그리고 이만 명 병사가 달래강을 건너 외성을 포위하려면 퇴로를 확보하려고 할 것이다. 몽골군이 강을 건너지 못하게 외성에서 방어해야 한다. 어쨌든 보수 공사는 최평의 계획보다 보름은 더 걸릴 것이다. 내성 성곽 보강공사를 끝내야 외성 방어 진지를 구축할 터인데 쉽지 않아 보였다.

'성벽 보강공사라도 빨리 끝나야 할 텐데…….'

그렇다고 교위 의견을 무시하고 섣불리 나설 수 없었다. 앞의 적과 뒤의 적이 김윤후 목줄을 조여오고 있었다.

"알았네, 병사들을 독려해 성곽 보수 공사 일정을 단축하도록 하라."

최평은 어쭙잖게 나대는 방호별감이 못마땅했다. 성곽 보수 공사라면 방호별감보다야 훨씬 잘 알고 있었다. 부임한 지 한 달도 안 된 초짜 방호별감이 성곽을 보강한답시고 이러쿵저러쿵 간섭하는 게 못마땅했다.

"예, 별감, 그렇게 하겠습니다."

김윤후는 최평 불만을 모르지 않았다. 성에서 오래 근무하다 보면 허술한 곳이 눈에 띄지 않는데, 교위 따위가 알 리 없었다.

'춘주성(춘천성)이 잘 버텨야 할 텐데…….'

북쪽 하늘이 붉었다. 김윤후는 이글거리는 불빛에서 백성들의 피눈물이 보이는 듯했다.

이십 년 전, 김윤후가 조계산 수선사를 떠나던 날 혜심 스승님 말씀이 떠올랐다.

"만우야."

"예, 스승님."

"부처님이 보이느냐?"

"……."

중 같지도 않은 중으로 사는 게 안타까웠을 것이다. 만우는 중도 노비도 아니었다. 사찰 뒷일 치다꺼리로 힘이나 쓰다가 죽으면 그뿐인데, 수원승 따위에게 불심을 논하다니 가당찮은 말이었다. 만우는 대답하지 않았다.

"어렵고 힘들 때 내 말을 기억하거라."

혜심은 만우의 수원승 신세를 물은 게 아니었다.

"예, 스승님."

만우는 마지못해 대답했다.

"나오고 들어감이 넉넉하더라도, 나가지도 들어가지도 않는 하나의 길이 있음을 알아야 한다."(直饒出入俱備 更須知有不出不入底一路 且道 作麼生是那一路)

만우는 그 하나의 길을 알 수 없었다.

혜심은 만우를 힐끗 보았다. 가슴에 한이 다닥다닥 응어리져, 부처님의 자비가 들어갈 틈이 없었다. 스스로 해결하지 않으면 안 되는 것을……. 마음이 아팠다.

"대나무 그림자가 계단을 쓸어도 티끌조차 움직이지 못하고 달빛이 바다를 뚫어도 물결에는 흔적도 남지 않는단다."(良久云竹影掃堵 塵不動 月光穿海浪無痕)

만우는 대답하지 않았다. 부처님의 가르침은 지체 높은 사람들의 몫이지 수원승 따위가 알 바 아니었다.

그러나 그게 아니었다. 조계산 멧부리를 바라보던 혜심 스승님의 가르침을 지금 생각하니 차라리 섬뜩했다.

교위 최평은 볼 수 없어도 방호별감 김윤후는 보였다. 적장도 보일 것이다. 찬찬히 살피고 대비하지 않으면 한순간에 성은 몽골군에게 함락될 것이다. 죽는 것은 차치하더라도 소홀하면 자칫 백

성들까지 도륙당할 수 있었다. 병사들은 포로가 될 것이고 아녀자
는 몽골로 끌려가 남쪽의 고향 하늘을 바라보며 원망할 것이다. 김
윤후는 두려웠다.

　김윤후는 말 등에 오르는 교위 최평을 바라보았다. 교위 또한
마음 편하지 않을 것이다. 그러나 전쟁은 죽고 사는 일이었다. 무
엇이든 허투루 해서는 안 된다. 김윤후는 동문 치성 보강공사를 직
접 확인할 참이었다.

2

"별감, 교위 임경필입니다."

임경필이 휘금문 성루로 올라왔다.

"……?"

김윤후 눈길은 달래강 너머 벌판에 머물러 있었다.

"춘주성으로 척후 나갔던 시백이 돌아왔습니다."

임경필이 한 번 더 보고했다.

"시백은 성루로 올라오라."

시백이 숨을 가파르게 몰아쉬며 성루로 올라왔다.

"춘주성 정황은 어떻던가?"

시백의 표정부터 살폈다. 김윤후는 시백의 얼굴에서 춘주성 정황을 가늠할 참이었다.

"오래 버티지 못할 것 같사옵니다. 나으리."

시백의 보고는 짧았다.

"직접 보았더냐?"

"아닙니다. 나으리."

김윤후가 시백을 바라보았다.

"몽골군이 춘주성을 수 겹으로 에워싸 도저히 성안으로 잠입할 수 없었습니다. 요행히 성에서 도망 나온 노비 병사 한 놈을 붙잡아 정황을 알아보았습니다만……."

시백이 엉거주춤 말꼬리를 감췄다.

"그래, 그 노비 병사란 놈은 어디 있느냐?"

김윤후는 눈을 지그시 감았다.

"성 발치에 있습니다만……."

시백 눈길이 성 발치를 가리켰다.

"데려오너라."

허름한 차림의 고려 병사가 부산스레 손을 비비고 있었다. 몽골군과 전투는 곧 죽음이었다. 성으로 입보한다고 사는 것도 아니었다. 몽골군과 싸워서 이겨야 살 수 있었다. 양반이든 천민이든 패하면 곧 죽음이었다. 처자식이 눈에 밟히면 싸워서 이겨야지 한 치라도 물러서면 안 된다. 죽을 각오로 싸우면 살길이 생길지도 모를 일이었다.

김윤후는 노비 병사를 물끄러미 바라보았다.

"왜 춘주성에서 도망했느냐?"

"나으리, 어미가 병들어 소인 도움 없이는 끼니조차 드실 수 없구먼유. 끼 거리도 없어유. 하루라도 빨리 소인이 집으로 돌아가 산채라도 뜯어야 한 끼 식사라도 올릴 수 있구먼유."

노비 병사는 눈물을 찔끔거렸다.

"처자는 어디 있느냐?"

"산속으로 도망갔지유, 몽골 오랑캐가 물러가면 산에서 데려와 야 내년 봄에 씨앗도 뿌려야 하는디……."

병든 어미는 버려두고 제 아내와 자식만 피신시켰다는 노비 병사의 말은 허허로웠다.

"네, 어미만 집에 두었더냐?"

"한사코 떠나지 않겠다고 해서……."

노비 병사가 말을 하다 말고 머뭇거렸다.

"그랬구나……."

김윤후는 말문이 막혔다. 개경 보제사 다리 밑에서 피를 토하며 달아나라고 소리치던 어머니 충혈된 눈빛이 설핏했다.

"그리고, 어……."

노비 병사가 할 말이 남은 듯 머뭇거렸다.

"말하라."

김윤후는 노비 병사를 다그쳤다.

"그게……. 그러니께유, 항복하면 살려 준다기에……. 성을 빠 져나와 몽골군 진영으로 찾아가는 중이었지유."

노비 병사는 태연스럽게 말했다.

"몽골 오랑캐가 네놈에게 귀리 한 줌이라도 준다더냐?"

"예, 나으리. 춘주성에 소문이 파다합지유. 입보민 대부분은 날이 어둡기를 기다려 성을 빠져나갈 궁리만 하구먼유."

김윤후는 기가 찼다. 오랑캐가 저토록 대놓고 백성을 도륙하는데 그따위 소문을 믿다니……. 끼니 거르는 제 어미가 안타까워 몽골군 첩자들이 퍼뜨린 유언비어에 혹했을 것이다. 임금이 강도에 처박혀 여흥이나 즐기니 백성에게 임금이나 나라 따위는 애초부터 없었다. 그러나 봄에 씨앗을 뿌려야 한다며 자발없이 뱉어내는 노비 병사도 어이없기는 마찬가지였다.

"네, 이놈! 아무리 어미가 굶기로 병사가 군율을 어기고 성을 달아나다니, 그러고도 네놈이 고려 백성이라 할 수 있느냐?"

"나으리, 소인이 죽으면 제 어미와 처자식은 누가 먹여 주남유. 열흘도 못 가서 굶어 죽을 거여유. 임금이 먹여준데유 나라가 먹여준데유?"

노비 병사는 고개를 쳐들고 눈에서 열불을 쏟았다. 백성들에게 몽골군과 고려군은 다르지 않았고, 임금이나 나라가 중요하지 않았다. 제 부모 처자밖에 없었다. 누구를 탓하겠는가……. 김윤후는 가슴이 헛헛했다.

"네, 이놈!"

김윤후는 칼을 빼 들었다.

"아이고, 나으리……. 그게 아니구유……!"

노비 병사가 손을 싹싹 빌었다. 김윤후는 노비 병사 목을 베었다. 핏방울이 칼날에 퍼덕였다. 부모를 봉양하려는 마음을 모르지 않았다. 그러나 병사는 죽더라도 병영兵營을 벗어나면 안 된다. 강한 적군도 한마음으로 뭉쳐서 대항하는 군대를 이길 수 없다.

"억!"

노비 병사가 눈깔을 희번덕거렸다.

"나으리……!"

시백이 온몸을 부르르 떨었다. 주군의 모습이 아니었다. 이십여 년 전, 백현원에서 여태까지 주군으로 모셨다. 그런데 이처럼 불같이 화내는 모습은 처음이었다. 귀양살이가 팍팍했던 탓이라 여겼다.

"저놈 시신을 양지바른 곳에 잘 묻어 주어라."

"……예, 나으리."

시신을 수습하던 시백이 비틀거렸다. 김윤후는 못 본 척 돌아섰다. 피 냄새가 자닝하게 콧구멍을 파고들었다. 몽골군도 두렵지만, 병사들의 부침浮沈은 더 두려웠다. 달래강에서 노비 병사 비명이 쿨럭거렸다.

저녁노을이 강 건너 달래강 들판에서 도닐었다.

'성을 지킬 수 있을까?'

김윤후는 졸아드는 마음을 다그쳤다. 전쟁은 이미 시작되었다. 초겨울 밤바람은 쌀쌀했다. 시월에 들어서자 몽골군 척후병이 곳곳에서 나타났다. 몽골군이 칠월, 갑신일에 압록강을 건넜으니 겨울 채비는 못 했을 것이다. 춘주성을 함락하면 고려군 포로들을 닦아 부족한 겨울 채비까지 하면, 몽골군은 더욱더 기세등등하게 들이칠 것이다.

"백성이 날라 온 곡식들은 어떻게 했느냐?"

창정 최수가 나섰다.

"내성 사창社倉에 쌓아두었습니다만······."

김윤후는 목소리를 높였다.

"사창에만 쌓아두었다니?"

최수가 눈을 끔뻑거렸다.

"사창과 관창官倉은 물론이고 창고를 별도로 지어서라도 네 곳 이상 분리해 보관토록 하라."

곡식을 사창 한곳에만 보관하다니······. 김윤후는 어처구니없었다. 몽골군 불화살이 아니더라도 성안 백성들의 실수로 불이 옮겨 붙으면 수많은, 애써 준비한 곡식을 한 번에 잃을 수 있었다.

"예, 별감."

창고도 없는데 나누어서 보관하라니 터무니없는 지시가 어쭙잖았다. 이유도 말해주지 않았다. 그렇다고 방호별감의 지시를 거절하기 껄끄러워 창정 최수는 입을 다물었다.

방호별감 김윤후의 명령은 계속됐다.

"교위 정준은 병사들을 데리고 달래강 건너 들판에 널린 볏짚과

논두렁을 모조리 불태우고, 갯가 마른풀까지 태워라."

"예, 별감. 일러놓기는 했습니다만 확인하겠습니다."

방호별감은 성을 지키다가 임금 대신 죽으라는 임시 직책이라 병사들 통제가 쉽지 않았다. 부임 초기에 군율을 잡지 않으면 전투 중 달아나는 병사들을 통제할 수 없었다.

'따르는 병사가 몇이나 될까……?'

김윤후는 군영을 나서는 창정 최수의 거들먹거리는 뒷모습을 보았다. 검이 부들거렸다.

봉아문을 나서면 외성 곧장 남문에 이른다. 대림산성 길목이었다. 몽골군에게 포위되면 충주성 마지막 퇴로였다. 성이 함락되더라도 백성들까지 몽골군에게 죽게 할 수 없었다. 이 길만은 반드시 지켜야 한다. 병사들이 목숨으로 적군을 막으면 백성들은 탈출해 이듬해 봄에 씨앗을 뿌릴 것이다. 죽음 목전에도 제 어미 끼니를 걱정하던 노비 병사에게 미안했다.

낯익은 사람들이 분주하게 대장간을 들락거렸다. 외대골 부곡 마을 대장장이 식솔들이었다.

모루에 튕기는 망치 소리가 요란했다. 몽골 오랑캐와 싸우려면 무기가 필요했다. 농기구 공납조차 못 해 쩔쩔매던 대장장이들에게 검과 창 제조를 맡겼으니 불평이 많을 것이다. 군말 없이 모루에 시우쇠를 두드리는 대장장이가 고마울 따름이었다. 무기 없이 적군에 맞서 싸울 수 없다는 것쯤은 대장장이들도 알고 있으니 이해할 것이다.

쇠둑부리에 불을 지폈는지 굴뚝에서 연기가 솟아올랐다. 파랗다. 풀무질이 더딘 탓이었다. 풀무꾼들의 오금이 저릴 때까지 풍로 발판을 밟아 숯불 화력이 살아나면 연기가 투명해지고 질 좋은 시우쇠를 생산할 수 있어 단단한 무기를 만들 수 있었다. 몽골군과 싸우려면 성안에 제철소가 필요하다며 대장장이 금대가 우겨 외성 남문 근처에 쇠둑부리 두 기基를 외대골에서 옮겨왔다.

"석철괴는 충분히 확보했느냐?"

"예, 별감. 열흘이면 시우쇠 삼백 근은 너끈하답니다. 쇠둑부리 아궁이도 막을 거고요."

교위 최평이 대답했다.

"삼백 근이라……. 모자라지 않겠느냐?"

"외대골에서 날라 온 시우쇠만 이백 근이 웃돌아 부러진 무기를 쇠둑부리에서 다시 녹이면 육십여 일은 너끈히 버틸 수 있는 무기를 생산할 수 있다며, 야철장 금대가 큰소리쳤는데요……."

교위 최평이 말꼬리를 삼키며 우쭐했다.

"그런가?"

진검을 만들겠다며 메밀가루를 둘러메고 유학사를 찾아왔던 금대가 생각났다. 충주성 입보를 뒤로한 채 백여 자루 진검을 만들어 보여주던 뱃심은 웬만한 야별초 무장 못지않았다.

'육십일이면 오랑캐가 물러날까?'

금대 희망 사항일 것이다. 전쟁이 벌어지면 대장장이는 더 힘들었다. 충주성이 함락되면 몽골군 무기를 만들 것이다. 전쟁에서 이겨도 져도 그들은 대장간에서 살아야 한다. 조정 허락 없이는 어떤 곳으로도 이사할 수 없었다. 죽을 때까지 정해진 곳에서 살아야 한다. 그들의 부모가 그랬던 것처럼, 그들의 자식과 그 자식의 자식까지 모루에 얹은 시우쇠를 두들기며 대대손손 대장장이로 살아야 하는데 말없이 망치를 두드리는 대장장이들이 고마웠다.

"숯은 충분하더냐?"

"예, 별감. 고사리봉 참나무를 태워 겨우내 땅속에서 숙성시킨 참숯이라 화력이 좋아 석철괴 녹이기에 그만입니다. 시우쇠 질도 좋구요……. 그리고 음…… 풀무질 서너 번이면 온도 조절도 빨라 담금질도 쉽다고 숯장이가 말했습니다."

교위 따위가 담금질을 어떻게 하는지 알 리 없었다. 숯장이 말을 옮기려니 쉽지 않았던지 최평이 어설프게 웃었다.

"숯장이라면 목도를 말하더냐?"

"예, 별감."

목도는 외대골 제철소 숯장이였다. 논두렁 넘듯이 멧갓을 넘나들어 신체도 건장했다. 금대나 목도 같은 젊은 대장장이들에게 진검을 쥐여주면 웬만한 장수라도 당하기 어렵다. 외대골 바위산 기슭에서 이른 아침부터 목검으로 검술 훈련을 하던 모습이 생각났다.

쇠둑부리 굴뚝 연기가 투명하게 바뀌었다. 온도가 절정에 다다른 것 같았다. 맑은 날 아침에 떠오르는 태양처럼 붉고 투명한 쇳물이라야 질 좋은 시우쇠를 얻을 수 있다. 검이든 창이든 견고한 무기가 되려면 질 좋은 시우쇠와 뛰어난 대장장이의 합이 제대로 맞아야 한다. 적을 이기려면 무기가 단단하고 장수는 의로워야 한다. 전장에서 무기는 병사의 목숨이다. 제아무리 날랜 장수라도 무딘 무기로는 적을 물리치기는커녕 목숨 잃기 십상이었다. 질 좋은 무기를 지녔더라도 장수 또한 의롭지 않으면 무딘 검보다 못해 전투에서 패하기 마련이다.

조계산 수선사를 떠나던 날 영소검影掃劍을 건네주면서 하신 혜심 스승님이 말씀이 떠올랐다.

"만우야, 검劍은 곧 생명이니라."

혜심은 조계산 멧부리를 바라보았다. 저녁노을이 마지막 불꽃을 태우고 있었다. 칼날에 부모를 잃은 아이가 온전한 중이 될 수 없었다. 어린 가슴에 피로 얼룩진 원한을 기억하는 한 타이른다고 달라지지 않을 것이다. 스스로 해결해야 할 일이다. 가슴이 답답했다.

"예, 스승님. 깊이 새기겠습니다."

만우는 개경 보제사가 떠올랐다.

여동생 덕주를 껴안은 어머니를 따라 보제사 뒷문으로 빠져나오는데 별초군이 들이닥쳤다. 덕주가 울음을 터뜨렸다. 어머니가 덕주 입을 틀어막았다. 야별초 무사가 검을 빼 들자 어머니는 스스럼없을 다리에서 뛰어내렸다. 김윤후도 뛰어내렸다. 어머니가 피를 토하며 물속에서 허우적거렸다.

"빨리 도망가거라!"

"어머니……!"

어머니 목소리가 귓전에서 맴돌았다. 덕주 우는 소리가 까마득히 멀어졌다. 물살이 덮쳤다. 기억은 거기에서 멈췄다. 만우가 깨어났을 때는 혜심 스승님의 바랑 안이었다.

"만우야, 무슨 생각이 그리 많으냐?"

만우는 번쩍 정신이 들었다.

"검법을 연마하려면 정신부터 집중해야 검세劍勢가 살아난다. 정신이 흐트러지면 마음을 다친다고 하지 않았더냐. 영소월광검影掃月光劍을 사용할 때는 더욱 그렇단다. 오래전 지눌 선사께서 고승으로부터 검을 하사받을 때 들으셨던 이야기다. 내가 지눌 선사에게서 검을 받을 때도 같은 말씀을 하셨는데, 영소검이 월광검을 만났을 때 비로소 그 위력을 발휘한다고 말씀하셨다. 영소검과 월광검은 본래 한 쌍이었는데 불행하게도 영소검밖에 없구나. 월광검을 찾는 것은 너의 의지와 부처님의 뜻이 닿을 때 이루어질 것이다. 나는 의지가 부족해 뜻을 이루지 못했지만 너는 반드시 이루도록 하라. 이 영소검을 너에게 넘겨주니 너 또한 지눌 선사 뜻을 잘 새겨 받들어야 한다. 알았느냐?"

혜심은 영소검을 만우에게 내밀었다.

"검은 곧 생명이니라. 알겠느냐?"

"예, 스승님."

만우는 영소검에서 눈을 떼지 않았다. 아무리 보검이라도 검 한 자루 찾는다고 백성을 구할 수 없을 터, 혜심 스승님의 말씀을 믿지 않았다.

"검을 다시 잡아라."

"예, 스승님."

만우는 정신을 가다듬었다.

"첫 초식부터 시작하라."

만우는 영소검을 곧추세워 정신을 집중했다.

"지검대적세持劍對賊勢."

혜심은 첫 초식을 펼쳤다.

"검을 세워 가슴으로 당겨 호흡을 멈추고 자신을 보호하고 상대에게서 눈을 떼지 마라. 그러면 만물은 정지하듯 조용하여 적의 가벼운 몸짓까지 눈앞에 훤히 보일 것이다."

만우는 검을 가슴으로 끌어당겼다. 숨이 차올랐다. 임진강에서 허우적거리든 아버지를 비아냥거리던 웃음소리……, 다리에서 뛰어내리던 어머니 비명, 칭얼거리는 여동생 덕주까지 눈앞에서 얼쩡거렸다. 머리를 흔들고 검을 고쳐잡았다. 만물이 정지하기는커녕 어지럽게 움직이더니 검 끝이 흔들렸다.

"이놈, 정신을 어디에 두고 있느냐?"

혜심이 불같이 화를 냈다. 초식을 잘못 펼치면 오히려 내상內傷을 입는다.

"......?"

혜심 스승님의 불같은 성화가 귓전을 스쳤다. 만우는 깜짝 놀라 정신을 가다듬었다. 가슴은 미어지고 눈물이 났다.

"오늘은 그만하는 게 좋겠구나."

혜심은 마음을 가다듬지 못하는 만우가 걱정이었다.

'언제, 제자리로 돌아올까?'

"검은 곧 생명이니라"

"예, 스승님······."

만종과 만전 형제가 수선사 담장 너머에서 낄낄거렸다.

"별감?"

최평이 부르는 소리에 김윤후는 정신이 번쩍 들었다.

"불편하시면 잠깐이라도 쉬시는 게 어떨는지요?"

"아니다······."

"그럼, 대장간으로 가시지요."

"알았네."

덕주의 칭얼거리는 소리가 귓속을 후볐다. 김윤후는 가슴 속을 더듬어 옥지환을 찾았다. 따뜻했다.

'살아있을까?'

3

대장간이 분주했다. 시우쇠 두드리는 망치 소리와 풀무질 노랫가락이 대장간에서 어우러졌다.

어기영차 불어라 바람아 /이집 저집 호미 모아
어기영차 불어라 바람아 /창검 방패 만들어서
어기영차 불어라 바람아 /남풍 불러 북풍 막고
어기영차 어기영차 …….

풀무질 노랫가락은 애달프다 못해 흥겨웠다. 힘든 일일수록 흥겨워야 견딜 수 있었다. 평생 해온 짓일지라도 힘겨울 것이다. 힘겹지 않은 노동이 있으랴마는 힘들어서 노랫가락은 더 애달팠다. 농기구만 만들어도 덜 힘들 것이다. 그러나 해를 걸러 쳐들어오는 몽골군과 싸우려면 병장기까지 만들어야 목숨을 부지할 수 있으니 대장장이들은 이래저래 고달팠다.

"나으리, 오셨시유?"

대장간을 나오던 금대가 허리를 굽실거렸다. 쇠둑부리에서 흘러나오는 쇳물 같은 땀방울이 그의 이마에서 뚝뚝 떨어졌다.

"잘 돼 가는가?"

"예, 나으리, 시우쇠는 이미 만들어 놓았으니 담금질하면 될 것이구먼유. 이삼일 지나면 창이든 검이든 맹글거구먼유."

금대는 덤덤했다. 검이라면 자신 있을 것이었다. 외대리 대장간에서도 검을 만들었으니 이제는 이력도 생겼을 것이다. 평생 해온 짓이라 어쩌면 감흥조차 없을지도 모르지만, 김윤후 눈에는 씩씩한 장수였다.

"그래, 지금까지 생산한 시우쇠로 검은 몇 자루나 만들 수 있겠는가?"

"세 자짜리 장검, 오백 자루는 맹글 수 있을 거구먼유."

춘주성이 무너지면 오랑캐는 곧장 충주성으로 들이닥칠 것이다. 김윤후는 마음이 다급했다. 하지만 망치질에 여념이 없는 대장장이 수고까지 다그칠 수 없었다.

"방패 만들 시우쇠는 충분한가?"

"수삼 일은 더 쇠둑부리에 불을 지펴야 할 거여유."

금대가 뚱하게 대답했다. 오랑캐 무기를 만드나 고려군 무기를 만드나 힘들기는 마찬가지일 것이다. 차라리 오랑캐에게 무기를 공급하면 목숨이라도 살려주겠지만, 고려 관리들은 몽골군이 약탈해간 재물을 훔쳤다며 모함했다. 아무리 대장장이들을 천한 백성이라 업신여겨도 남의 귀중품을 훔칠 만큼 경우가 없지 않았다.

"수삼 일이라……."

시간이 없었다. 그러나 기다려야 한다. 병사들의 사기와 충성심은 믿음이었다. 수삼 일이라고 말했으니 김윤후까지 나서서 다그칠 필요가 없었다. 금대라면 충분히 해낼 것이다.

"석철괴는 충분히 확보했는가?"

"예, 나으리, 외대골 야철장에 보관해 두었던 석철괴를 모조리 운반해 성벽 아래에 쌓아두었습지유."

그러고 보니 대장간 뒤뜰 가장자리에 붉은 돌덩이가 널브러져 있었다.

"알았네, 그런데 금대야. 부석浮石(쇳물 녹일 때 표면에 뜨는 이물질)은 어디에 보관해 두었느냐?"

"석철괴 옆에다 따로 모아두었습니다."

"잘했네, 쓸데가 있으니 잘 보관하거라."

석철괴를 녹일 때 쇳물 위로 뜨는 찌꺼기를 식히면 부석이었다. 부석 부순 가루로 성벽을 기어오르는 적병들의 눈에 뿌리거나, 화재 시에 진흙을 섞으면 소화消火 효과가 좋아 수성守城 무기로 요긴하게 쓰일 경우가 더러 있었다.

"예, 나으리."

금대가 씨익 웃었다. 방호별감이 별도 지시하지 않아도 부석을 절구에 잘게 부서 화전에 뿌리면 귀리 수확이 늘었다. 몽골군이 물러가고 전쟁이 끝나면 외대골로 운반해 요긴하게 쓸 참이었다.

"최 교위?"

김윤후는 최평을 불렀다.

"예, 별감."

"병사들을 시켜 부석을 성문마다 올려놓아라."

성문에 쌓아두어야 불시에 전투가 벌어지더라도 병사들이 때에 맞춰 사용할 수 있을 것이다. 김윤후는 성벽으로 기어오르는 적병들이 눈에 보이는 듯했다.

"예, 별감."

"하루라도 빨리 올려놓아라."

최평은 뜨악했다. 부석을 성루에 올려놓으라는 방호별감 명령을 이해할 수 없었다. 돌을 던져도 성벽으로 기어오르는데, 돌보다 가벼운 부석을 던진들 적병들이 물러나지 않을 것이다.

"……예, 별감?"

김윤후는 부석 사용처를 말하지 않았다. 때가 되면 알게 될 터인데 굳이 말할 필요가 없었다.

"별감, 교위 임경필입니다."

임경필의 말이 대장간 앞에서 멈췄다.

"별감, 노비 병사들이 훈련장에 모였습니다. 훈련을 시작할까요?"

"그렇게 하라."

쌍봉사 지주였던 만전(최항 법명)을 환속시켜 진양공(최우)의 후계자로 옹립하려고 김인준이 앞장섰을 때 그를 도운 자가 교위 임경필이었다. 글솜씨가 빼어난 데다 무술 솜씨도 야별초 못지않았고, 권모술수 또한 남달라서 참모 장교로 손색없었다. 그러나 김윤후는 선뜻 마음 내키지 않았다.

김윤후는 짐작할 수 없어도, 별장 김인준이 심복 임경필을 충주성에 보냈을 때에는 그만한 이유가 있었을 것이다.

'몽골군에 항복이라도 할까 봐 감시하려는 것일까?'

그렇다면 걱정할 필요가 없었다. 성에서 싸우다가 죽을지언정 몽골군에게 항복할 생각은 없었다.

임경필의 눈빛이 출렁거렸다. 살기가 번뜩였다.

'저 익숙한 살기…… 무엇일까?'

김윤후는 소름이 돋았다. 교정별감 최항이 임금에게 주청해 사약을 내리면 간단하게 죽일 수 있는데 굳이 방호별감으로 천거했다. 시랑 이국술이 귀띔했을 때도 귀를 의심했다. 시랑의 귀띔이 사실이더라도 김인준 뜻은 아닐 것이다. 배후에 교정별감 최항이 있을 것이다.

"임 교위도 노비 별초군 훈련에 참여할 터인가?"

김윤후는 아무렇지 않은 척 임경필을 돌아보았다.

"예, 별감."

임경필은 방호별감의 수성 전술이 궁금했다. 몽골군이 충주성을 공격할 거라는 첩보가 여러 차례 있었다. 그런데도 병사들 훈련은 제쳐두고 성곽 보수에만 정신이 팔려있었다. 어차피 그와는 상관없는 일이었지만 해치울 기회가 많아져 오히려 다행이었다. 방호별감 허리에 찬 검을 흘끔거렸다. 평범한 진검이었다. 평상시에 보검을 지니고 다니지는 않을 것인즉, 내실內室 깊숙한 곳에 감춰두었을 것이다. 보검을 확보하면 죽여도 좋다던 별장 김인준의 말이 귓전에서 얼쩡거렸다.

'죽인다……!'

임경필은 가슴이 떨렸다.

'어디서 보았을까?'

김윤후는 어디서 본 듯한 교위 임경필의 출렁거리는 눈빛이 신경 쓰였다. 기억이 날듯 말 듯 한 눈빛, 어지럽게 머릿속에서 얼쩡거렸다.

강을 거슬러 북풍이 불기 시작했다. 계절이 바뀌고 있었다. 물결이 하얗게 일어섰다. 청풍강 가장자리 살얼음이 갯버들 솜털을 털어내며 마지막 이파리마저 떨어뜨렸다. 계절 탓만은 아닐 것이다.

나룻배 한 척이 북창나루를 건너고 있었다. 몽골군이 함락한 성에서 탈출한 패잔병들일 것이다. 몽골군도 저들처럼 청풍강이든 달래강이든 강을 건너야만 충주성을 공격할 수 있다.

"북창나루라……."

김윤후는 대문산을 오르다가 북창나루를 바라보았다. 멧부리가 아니더라도 탄금대만 올라서면 적군이든 아군이든 강을 거스르는 모든 것을 한눈에 망볼 수 있었다. 그러나 조둔진은 달랐다. 동쪽으로 굽이치는 청풍강이 계명산에 가려 뗏목을 띄워야 망볼 수 있다. 게다가 금당계곡 입구여서 아군 척후가 소홀하면 몽골군 침투로 이어져 자칫 성 배후를 쉽게 내줄 수 있어 낭패당할 수 있었다. 아무튼 금당계곡 입구 조둔진이 문제였다.

금당계곡은 골짜기가 깊고 가팔랐다. 게다가 좁은 외길이라 금당사를 지키더라도 어둠을 틈타 몽골군 척후라도 침투하면 대책이 없어 금당사 수원승에게 맡겨놓을 일이 아니었다.

'몽골군은 어느 곳으로 쳐들어올까?'

이만여 명의 군사라면 어느 곳을 들이쳐도 이상하지 않았다. 김윤후는 적장 야굴이 두려웠다.

담장 넘는 소리가 들렸다.

'이 밤중에 누굴까?'

김윤후는 영소검까지 거리를 가늠했다. 열 자, 한 번 구르면 닿을 수 있었다.

"누구냐?"

"……."

대답이 없었다. 김윤후는 장지문을 열어젖혔다. 그림자가 내아 담장 너머로 사라졌다. 두 명이었다. 곧장 출입문 빗장을 벗기고 바깥으로 내다보았다. 담장 모퉁이에 바람 흔적이 휘청거렸다.

"나으리, 무슨 일이라도……."

인기척을 들었던지 시백이 별채에서 뛰어나왔다. 시백은 연화 와 함께 내아 별채에서 머물렀다.

"아무 일도 아니야."

김윤후는 장지문을 닫았다. 본 듯한 얼굴에 익숙한 눈매……. 머릿속에서 얼쩡거릴 뿐 도무지 감이 잡히지 않았다.

'설마……, 교위 임경필일까?'

내아 담장을 돌아가는 뒷모습에 유학사 울타리를 넘던 복면 자 객 뒷모습이 설핏했다. 등골에 식은땀이 흘렀다.

"별감, 주무십니까?"

교위 임경필이었다.

"늦은 밤에 무슨 일이냐? 급하지 않으면 날 밝으면 들러라."

김윤후는 임경필을 만날 자신이 없었다.

이른 새벽 김윤후는 탄금대로 향했다. 임경필이 뒤를 따랐다. 합수부를 내려다보았다. 물길이 쿨럭거렸다.

"금곶진에 매복이 필요해 보입니다만……."

임경필이 말했다. 군사라도 되는 양 자세까지 반듯했다.

"그렇게 보이나?"

금곶진에서 적군을 기습하려면 임경필 말대로 매복이 필요했다. 하지만 장소가 마땅찮았다.

'적장이라면 어느 곳으로 건널까?'

금곶진은 매복이 어려웠다. 보병을 매복하려면 갯가가 유리했다. 병사들은 자세를 낮추면 숨을 수 있지만, 갈대를 태워버려 기병은 어려웠다. 기마병이 매복하려면 숲이 울창한 장미산 기슭이 차라리 나았다. 교위 임경필의 터무니없는 제안에 김윤후는 대답하지 않았다.

"임 교위가 충주성을 공격한다면 어느 곳으로 공격하겠는가?"

임경필의 의중을 떠보았다.

"북창나루가 아닐까요?"

임경필은 확신에 차 있었다.

"그런가……?"

"충주성으로 들이칠 수 있는 가장 빠른 길이기도 합니다만, 몽골군은 성을 우회하기보다 곧장 성을 들이칩니다."

임경필은 거침없이 대답했다. 북창나루에서 청풍강을 건너 외성 북문을 지나면 곧장 경천문이었다. 충주성을 공격하려면 가장 빠른 길이었다. 그러나 탄금대 동쪽 계명산은 벼랑이라 기마병 접근이 어려워 반드시 대문산 앞을 지나야 한다. 아무리 발 빠른 몽골 기마병이라도 울창한 숲을 지나려면 뒷골이 당길 수밖에 없을 것이다. 기마병 수십 기만 매복해도 적군 측면을 들이치기에 최적 장소였다. 역시 북창나루는 아니었다.

"그런가……."

김윤후는 고개를 끄떡였다.

임경필은 입을 다물었다. 의견을 제시해도 방호별감이 들은 척 만 척 시큰둥해 차라리 입을 다무는 편이 나을 것 같았다. 고집불통이라던 별장 김인준이 말이 새삼 생각났다. 김윤후는 역시 용의주도했다. 함부로 주절거렸다가 오히려 책잡힐 것 같아 그는 가급적 말을 삼갔다. 게다가 시백이라는 노비 놈까지 곁에서 얼쩡거려 살해할 기회가 없었다.

'어젯밤에 없애야 했는데…….'

별장이 다그치더라도 확실한 기회가 올 때까지 기다리는 수밖에 없었다.

"성으로 돌아가셔야죠?"

"그럴까."

김윤후는 짧게 대답했다.

경천문 성루에 오색깃발이 퍼덕였다. 병사들과 장수들이 일사불란하게 움직이고 있었다. 몽골군이 충주성으로 쳐들어온다는 척후가 잇달았으니 장수들도 병사들도 긴장했을 것이다. 첩자들을 앞세운 적장은 고려 땅을 손금 보듯 할 것이다. 김윤후는 몽골 군도 두렵지만 충주성 정보를 퍼 나르는 아군 첩자들이 더 두려웠다.

김윤후는 성벽이 낮은 외성이 신경 쓰였다. 외성 동문은 서문보다 두 자는 더 높여야 그나마 몽골 기병과 맞설 수 있는데 보수공사가 늦어지고 있었다.

"최 교위는 어디에 있느냐?"

교위 최평을 찾았다. 성벽 보수 공사 진척 상황을 알고 싶었다.

"예, 별감."

"성벽 보수공사와 성문 목책 준비는 얼마나 진척됐나?"

"내성 성벽 증축용 돌과 투석용 돌은 백성이 패를 나누어 옮기고 있습니다. 성벽 보수용 큰 돌은 청풍강에서 채취하여 수레로 나릅니다. 투석용 돌은 달래강에서 채취해 아낙들이 나르고 있습니다만, 불만이 이만저만 아닙니다."

"불만이라니?"

김윤후는 최평을 쏘아보았다.

"성으로 입보한다고 목숨까지 보장하지 않는다는 것을 교위는 모르느냐?"

최평이 고개를 숙였다.

"아느냐, 모르느냐?"

김윤후는 최평을 다그쳤다.

"예, 별감. 명령대로 수행하겠습니다."

병사들과 백성들이 힘을 합쳐도 성을 지키기 어렵다. 힘들다고 허술한 곳을 내버려 둬서는 안 된다. 몽골군이 충주성을 들이치기 전에 증축해도 허술한 부분은 있기 마련이었다.

강도에서 교위 임경필과 대정 이기달만 충주부로 보냈지 야별 초는 한 사람도 보내지 않았다. 충주 부사는 식솔들을 데리고 일찌 감치 달아났고, 그의 부관 교위 최평과 성문 수비를 책임지던 교위 정준, 병참을 보던 창정 최수만 성에 남았다. 백성이 성에서 남김 없이 도륙당해도 강도 지원군은 기대할 수 없었다. 충주 관병들과 성으로 입보한 백성으로만 성을 지켜야 한다. 김윤후는 죽음으로 성을 지키라던 어명이 허허로웠다.

"목재는 준비됐는가?"

허술한 외성 목책을 보강할 참이었다. 내성은 옹성이라 방어가 쉽지만 몽골군이 성을 포위하면 외성에서 보름을 버틸 수 없었다. 외성을 방어하려면 허술한 성문(목책)이 걱정이었다. 나무를 엮어 만든 목책은 겉보기도 허술했다. 오랑캐 분온차(轒轀車, 공성전용 장갑차. 빈 수레에 나무골조를 덧씌워 쇠가죽으로 감싸 적의 화살 방어용으로 무장한 장갑차량)나 충차衝車로 서너 번만 들이받으면 부서질 것이다.

교위 정준이 나섰다.

"목책에 사용할 나무는 월악산에서 벌목 중이라 수일 내 뗏목에 실려 북창나루에 도착할 겁니다."

김윤후는 고개를 끄덕였다. 수일 내로 목책에 쓸 나무라도 도착하면 문제 될 것이 없었다. 몽골군이 들이닥치기 전에 성벽과 성문을 보강해야 그나마 하루라도 더 버틸 수 있다. 충주성은 평지성이라 방어하기 녹록지 않은데 성곽까지 허술하면 버티기 더 어렵다. 백성을 살려준다면 차라리 항복하고 싶었다.

'항복하면 살려줄까?'

김윤후는 이십여 년 전, 급박했던 처인성 전투를 생각했다.

4

조계산 수선사를 떠나 백현원에 수원승으로 머문 지 한 달쯤 지났을 때였다. 몽골 오랑캐가 광주성(남한산성)까지 쳐내려와(몽골군 2차 침입, 1232년) 군郡, 현縣의 백성은 가까운 산성이나 섬으로 입보하라는 방문榜文이 고을마다 나붙었다. 승려도 포함됐다. 몽골군은 물러갈 것 같지 않았다. 만우(김윤후의 법명)는 백현원 수원승을 이끌고 수주현(수원) 처인성으로 출발했다.

처인성은 백현원 무봉재 넘어 북쪽 십여 리에 있었다. 대책 없이 근처 산성으로 들어가 곤란을 겪기보다 작은 성이지만, 군자창(식량과 무기를 보관하던 곳)이라 전란을 피하기에는 그만한 성城도 없었다. 만우는 수원승을 이끌고 백현원 뒷산 무봉재에 올랐다. 동짓달 보름이 지난 산과 들에는 온통 눈[雪]으로 뒤덮였고 개울은 얼어 빙판인 데다 골짜기마다 빽빽한 숲은 눈의 무게를 견디지 못한 나무들은 성한 가지가 없었다.

인근 백성들이 처인성으로 향했다. 젖먹이를 업은 아낙들은 보퉁이를 이고 아이는 걸렸다. 거동이 불편한 노인들을 수레에서 꾸벅거렸다. 젊은 남정네들은 봇짐을 지고 마소를 몰았다.

처인성은 아수라장이었다. 병사들은 보이지 않았고 전란을 피해 성으로 몰려던 백성들만 북적거렸다.

'어떻게 된 거지……?'

만우는 기가 찼다. 전란을 피하기는커녕 오히려 위험해 보였다.

"만우 스님……?"

무덕은 만우에게 귀엣말했다.

"예, 말씀하세요, 무덕 스님."

"차라리 백현원으로 돌아가는 게 어떠실는지……."

무덕은 만우 눈치를 살피며 주억거렸다.

"스님, 무슨 말입니까?"

무덕 스님이 성문에서 우왕좌왕하는 백성들을 눈으로 가리켰다. 만우가 보아도 가관이었다. 처인성에서 전란을 피하기 어려워 보였다. 어쩌면 무덕의 말이 옳을지도 몰랐다. 하지만 허술하기는 백현원도 마찬가지였다. 수원승 백여 명으로 수만 명에 이르는 몽골군을 대적할 수 없었다.

"백현원으로 돌아가면 뾰족한 수라도 있습니까?"

무덕이 입을 다물었다. 백현원으로 돌아가더라도 몽골군이 비켜 가기를 기다리는 수밖에 다른 대안이 없었다.

"그렇기는 합니다만⋯⋯."

무덕이 어물쩍거렸다.

"이왕 왔으니 일단 성안으로 들어가 봅시다."

성문으로 들어서는 수원승을 바라보며 백성들이 술렁거렸다. 창검으로 무장한 중들의 출현에 당황했을 것이다. 만우는 백성들부터 안심시켜야겠다는 생각이 들어 좌중을 둘러보았다.

"소승들도 전란을 피해 성으로 들어왔으니 여러분에게 피해 끼치는 일은 없을 테니 염려하지 마세요."

만우는 목소리를 높여 백성들을 안심시켰다.

"⋯⋯?"

백성들이 수원승을 흘끔거리며 주저주저했다. 어쭙잖은 중들이 오히려 신경 쓰였을 것이다. 차라리 고개를 굽실거려 몽골 오랑캐가 원하면 무기든 곡식이든 내주면 목숨은 건질 거로 생각했을 것이다. 그러나 그게 아니었다. 몽골군은 흉포해 백성들을 처참하게 도륙한다는 소문이 고려 곳곳에 파다했다. 싸워서 이기지 않으면, 목숨을 잃을 것이다.

"여러분, 걱정하지 마세요."

만우는 일단 목소리를 높였으나 생각보다 작은 처인성 규모에 가슴이 덜컥했다. 몽골군이 들이치면 하루 버티기도 어려울 만큼 허술했다. 그는 도보로 성을 두어 바퀴 돌았다.

'칠백여 보步⋯⋯.'

전란을 피하기에는 터무니없이 작은 성이었다. 게다가 토성이라 무덕 스님 말처럼 백현원으로 돌아가는 게 나을 것 같았다.

만우는 닥쳐올 일이 두려웠다. 백성들이 우왕좌왕했다. 하지만 성곽은 아름드리나무들과 잡목들이 울창해 성 크기를 가늠하기 어려웠고, 성 앞으로 개울이 흘렀다. 토성이라도 성벽은 높고 가팔랐다. 성루에 궁수를 배치하면 아무리 날랜 몽골 기병이라도 쉽사리 성벽을 넘을 수 없었다. 허술한 성문은 목책을 덧대면 며칠은 버틸 수 있을 것 같았다.

"어떻게 하지……?"

만우는 고민에 빠졌다. 몽골군에 맞서 싸우려면 열흘을 넘길 수 없을 것이다. 군자창에 무기라도 있어 그나마 다행이지만 그는 백현원으로 돌아가고 싶었다. 그러나 전란을 피해 성으로 들어온 백성들을 버리고 돌아가려니 선뜻 마음이 내키지 않았다. 하지만 중들만으로 몽골군을 대항하기에는 무리였다. 힘쓸만한 남정네들에게 농기구라도 들려 몽골군과 싸워야 하는데 우왕좌왕하는 사람들을 보고 있으려니 눈앞이 아찔했다.

'저들을 데리고 몽골 오랑캐에게 맞서 싸울 수 있을까……?'

만우는 자신이 없었다. 저들을 두고 백현원으로 돌아갈 수도 없었다. 임진강에 강제로 던져져 살려달라 숨을 헐떡이며 애원하던 아버지의 충혈된 눈빛이 어른거렸다. 만우는 어머니 치맛자락을 붙들고 죽어가는 아버지를 지켜보면서 아무것도 할 수 없었다.

'저들과 함께 싸우자……'

만우는 마음을 다잡고 성상로城上路에 올라섰다. 그리고 목소리를 높였다.

"여러분!"

백성들의 웅성거리는 소리에 묻혀 만우 목소리는 늦가을 낙엽처럼 땅바닥에 주저앉았다.

"조용히 하세요!"

무덕이 나섰다. 목소리가 날카로웠다. 백성들이 눈을 멀뚱거리며 소리 나는 곳으로 눈길을 돌렸다.

"우리는 처인성을 지켜야 합니다."

그 틈에 만우가 목소리를 높였다.

백성들이 다시 술렁거렸다.

"스님, 우리는 농사밖에 지을 줄 모르는 농사꾼인데 칼이나 창도 다룰 줄 모릅니다. 무슨 재주로 저 흉포한 몽골 오랑캐와 싸워 성을 지킵니까?"

한 사내가 목소리를 높였다. 틀린 말이 아니었다. 농사를 짓던 사람들이 병장기를 다루거나 군사훈련을 따로 받았을 리 없었다. 무기조차 다뤄본 적이 없는 농사꾼에게 몽골군에 맞서 성을 지키자는 만우의 말이 어쩌면 가당치도 않았을 것이다.

"차라리 항복합시다."

사내에게 동조하는 목소리가 여기저기서 터져 나왔다. 만우는 난처했다. 식솔까지 데려왔으니 불안했을 것이다. 우왕좌왕하다가 성에서 떼죽음을 당할지 몰랐다. 성을 나가더라도 추위에 얼어 죽을 것이다. 숨을 곳도 없었다. 그러나 몽골군이 성을 함락하면 백성들을 도륙할 것은 자명했다. 물리치지 못하면 성에서 죽어야 한다. 작은 힘이라도 합쳐야 몽골군과 싸워보기라도 할 터인데 그들은 두려워하고 있었다. 백성들마저 흩어지면 싸울 방법이 없었다. 어쨌든 흩어지면 죽는다. 백성들에게 힘을 합치면 이길 수 있다는 믿음이 그들에게 필요했다.

"우리가 힘을 합쳐 싸운다면 몽골군을 물리칠 수 있소!"

만우가 목소리를 높였다. 백성들은 못 믿겠다는 듯이 여기저기서 술렁거렸다. 칼을 빼 들었다.

"지금부터 내 말을 잘 들으시오. 성을 나가 살 수 있으면 주저하지 말고 식솔을 데리고 나가시오. 성문은 열려있소. 성을 나가 얼어서 죽든지, 도망가다가 몽골 오랑캐에 잡혀 칼 맞아 죽든지, 아니면 나와 함께 힘을 합쳐서 오랑캐를 물리치고 성을 지켜 함께 살든지 여러분이 결정하시오."

순식간에 벙어리가 된 듯 백성들이 조용했다. 눈바람에 떨어지는 나뭇잎 소리가 사각거렸다.

"성을 나갈 사람이 있으면 지금밖에 없소."

만우는 백성들을 바라보았다.

"우리도 스님들과 같이 오랑캐에 맞서 싸우겠소."

어수룩한 사내가 주먹을 불끈 들어 목소리를 높이자 여기저기서 싸우자는 목소리가 튀어나왔다. 식솔을 살리려면 힘을 합쳐야 한다는 만우의 말에 백성들은 희망을 보았을 것이다. 가장家長에게 식솔은 버팀목 그 이상이었다.

"자, 나갈 사람이 없으면 성문을 닫겠소. 지금부터 지위 고하를 막론하고 내 허락 없이 성 밖으로 나갈 수 없소. 어기는 자는 가차 없이 처단하겠소."

만우는 숨을 몰아쉬었다. '몽골군을 물리칠 수 있을까?' 고작 수원승 백여 명과 무기조차 다루지 못하는 농사꾼 사오백 명으로 처인성을 지키기는 무리였다. 자신이 없었다.

"아낙과 어린아이들, 노약자와 노인들은 군자창으로 들어가 내 명령이 있을 때까지 꼼짝 말고 기다리시오."

아낙들과 어린이들이 우르르 성안 군자창으로 몰려갔다.

"무덕 스님은 저들을 안전한 곳으로 안내하세요."

"예, 스님."

무덕이 군자창으로 말을 몰았다.

"병장기가 없는 남자들은 농기구를 챙겨 성문 앞으로 모이세요."

백성들이 우왕좌왕했다.

"시백은 뭘 하느냐? 저들을 안내해 전투태세를 갖추지 않고!"

만우는 시백을 다그쳤다. 광주성(남한산성)이 언제 무너질지 몰라 조마조마했다. 처인성에 군자창이 있다는 정보를 몽골군이 알면 그냥 지나치지 않을 것이다. 기를 쓰고 함락하려 할 것이다. 요행을 바라기는 어려웠다. 싸워서 물리치지 않으면 죽을 수밖에 없었다.

수원승을 둘러보았다. 기마 승 이십여 명, 칼잡이와 창잡이 보병 오십여 명, 쇠뇌수와 궁수를 합쳐 삼십여 명, 그리고 농기구를 잡은 백성 이백여 명으로 몽골군과 맞서야 한다.

'가능할까……?'

만우는 자신이 없었다.

"궁수는 두 패로 나누어 성문 양쪽 성상로에 대기하고, 시백은 병기 창고에 화살이 얼마나 있는지 확인하라."

"예, 스님."

몽골 기마병은 빨랐다. 화살 낭비를 막으려면 과녁을 정하고 유효사거리에 들어왔을 때 시위를 당겨야 화살을 아낄 수 있었다.

"남자들은 괭이나 낫, 농기구를 들고 성에서 대기하고 아낙들은 개울에서 물을 길어 군자창에 물을 뿌리고 동이마다 물을 가득 채우시오."

백성들의 발걸음이 빨라졌다. 몽골군과 맞서 싸우기는 만우도 처음이어서 초조하기는 그들과 다르지 않았다.

"만우 스님."

무덕이 뛰어왔다.

"무슨 일입니까?"

"성안에 우물이 없습니다. 불화살이야 개울물로 끈다지만, 먹을 음식과 식수는 어떻게 하실는지요?"

만우는 성안에서 얼마나 버틸지 생각해 보지 않았다.

"스님 생각은 어떻습니까?"

"죽는 힘을 다해 싸워도 열흘 버티기 어렵습니다. 보름치 식수와 음식이라도 준비하는 게…….."

무덕이 말하다 말고 입을 다물었다.

"예, 스님. 몽골군이 처인성을 지나치기를 바라야겠지요…….."

앞날이 암담했다. 몽골 오랑캐가 처인성을 공격할지 말지 적장이 결정할 것이다. 만우가 할 수 있는 일이란 게 적군이 비켜 가기를 부처님에게 기도하는 일밖에 없었다.

"만우 스님, 아녀자들을 데리고 물 길으러 가겠습니다."

무덕이 침을 꼴깍 삼키며 자리를 떴다.

"그렇게 하세요, 무덕 스님."

무덕 스님의 발걸음이 당당했다. 만우는 힘을 냈다. 백성을 살리려면 성안 백성들이 힘을 합쳐 몽골군을 물리치고 성을 지켜야 한다. 새끼가 위험에 처하면 짐승도 죽을힘을 다해 달려든다. 사람은 더하다. 무지한 사람도 똑똑한 사람도 식솔이 위험에 처하면 목숨까지 건다.

개경 보제사 다리 밑에서 피를 토하며 달아나라고 소리 지르던

어머니도, 전란을 피해 처인성으로 몰려든 백성들도 다르지 않을
것이다.

처인성 백성이나 충주성에 입보한 백성들은 다르지 않았다. 모
두 고려 백성들이었다. 식솔이 위험하면 목숨까지 내던진다. 보제
사에 소리치던 어머니와 처인성 백성들은 전쟁에 나선 장수보다
강했다. 그러나 새끼를 지키려는 어미의 본능만으로 흉포한 몽골
오랑캐를 물리칠 수 없을 것이다. 작은 힘이라도 뭉쳐야 한다. 뭉
쳐서 싸워야만 저 흉포한 몽골 오랑캐를 물리칠 수 있다.

청풍강에서 스산한 바람이 성으로 불었다. 김윤후는 바람을 정
면으로 맞섰다. 병사들이 온몸으로 북풍을 막아야 백성들은 살아
서 고향으로 돌아가 이른 봄에 씨앗을 뿌릴 것이다.

5

외성 동문이 소란스러웠다.

"무슨 일이냐?"

"내성 수문水門 보수공사 중에 시공 문제로 병사들 간에 다툼이 있었어……."

교위 정준이 붉으락푸르락한 얼굴로 노비 별초군을 다그치고 있었다. 김윤후는 그 모습을 멀찍이서 지켜보고 있었다. 책임자가 굼뜨니 아무리 단순한 보수공사인들 제대로 진행될 리 없었다.

남산 계곡물은 동문 근처에서, 대림산 계곡물은 남문 근처에서 외성 안으로 끌어들여, 평상시에 백성들의 생활용수 쓰고 유사시에는 소방수로 활용해 수문이 너무 커서도 작아서도 안 된다. 수문이 크면 적군 침투로가 될 수 있고, 너무 작으면 홍수가 발생하면 성벽을 무너뜨릴 수 있어 배수로까지 염두에 두어야 한다.

"저―어, 별감? 수문 위치도 그렇지만 적군이 북창나루 강을 건너면 곧바로 운봉에 이릅니다만……."

교위 임경필이 끼어들었다. 운봉은 대문산과 외성 북문에 있는 작은 언덕이었다. 김윤후는 설핏 대문산을 바라보았다.

"그래서?"

"그게, 그러니까……. 동문은 남산으로 오르는 비탈이라 지대가 높습니다. 북문 밖 운봉을 몽골군이 먼저 차지하면 대처가 어렵지 않겠습니까?"

임경필이 어쭙잖은 꼬투리를 들춰내 강도에 보고 거리를 찾는 듯 주둥아리를 자발없이 나불댔다.

"그런가……?"

김윤후는 임경필을 바라보았다. 임경필의 말이 온전히 틀리지 않아 대놓고 무시하지 않았다. 운봉은 외성과 거리가 먼 대문산 자락이라 아군이 매복하지 않는다면 그의 말이 옳았다. 그러나 적장은 매복이 두려워 함부로 운봉을 차지하려고 병사를 움직이지 않을 것이다. 운봉에 토축土築을 쌓더라도 문제 될 게 없었다. 몽골군의 활 사거리로 외성까지 도달하기에는 어림없었다. 오히려 외성 앞의 얕은 해자가 문제였다. 깊게 파더라도 고려 병사 포로들을 앞세우고 성을 들이치면 금방 메울 수 있을 것이다.

"소장 생각입니다만……."

임경필은 의견을 말하려고 운을 뗐으나, 김윤후의 눈길은 계명산 자락에서 떠나지 않았다.

"……?"

김윤후는 대답하지 않았다. 성으로 흐르는 남산 물길이 정오 햇살을 튕겨내고 있었다. 교위 정준이 얼굴을 내밀었다. 햇볕에 그은 그의 까만 얼굴에 땀방울이 질척거렸다.

"찾았습니까, 별감?"

"그랬네, 수문 공사는 언제까지 마무리할 건가?"

김윤후는 정준에게 되물었다. 동문과 남문 그리고 물길이 빠져나가는 북쪽 수문 보수공사가 시급했다. 몽골군이 물길을 끊으면 성안의 우물 네댓 개로는 병사들은커녕 백성들 마실 물조차 턱없이 모자랄 것이다.

"닷새는 더 걸릴 것 같습니다만……."

정준이 어물쩍거렸다. 닷새로는 부족하다는 말이었다.

"수문 보수만으로 되겠는가?"

수문 보수공사보다 김윤후는 다른 물길을 물었다. 남산 물길이 몽골군에게 발각되면 독약을 넣을지 모를 일이었다. 몽골군이라면 충분히 가능한 일이었다. 물길 공사는 몽골군이 눈치채지 못하게 진행해야 한다. 전투가 길어지면 어차피 알게 되겠지만, 그렇다고 넋 놓을 수 없었다. 방도가 있어야 대책을 수립할 수 있을 터인데, 춘주성처럼 성을 포위해 공격하면 백성은 살길을 찾아 달아날 것이고, 성안 정보는 고스란히 적군에게 넘어갈 것이다.

"저어, 그게……."

정준은 수문 보수공사를 생각했지 물길이 몽골군에게 발각되리라고 생각한 적이 없었다. 새로운 물길이야 많이 확보하면 좋겠지만, 일어나지 않은 일까지 우려할 필요는 없었다. 그는 방호별감 명령이 성가셨다.

"계명산 발원지부터 땅속으로 물길을 끌면 어떻겠는가?"

김윤후는 교위 정준의 속내를 떠보았다.

"그런다고 오랑캐가 성으로 들어오는 물길을 못 찾겠습니까?"

충주 지리에 어두운 몽골군이 남산 물길을 알 리 없었다. 수문 보수공사도 벅찬데 물길까지 땅속에 묻으라는 방호별감의 지나친 명령에 정준은 뜨악했다.

"그런가……?"

물길이 적군에게 노출되어서는 안 된다. 적군의 공격을 성에서 버티려면 또 다른 물길을 찾아야 며칠이라도 더 버틸 수 있을 터, 김윤후는 그다음 문제를 생각하고 있었다.

임경필이 끼어들었다.

"그렇게나 멀리서요?"

"임 교위는 다른 방법이 있는가?"

"너무 큰 공사 같아서요…….'"

"김인준이 강도에 앉아서 땅속으로 묻지 말라고 시키던가?"

김윤후는 자발없이 나불거리는 임경필의 주둥아리를 그냥 놔둬서는 안 될 것 같았다.

"그럴 리가 있습니까. 별감……."

임경필은 찔끔했다. 방호별감 말이 틀리지 않았다. 그러나 엄청난 물길 공사가 문제였다. 오랑캐가 언제 충주성으로 들이닥칠지 모르는데 쓸데없는 물길 공사에만 시간을 허비하는 것 같아 해 본 말이었다.

남산 물길을 땅속으로 끌어 흙으로 덮어 흔적을 없애야 한다. 몽골군 첩자 눈을 피하려면 공사도 어렵고 인력 동원도 비밀리에 추진해야 한다. 물론 몽골군이 성을 포위하고 동시에 공격할지 장기전으로 끌고 갈지 적장 선택에 달려있지만, 어쨌든 물이야말로 싸움의 승패를 좌우한다. 당장은 귀찮고 수고스러울 것이다. 그러나 성안으로 들어오는 물길조차 확보하지 않으면, 싸우기도 전에 패할 것이다. 물이 충분해야 그나마 며칠이라도 더 버틸 수 있을 것이다. 교위 정준이나 임경필이 아무리 반대해도 김윤후는 물길 공사를 양보할 생각이 없었다.

"정 교위?"

김윤후는 교위 정준을 똑바로 바라보았다.

"예, 별감."

"남산부터 물길을 땅속으로 묻어라. 힘들어도 해야지. 병사 기천 명으로 성을 지키려면 모든 방법을 동원해야 한다는 것쯤은 알 터, 그나마 물이라도 충분해야 성에서 끝까지 버틸 수 있다는 것을 모르는가?"

"예, 별감. 계명산에서 성안까지 물길 끄는 방도를 찾도록 하겠습니다."

정준은 마지못해 대답했다.

김윤후는 설핏 임경필을 보았다. 꼬투리가 잡을 수 없었든지, 아니면 물길을 물으라는 명령이 못마땅했든지 연신 고개를 갸우뚱거렸다. 전투가 벌어지면 싸우기도 벅찬데, 물마저 못 마시면 성을 포기하고 적에게 항복하는 수밖에 없다. 죽음은 누구나 두렵다. 교위 정준이나 임경필은 몽골군에게 항복해 살길 찾으려고 몰래 성을 달아날지 모르지만, 김윤후 생각은 달랐다. 성에서 싸우다 성에서 죽을 것이다. 백성들이 적군에게 도륙당하는데, 강도에서 뒷짐이나 지고 연회에 정신이 팔린 교정별감 최항 따위에게 보고나 할 상황이 아니었다.

"훈련장으로 가자."

"예, 별감."

임경필이 뒤따랐다. 봉아문을 지나 외성 남문으로 향했다. 해자 위, 나무다리를 건너 성으로 들어오는 사람들을 심문하는 병사들이 눈에 띄었다. 성문을 드나드는 백성을 단속한다고 몽골군 첩자를 가려낼 수 없을 것이다. 하지만 그마저 소홀하면 성안에는 첩자들로 득실거릴 것이다. 그들이 퍼뜨린 흉흉한 소문은 금방 백성들을 혼란에 빠뜨릴 것이다. 김윤후는 성문 지키는 수위 병사들을 지켜보았다.

"수고가 많네!"

"예, 별감."

수위 병사가 창을 곧추세웠다. 군율은 제자리를 잡아가는 것 같았다. 해자에서 파낸 퇴적물이 성문 앞에 쌓여 있었다. 해자에 퇴적물이 쌓이면 있으나 마나였다. 퇴적물을 제거하고 폭을 넓혀야 제구실을 할 것이다. 남산 기슭에서 대림산성으로 오르는 오솔길이 보였다.

'저 길로 백성을 오르게 해서는 안 되는데…….'

김윤후는 마음이 착잡했다.

"훈련장으로 가자."

김윤후는 훈련 상황을 지켜볼 참이었다. 군사 훈련장은 외성 남문 너머 달래강 강변에 있었다.

말발굽 소리와 기합 소리가 어지럽게 들렸다. 병사들의 발걸음 소리만 들어도 오합지졸이었다. 시골 별초군들의 군사훈련이라 나무라기 민망했다. 하지만 으레 그러려니 하기에는 목숨을 걸어야 하는 싸움이라 김윤후는 어쭙잖은 시골 별초군의 훈련이 못마땅했다. 더군다나 몽골군 최강 기병을 상대하려면 저 정도 훈련 강도로는 턱없이 모자랐다. 적을 죽이지 않으면 내가 죽어야 한다. 허술한 훈련으로 살아남을 수 없었다.

시백이 말에서 내렸다.

"나으리, 오셨습니까?"

시백이 뒤통수를 긁적거렸다. 수원승만 훈련 시켰으니 시골 별초군의 아둔한 움직임이 마음에 차지 않았을 것이다.

"훈련은 잘되는가?"

"예……. 나으리."

시백의 대답이 신통찮았다.

"노비 별초군인가?"

"아닙니다. 대장장이 별초군입니다."

"그렇구나, 노비 별초군은 언제 훈련하느냐?"

"이삼일 후나 훈련에 합류할 겁니다. 그리고 진법陣法 훈련은 수원승 기마병들과 연합 훈련을 할 계획입니다."

"알았네, 그리고 임 교위?"

"예, 별감."

김윤후는 어정쩡하게 서 있는 임결필을 불렀다.

"임 교위도 군사들의 연합 훈련에 참석해서 몽골 오랑캐의 공성전에 대처할 방법을 찾아보게."

"별감, 그게……."

임경필이 어물쩍거렸다. 진법 훈련에 참석하라는 방호별감이 못마땅했다. 병서에 나오는 진법이라면 모두 터득했다.

"참석하시게."

김윤후는 임경필을 힐끗 보았다. 이맛살이 일그러졌다. 안다는 뜻일 것이다. 진법을 안다고 전장에서 승리할 수 없었다. 적재적소에 어떻게 적용하느냐에 따라 승패가 결정 나기 때문이었다. 강도江都 보고에 신경 쓰니 병사들의 훈련 따위가 눈에 들어올 리 없었다. 지금은 전쟁 중이다. 목숨 걸고 싸우는 전쟁터에서 아무리 임금이라도 방호별감의 결정을 간섭해서는 안 된다. 적과의 전투는 이겨야 살 수 있다. 지휘자의 명령이 병사들에게 통하지 않으면 필패한다는 것쯤은 병서를 함께 수학했던 교정별감 최항이 보낸 교위 임경필이 모르지 않을 터인데, 병서 몇 권 읽었다고 주둥아리를 나부대다니 김윤후는 어처구니가 없었다.

"만우야, 왜 병법이 알고 싶으냐?"
병서兵書를 전해주면서 혜심 스승님이 했던 질문이었다. 검술만 충실히 연마하면 제 몸은 건사할 수 있는데, 굳이 병법을 배우려는 만우 속내를 혜심 스승님은 눈치챘을 것이다.
"……."
만우는 대답하지 않았다. 만종(최항 동생의 법명)과 만전(최항 법명) 형제가 병서를 뒤적거리며 낄낄거리고 있었다.

"안행진(雁行陣, 날아가는 기러기 떼처럼 날개를 펼친 형태로 활과 쇠뇌로 사격전을 할 때 진형)을 전개하라!"
시백의 명령이 훈련장에서 으르렁거렸다.
—와, 와, 와!

대장장이 별초군들이 양 날개를 퍼덕이며 안행진을 펼쳤다. 뒤따르던 병사들이 어슬렁거렸다. 안행진은 병사들의 움직임이 빨라야 적군의 추행진(追行陣, 적진을 돌파해 분산시킬 때 사용하는 공격 형태)을 무력화시킬 수 있다. 아둔한 장수가 안행진으로 공격하면 중앙으로 들이치는 적군의 추행진에 힘쓸 겨를도 없이 무너지기 십상이었다.

김윤후는 시백을 불렀다.

"예, 나으리."

"훈련 강도를 높여라."

"그게······."

할 말이 있는지 시백이 우물쭈물했다. 김윤후는 그의 말을 들어줄 만큼 겨를이 없었다. 모든 것을 갖춰놓고 전쟁을 치러야 하지만 지금 상황은 다르다. 급조된 병사들과 성으로 입보한 백성들이 성을 지켜야 한다. 그러기에 전쟁이고, 일어나서는 안 되는 게 전쟁이다. 싸워서 반드시 적군을 물리쳐야 살 수 있다는 것쯤은 시백도 알 것이다.

교위들의 눈길이 병영 막사에서 얼쩡거렸다. 살고 싶을 것이다. 살아서 식솔 곁으로 돌아가고 싶겠지만, 이곳은 몽골 오랑캐와 싸움이 벌어질 전쟁터라는 것을 모르지 않을 터인데, 예리하고 장수의 날카로운 눈빛은 보이지 않고 살고 싶은 욕망만 훈련장에서 휘적거렸다.

"기마병 훈련은 잘돼 가는가?"

김윤후는 시백을 다그쳤다.

"예, 나으리, 그런데…… 대장장이들이 사나흘 후나 진법 훈련에 합류한다고 합니다."

"그랬구나, 무슨 말을 하면서 날짜를 물리더냐?"

"방패를 아직 덜 만들었다고 합니다."

"그랬을 거야. 예상보다 백오십 개를 더 준비하라 일렀으니 시간이 모자랐을 것이야."

"금당사 지주 스님에게 통지했는가?"

창정 최수에게 물었다. 사찰 승려들을 동원해 금당사 초입에 척후를 세우라 일렀는데, 김윤후는 그 정황을 알고 싶었다.

"예, 별감 어젯밤에 금당사 지맥 스님에게 다녀왔습니다. 밤낮으로 척후하라 일러두었습니다."

창정 최수가 어물쩍거렸다.

"승려들에게만 온전히 맡기지 말고 발 빠른 병사들을 차출해 금당계곡에 보내라."

"예, 별감 그렇게 하겠습니다."

"춘주성으로 보낸 척후병은 돌아왔느냐?"

"기다리는 중입니다."

몽골군은 점점 가까이 다가오고 있었다. 싫든 좋든 몽골 오랑캐와 일전을 벌여야 한다. 그러나 몽골군은 나타나지 않고 춘주성에

서 탈출한 고려 병사들만 꾸역꾸역 북창나루를 건너 충주성으로
몰려들었다.

6

성루마다 횃불이 휘청거렸다. 외성과 내성 성상로에 순찰병이 느릿느릿 움직이고 성문 지기는 꾸벅꾸벅 졸았다. 밤이 깊을수록 저들의 움직임은 느려질 것이다. 김윤후는 외성 성상로를 따라 말을 몰았다. 그리고 언제 들이닥칠지 모를 몽골군 공격을 생각했다.

'춘주성(춘천)을 함락하면 적장은 어느 성으로 향할까. 원주성일까 천룡산성(여주)일까, 아니면 곧장 충주성으로 쳐올까?'

김윤후는 가늠할 수 없었다. 춘주성이 위기에 처했는지 성에서 탈출한 백성들이 속속들이 충주성으로 몰려들었다, 몽골군의 다음 공격 목적지는 예상할 수 없었다. 이십여 년 전(1,232년 몽골군 2차 침입), 처인성(경기도 용인시 처인구) 전투 때도 마찬가지였다. 광주성(남한산성)이 함락될 즈음, 몽골군은 느닷없이 처인성을 공격했다. 물론 군자창이 있긴 했지만. 예상 밖의 공격이었다.

처인성은 광주성을 탈출한 백성들과 근처 마을에서 피신한 백성들로 아수라장이었다.

가리재(광주성에서 처인성으로 오는 길목)에서 기마 한 기가 처인성으로 빠르게 달려왔다. 만우(김윤후의 법명)는 가슴이 두근거렸다.

가리재에 세워둔 척후병이었다.

"무슨 일이냐?"

만우가 성문으로 나섰다.

"몽골 기마병 삼백여 기와 보병 수천 명이 가리재 쪽으로 다가옵니다."

"광주성은 어떻게 되었다더냐?"

"확실치는 않습니다만, 광주성(남한산성)에서 도망 나온 병사들의 말로는 성안에 곡식이 떨어져 병사들이 끼니조차 거른다고 합니다. 그리고 성은 온통 불타고 있습니다."

광주성이 위기에 처한 것 같았다. 만우는 두근거리는 가슴을 누르며 침착하려고 애썼다.

"알았다. 몽골군의 움직임을 자세히 살펴 징후가 있으면 즉시 보고하라."

"예, 스님!"

척후병이 돌아갔다. 성안 백성들이 고개를 삐죽거리며 웅성거렸다. 몽골군이 금방이라도 처인성으로 들이칠 것 같았다. 적군은 잘 훈련된 강한 몽골군이었고 아군은 농사짓던 농사꾼이라 섣불리 움직이면 약점만 드러날 것이다. 만우는 등골에서 식은땀이 흘렀다.

'성문에 올 때까지 기다리자.'

가슴이 두근거렸다. 몽골군 주력은 기마병이었다. 날랜 기마병을 무기도 다룰 줄 모르는 백성들이 맞서려면 모든 게 불리했다. 만우는 궁수 오십여 명을 성문 양측으로 나눠 매복시켰다.

'기다리자…….'

기다려야 한다. 몽골 오랑캐가 성문에 다가올 때까지 기다렸다가 일시에 기습해야 그나마 승산이 있다. 작은 성에서 시간을 끌수록 위험했다. 동시에 들이쳐 적장부터 죽이면 적병들이 흩어질 것이다. 그때 들이치면 물리칠 수 있을지도 모른다. 두렵더라도 그때까지 참고 기다리자.

"궁수는 성문 양쪽 성상로에서 대기하라. 과녁은 적장이다. 알아들었느냐?"

'몽골군 기병대를 성문까지 유인할 수 있을까?'

만우는 가슴이 쿵쿵거렸다.

"만우 스님…….'

무덕 스님이 옆으로 다가왔다.

"무슨 일입니까?"

"저…… 그게…….'

"별일 아니면 자리로 돌아가세요."

몸까지 무거운 무덕이 검까지 차고 왔다. 만우는 본체만체 단번에 그녀를 돌려세웠다.

"몽골군이 언제 성으로 쳐들어올지 알 수 없다. 아낙들과 어린이, 노인들을 창고 옆 안전한 곳으로 데려가세요."

창고 옆이면 그나마 안전할 것 같아서 한 말이었다.

"스님, 기마병 출정 준비가 끝났습니다."

시백이 보고했다. 몽골군을 성까지 유인하려면 기마병밖에 없었다. 만우는 수원승 기마병을 훑어보았다.

"시백은 기마병 이십 기를 이끌고 가리재에서 매복하라. 시간이 없다. 빠르게 움직여라."

"예, 스님."

"그리고…… 몽골군이 가리재에 오르면 적의 예봉을 쳐라. 초반에는 적이 당황하겠지만 금방 전력을 갖춰 공격할 것이다. 오래가지 않을 것이다. 아군이 밀리거나 날이 어두워지면 곧바로 성으로 퇴각하라. 그리고 몽골군이 눈치채지 않게 유인하려면 밀고 당기는 추격전이 필요하다. 적군이 말려들지 않을지 모르니 적당하게 거리를 두고 치고 빠지면서 성까지 퇴각하라."

"예, 스님."

시백이 기마병을 이끌고 가리재로 향했다. 가리재는 숲이 울창한 구릉이어서 매복 장소로 불리하지만, 성급하게 달려드는 적군을 유인하기에는 나쁘지 않은 장소였다. 고갯길 양편 숲속에 기마 십 기씩 나누어 매복시켰다.

만우는 남정네들에게 창고에 보관한 무기를 나누어주었다. 창과 칼이 턱없이 모자랐다.

"무기가 없는 사람들은 농기구라도 잡아라."

괭이나 쇠스랑으로 몽골 오랑캐의 단단한 검을 이길 수 없을 것이다. 하지만 힘을 합치면 못할 것도 없었다. 그나마 낫은 좋은 무기였다.

"궁수들은 성상로에 매복하고 명령을 기다려라."

만우는 가리재를 바라보았다. 광주성에서 검은 연기가 타오르고 있었다. 성이 위험에 처한 것 같았다. 몽골 오랑캐 말발굽 소리가 처인성으로 가까워질 때마다 숨을 몰아쉬었다.

"스님, 몽골군 삼백여 명이 처인성으로 다가오고 있습니다. 선두 장수의 갑옷이 황금색입니다."

척후병이 보고하고 돌아갔다. 날이 어두워도 황금색은 빛날 것이다. 과녁은 그놈이었다.

'황금색 갑옷이라…….'

틀림없이 적장일 것이다. 피하고 싶었던 싸움이 눈앞에 다가오고 있었다. 개경 보제사 다리 위에서 어머니를 베던 야별초의 핏빛 칼날이 눈앞에서 번쩍거리는 듯해 만우는 심장에서 불덩어리가 이글거렸다.

"병사들은 즉시 제 위치를 준수하라."

병사들의 빠른 발걸음이 만우 귓전을 훑었다.

'황금색 갑옷이라…….'

그놈이 분명 적장일 것이다. 몽골군 기세를 꺾으려면 적장을 성문으로 유인해 단번에 사살해 적의 싸울 의지를 꺾어야 그나마 승산이 있다. 성벽에 머리를 처박은 백성들이 숨을 죽였다. 훈련된 몽골 병사들을 괭이로 맞서 싸우려니 긴장했을 것이다. 숨소리도 들리지 않았다.

초조하고 불안했다. 만우는 백성들에게도 몽골군에게도 나약한 모습을 보일 수 없었다.

"병사들은 들어라!"

농기구를 꼬나든 백성들의 숨소리가 태풍처럼 들리는 듯했다. 만우는 검을 높이 쳐들었다.

"시백의 기마병이 몽골군을 유인해 성문을 지나치면 몽골군이 뒤따라 성문에 도착할 것이다. 그리고 시백의 기마병은 다시 성문으로 되돌아올 것이다. 궁수들은 그때를 기다려 일제히 적진으로 활을 쏘아라. 알았느냐?"

'몽골군이 시백의 유인책에 걸려들까? 궁수들이 활시위를 제대로 당길 수 있을까……?'

만우는 가슴이 쿵쾅거렸다.

"궁수들은 잘 들어라. 황금색 갑옷을 입은 자가 적장이다. 모든 궁수는 황금색 갑옷을 겨냥하라. 나머지 병사들은 북과 꽹과리를 치고 함성을 질러라. 그리고 아낙들과 노인들은 성안 나무숲을 돌아다니며 낙엽을 밟으면서 깃발을 힘껏 흔들고 고함을 질러라."

—와, 와, 와!

백성들의 함성에 나뭇잎이 우수수 떨어지는 듯했다.

저녁노을이 칠성산으로 가라앉았고 땅거미가 깔리기 시작했다. 풀벌레조차 숨을 죽였다.

몽골 오랑캐 말발굽 소리가 가리재 쪽에서 들려왔다. 백성들의 움직임은 생각보다 빨랐다. 말발굽 소리가 가파르게 밤공기를 갈랐다. 만우는 숨이 턱턱 막혔다.

'제발…… 성문까지만 몽골군을 끌고 오너라. …….

만우는 성상로에 올라 몽골군이 나타나기를 기다렸다. 나뭇가지 사이로 눈바람이 스산하게 빠져나갔다. 가리재에서 칼 부딪치는 소리, 말발굽 소리와 채찍 소리가 허공을 가를 때마다 성벽에 엎드린 백성들의 숨소리는 가파르게 달아올랐다.

시백의 기마병이 처인성으로 달려왔다. 그 뒤를 몽골군 기마병이 맹렬하게 추격하고 있었다. 몽골 기마병과 시백의 기마병이 가까이 또 멀어지기를 거듭하더니 시백의 기마병이 속도를 붙여 빠르게 성문을 지나쳤다.

뒤쫓던 몽골 기마병이 성문에서 멈췄다. 황금색 갑옷을 입은 적장이 성문을 두리번거리면서 중얼거렸다. 이삼백 기는 됨직했다.

"아니, 성이 왜 이렇게 조용해?"

적장 목소리가 성벽을 넘었다. 만우는 가슴이 조마조마했다.

"성이 너무 조용합니다. 장군!"

부관인 듯한 장수가 대꾸했다.

"……. 성문도 없잖아…….."

몽골군에게 목책은 성문이 아니었던지 성문을 지나쳐 버린 시백의 기마병들을 바라보며 적장이 머리를 갸우뚱거렸다.

"장군 성이 너무 조용합니다. 도대체, 무슨 일이……?"

"……?"

적장이 아직 눈치를 못 챘는지 성문을 기웃거리며 성안으로 말을 몰았다. 만우는 손을 들었다. 시백의 기마병이 되돌아와 적병을 들이칠 때까지 섣불리 움직이지 말라는 신호였다.

"성안으로 들어가 보자."

적장이 성문으로 말 머리를 돌리려는데, 시백의 기마병이 빠르게 처인성으로 돌아오고 있었다. 우렁찬 함성은 하늘을 찔렀다.

"시위를 당겨라!"

만우가 검을 빼 들었다. 성에서 화살이 빗발처럼 날아갔다. 꽹과리와 북소리에 고함까지 들끓어 적장 간담을 서늘하게 하기에 충분했다.

몽골군 화살이 성으로 무차별 날아들었다.

"엎드려라!"

만우는 침착했다.

"시위를 당겨라!"

화살이 빗발치듯 날아갔다. 몽골 기마병들이 성벽으로 뛰어올랐다. 쇠스랑이 말 앞가슴을 찍었다. 말은 성 발치에 나뒹굴었고, 백성들은 괭이에 매달린 채 성 밖으로 굴렀다. 수원승이 쏜 화살은 황금 갑옷으로 향했고, 몽골군이 쏜 화살은 쉭 소리를 내며 허공으로 날아갔다. 화살은 멈추지 않았다.

"목책을 열어라."

만우가 적진으로 뛰어들었다. 기마병이 뒤를 따랐다. 몽골군은 강했다. 그러나 백성들은 목숨을 걸고 싸웠다.

눈에 보이지 않는 적은 두렵다. 언제 어디서 어떤 형태로 들이칠지 몰라 더 두렵다. 처인성 전투는 행운도 따랐다. 몽골군 사령관 살례탑이 고려 백성들을 얕잡아 보지 않았더라면 의심 없이 성문으로 다가오지 않았을 터, 적장의 오만이 명줄까지 줄일 거로 예상하지 못했을 것이다.

아무리 사소한 전투라도 혼자서 치르기 어렵다. 무술이 뛰어나고 병서에 능통하더라도 장수와 병사들이 함께 치러야 그나마 승산이 있다. 장수는 장수대로 병사들은 병사대로 움직이면 반드시 패할 것이다. 이십여 전, 처인성 전투처럼 민관이 똘똘 뭉쳐 함께 싸우면, 이만여 몽골군이 아니라 더 많은 적이 쳐들어오더라도 두려워할 필요가 없다.

"충주성 백성들을 하나로 뭉칠 수 있을까……."

힘들어 보였다. 부임한 지 한 달도 안 된 방호별감이 할 수 있는 일은 사실 제한적이다. 힘을 모을 수 있다면 아무리 강한 몽골군이라도 물리칠 수 있을 터인데……. 김윤후는 그 방법이 생각나지 않았다.

"대정 이기달은 막사 안으로 들어오라."

"예, 별감, 하명하실 일이라도……?"

이기달이 머리를 주억거렸다.

"금당 계곡으로 매복나간 창정에게 소식이 없느냐?"

"아직 없습니다만……."

해거름이 다됐는데 척후가 없으니 금당 계곡은 이상 징후가 없는 모양이었다.

"척후가 있으면 즉각 보고토록 하라."

"예, 별감."

이기달이 막사를 나서면서 흘끔거렸다. 말단 장수가 보기에도 방호별감의 지시가 이해할 수 없었던 모양이었다. 계곡이 좁고 비탈이 가파른 금당계곡으로 척후병이라면 몰라도 몽골 대군이 이동하지 않을 것이다. 그러나 김윤후 생각은 달랐다. 춘주성을 빠져나온 고려 병사들이 충주성으로 들어오고 있는데 간과할 수 없었다. 어쩌면 창정 최수는 알고 있을지 몰랐다. 그는 충주부 지리에 밝고 몽골군의 공격 정보를 패잔병들에게 들었을 것이다. 김윤후는 창정의 일거수일투족까지 감시하라 시백에게 일러 놓았다.

"제발 아무 일 없어야 할 텐데……."

입술이 바짝바짝 타는 것 같아 김윤후는 막사에서 어슬렁거렸다.

7

적을 기다리는 것은 언제나 초조하고 두렵다. 이 초조한 두려움 마저 김윤후는 견뎌야 한다. 그래야 병사들은 전투 준비를 할 수 있고, 백성들은 생업에 전념할 수 있을 것이다.

금당계곡에서 목탁 소리가 퍼덕거리는 듯했다. 벼랑으로 치솟 은 바람이 빠르게 계곡을 빠져나가고 마른 나뭇잎이 떨어져 나간 자리에 흔적을 남겼다. 움 자국은 또렷했다. 다음 해 봄에는 흔적 만큼 강한 새 움이 돋아날 것이다.

'내 목이 달아나도 움이 돋을까……?'

김윤후는 허허롭게 목을 쓰다듬었다. 금당계곡으로 매복 나갔 던 창정 최수의 어이없어하던 표정이 머릿속에서 얼쩡거렸다. 이 해할 수 있었다. 금당계곡은 깊고 가팔라 몽골군이 이동할만한 길 이 아니었다. 그러나 김윤후 생각은 달랐다. 금당계곡은 청풍강 건 너편 조둔진에 닿았다. 아군이나 적군이나 척후가 어려운 곳이었다. 해까지 떨어지면 계곡은 금방 어두워져 매복이 쉽지 않았다. 전쟁을 치러본 적장이라면 분명 이곳으로 척후병을 보낼 것이다. 금당사 수원승에 맡겨두기에는 아무래도 꺼림칙해 맡겨둘 수 없었다. 어쩌면 몽골군 척후병들은 이미 금당계곡을 수없이 들락거렸을지도 몰랐다.

"금당계곡으로 오랑캐가 오지 않을 겁니다."

최수의 대답은 야무졌다. 충주부 지리에 밝아 누구보다 적군의 이동로를 잘 파악하고 있을지 모르지만, 그만 알고 있다는 오만한 발상은 위험했다. 창정이 알면 적도 알 것이다. 전쟁에서 패배는 그만 안다는 착각에서 비롯한다는 것을 창정 따위가 알 리 없었다.

"그 말에 책임질 수 있느냐?"

김윤후가 눈을 부릅떴다.

"…… 그렇지만……."

최수가 뭉그적거렸다. 자신 없다는 몸짓이었다. 지리를 잘 안다고 몽골군 전략까지 알 수 없었다. 전장 형세는 수시로 바뀌고 적장은 수많은 전투를 치른 경험 많은 장수였다. 적군의 공격을 함부로 예단해서도 안 되지만 무시하면 더 큰 화를 당하기 마련이었다. 김윤후 생각은 창정 최수와 달랐다. 그러나 이유를 설명한다고 창정은 이해하려 들지 않을 것이다.

날이 저물고 있었다. 소대기산 그림자가 들판을 지나 달래강을 건너고 있었다. 금당계곡은 이미 어둠이 짙게 깔렸을 것이다.

'어떻게 되었을까?'

김윤후는 경천문 성루를 서성거리며 검을 쥐었다 놓기를 거듭
했다.

몽골군이 금당계곡으로 지나갈 리 없었다. 방호별감의 뜬금없
는 명령이었다. 유학사에서 4년 동안 귀양살이한 방호별감이 충주
지리는커녕 세상 물정을 제대로 알 리 없었다. 백성들이 한꺼번에
성으로 몰려들어 병참 일도 버거운데, 금당계곡에 매복하라는 방
호별감 명령은 병서조차 읽지 않은 말단 장수 창정이 생각해도 터
무니없는 명령이었다.

금당계곡은 깊고 가파른 외길이라 적 병사들이 한꺼번에 이동
하기 어렵다. 더군다나 금당사 고갯길은 마주 오는 사람을 겨우 비
껴갈 만큼 좁은 길이었다. 설혹 몽골군이 침투하더라도 금당사 수
원승 여남은 명만 매복하면 충분히 물리칠 수 있어 군이 충주성 병
사까지 동원해 매복할 필요가 없었다. 더군다나 충주 지리에 무지
한 몽골군이 청풍강 뱃길과 달래 들판을 놔두고, 위험을 무릅쓰고
병사들을 굳이 금당계곡으로 몰아넣지 않을 것이다.

최수는 금당사 고갯마루에 올라 평소 보아두었던 길옆에 병사
들을 매복시키고 길목을 지켜보았다. 바람 소리가 벼랑을 오르내
리며 윙윙거리고, 멧비둘기가 푸드덕거렸다.

"창정, 사람들이 고개를 오르고 있습니다."

고갯마루 초입에서 척후 보고가 들어왔다.

"금당사로 돌아가는 중들이겠지, ……?"

아무리 멍청한 몽골군이라도 비좁고 가파른 길로, 그것도 한밤중에 병사들을 이동시키지 않을 터인데 죽으려고 작정한 놈들이 아니고서야 금당계곡으로 이동하지 않을 터, 어쩌면 지나가는 나그네일지 몰랐다. 그런데 사람들이 고개로 올라온다는 척후병 보고에 창정 최수는 적잖게 당황했다.

최수는 그의 반대 의견을 말없이 듣기만 하던 방호별감의 날카로운 눈빛이 선뜻 지나갔다. 혹시 몽골군이면……,

"엎드려!"

창정 최수는 병사들에게 몸을 낮추게 했다.

'설마……, 방호별감의 예측대로 들어맞는 것인가……?'

외대골 유학사에서 귀양살이 했다지만 관아 군사보다 충주부 지리에 밝을 리가 없었다. 그런데 사람들의 외마디 비명이 바람에 뒤섞인 채 고갯마루까지 뚜렷하게 들려왔다. 두런거리는 말소리는 분명 고려 말이 아니었다. 최수는 이 상황을 믿을 수 없었다.

'어찌 된 일일까?'

최수는 몸을 낮추고 두런거리는 사람들 목소리에 집중했다. 아무리 방호별감이라지만 이럴 수가……. 예상치 못한 길목에서 몽골군을 만나다니, 금당계곡으로 몽골군이 침입하고 있었다.

'저들을 사로잡을 수 있을까?'

그는 온몸에서 소름이 돋았다.

"야, 이 새끼야. 이 길이 맞아?"

어눌한 고려 말이었다.

"이 길밖에 없어유. 고개를 넘어 곧장 내려가면 조둔진이어유. 청풍강만 건너면 충주성라구요."

최수는 도무지 이 상황을 믿을 수 없었다. 매복 중이던 병사가 고갯마루로 기어 왔다.

"창정, 몽골군이 고개를 오르고 있습니다. 포로들이 더 많은데, 삼백여 명은 넘을 것 같습니다."

최수는 당황한 나머지 입조차 다물어지지 않았다. 금당사 수원 승들도 보이지 않았다. 중놈들에게 매복하라 시켰더니 얼굴조차 내비치지 않았다.

"나쁜 놈들……."

최수는 금당사 수원승을 찾아 주위를 두리번거렸다. 절로 돌아 갔는지 흔적도 찾을 수 없었다.

'아이고, 중놈들을 믿을 수 있어야지…….'

그때였다. 앞잡이 네댓 명을 앞세운 몽골 병사들이 고갯마루에 올라섰다. 그 뒤로 삼백여 명의 사람들이 밧줄에 묶인 채로 줄줄이 뒤따랐다. 열댓 명의 오랑캐에게 사로잡힌 수백 명의 포로들도 놀랍지만, 방호별감의 예측은 놀라울 따름이었다. 최수는 병사들을 돌아보았다. 고개를 바위틈에 처박은 채 부들부들 떨고 있었다. 잘 못 덤볐다가 몽골군에게 되레 당할지도 모를 위기의 순간이 눈앞 으로 다가왔다. 최수는 조마조마한 가슴을 억누르며 다음 명령을 생각했다.

건너편 매복 병에게 손을 들었다. 지시할 때까지 기다리라는 신 호였다. 오랑캐 병사 선두가 눈에 들어왔다. 고갯마루에 오르기 전 에 쳐야 한다던 방호별감 명령이 생각났다. 고갯마루에 올라선 뒤 에는 아무리 지친 병사라도 상대하기 어렵기도 하지만, 몽골군이 매복지를 벗어나면 당할 방법이 없었다. 이대로 몽골군이 고갯마 루를 지나치게 내버려 둘 수 없었다. 게다가 포로들도 믿을 수 없 기는 마찬가지였다. 그나마 그 전에 쳐야 이길 승산이 있었다.

"아이고 힘들다!"

몽골군 선두가 고갯마루에 올라서면서 지껄였다. 비탈길을 올 라왔으니 힘들 수밖에 지금이 공격할 기회였다. 최수는 숨이 턱까 지 들어찼다.

"공격하라."

최수가 앞장서 뛰어나가 고갯마루에 올라선 몽골군 선두를 공 격했다. 몽골군이 깜짝 놀라더니 돌아서서 덤벼들었다.

"죽여라!"

매복 중이던 병사들이 일시에 양쪽 숲에서 뛰어나와 고갯마루에 올라온 몽골군을 포위했다. 후미를 따르는 적병들이 포로를 협박했다. 밧줄에 묶인 포로들이 요동치기 시작했다. 최수는 빠르게 포로를 묶은 밧줄을 끊었다. 그리고 일시에 달려들어 몽골군을 제압했다. 아무리 전쟁에 무지한 백성들이라도 삼백여 명이 달려드는데 당할 수 없었다.

"무릎을 꿇어라."

최수의 호령이 금당사 고갯마루에서 메아리쳤다. 포로들이 몽골군을 붙잡아 짓이기고 있었다. 원한이 많았을 것이다.

"그만하라!"

최수는 광분하는 포로들을 말렸다. 아무리 용맹한 몽골 군사라도 지리에 익숙한 창정의 군사를 당할 수 없었다.

소대기산 능선에서 별빛이 반짝거렸다.

'어떻게 됐을까?'

청풍강이 쿨럭쿨럭 소리를 질렀다. 김윤후는 날이 어두워질수록 그가 내린 명령에 자신이 없어졌다. 어쩌면 창정이 맞을지도 몰랐다. 몇 차례 금당계곡을 들러 지세를 안다더라도, 충주부가 고향인 창정 최수만큼 밝지 못했을 것이다. 김윤후는 헛일을 시킨 것같아 창정에게 미안했다.

대문산을 돌아 나온 뗏목들이 북창나루로 들어왔다. 횃불을 든 군사들이 내리고 수백 명의 사람들이 뒤따라 내렸다.

"저들은 누군가?"

북창 나루터에 횃불이 일렁거렸다. 김윤후는 나룻배에서 내리는 사람들이 신경 쓰였다.

"깃발로 보아 창정의 병사들이옵니다."

임경필이 곁에서 대답했다. 몽골군이 금당계곡으로 침입할지 어떻게 알았는지 방호별감의 예측이 놀라웠다. 만만하지 않을 거라던 별장 김인준의 말이 생각나 온몸이 오싹했다. 유학사를 침입했을 때 방호별감의 놀라운 검술 솜씨는 알고 있었지만, 용병술이 뛰어난 줄은 미처 몰랐다.

"그런가?"

김윤후가 보아도 창정 최수의 깃발이었다.

"뒤따르는 사람들은 누군가?"

김윤후는 긴장을 풀지 않았다.

"포로들 같습니다만……."

임경필이 어물쩍거리며 방호별감의 눈길을 피했다.

"그런가……?"

몽골군에게 항복한 고려군 병사들이나 마을에서 사로잡은 고려 백성들이겠지만, 그들 중에 첩자가 있을 것 같아 김윤후가 물었던 것이었다.

"임 교위, 나루로 나가 포로들이 성으로 들어오기 전에 첩자를 가려내라."

"예, 별감."

사실 첩자를 가려내기란 어렵다. 임경필이 고민에 빠진 듯했다. 병사들을 이끌고 북창나루로 향하는 그의 어깨가 축 처져, 창정을 거들던 때와 사뭇 달랐다. 김윤후는 임경필의 처진 어깨가 거슬렸다. 장수의 용맹은 병사들의 사기士氣와 직결되어 전투의 승패를 좌우한다. 축 처진 어깨로는 사기는커녕 제 몸조차 건사하기 어렵다. 임경필이 장수가 되려면 별장 김인준 그림자부터 지우는 게 먼저일 것이다. 김윤후는 임경필의 움츠린 어깨가 안타까웠다.

"별감, 금당계곡에서 사로잡은 몽골군 포로들이 입을 열지 않습니다."

임경필이 당황하고 있었다.

몽골군 포로는 무례했다. 포로면 포로답게 굴어야지……. 김윤후는 말없이 임경필을 쏘아보았다.

"문초는 해 보았느냐?"

"예, 별감, 한사코 입을 열지 않습니다."

"그래……! 그러면 입을 열게 하라!"

몽골군 포로들을 단칼에 죽이고 싶었다. 몽골군 칼날에 수없이 많은 고려 백성이 죽었다. 멱을 따고 아가리를 찢고 싶었다. 김윤후는 화가 치밀어올랐다.

"저놈들을 형틀에 묶어 주리를 틀어라. 그래도 입을 열지 않으면 그 자리에서 목을 베어라."

방호별감 김윤후의 명령은 단단했다.

"임 교위는 뭘 하고 있느냐?"

검을 든 임경필이 손을 부들부들 떨었다. 제나라 백성에게는 거리낌 없이 칼날을 휘두르더니 몽골군 포로 한 명을 제대로 죽이지 못하는 위인이었다니 김윤후는 어처구니가 없었다.

"시백은 뭘 하느냐?"

김윤후는 포로조차 베지 못하는 교위 임경필이 한심스러웠다.

"예, 나으리. 당장 시행하겠습니다."

시백의 칼날이 번뜩였다.

"억!"

포로가 비명을 지르자, 붉은 피가 허공으로 치솟아 올랐다. 아무리 고려 병사라도 몽골군에 항복한 놈이라면 적군이었다. 몽골군 포로들을 오랑캐 나라에 충성한 병사로 남겨서는 안 될 것이다.

"지독한 놈들……."

김윤후는 기가 찼다.

"백성은 몇 명이나 되는가?"

"삼백여 명이 넘습니다. 고려 백성은 어떻게 할까요?"

시백의 표정이 일그러졌다. 사람을 죽인다는 게 쉬운 일은 아닐 것이다. 김윤후는 춘주성(춘천)을 탈출해 오랑캐 진영으로 항복하러 가려다가 시백에게 붙잡혔던 노비 병사가 생각났다. 저들 중에도 오랑캐 첩자는 있을 것이다. 그렇다고 무차별 문초할 수도 없었다. 첩자를 가려내야 한다. 어쩔 수 없이 첩자 노릇을 했더라도 상당하는 벌은 받아야지 고려 백성이라는 이유만으로 풀어줄 수 없었다.

"저놈들을 문책해 첩자들을 가려내라."

고려군 포로들이 웅성거렸다. 오랑캐 포로들이 입을 열지 않으니 이들에게서라도 몽골군의 정보를 알아내야 한다.

'저들은 몽골군의 첩자일까. 고려 백성들일까?'

김윤후는 고민에 빠졌다. 백성 없는 나라는 없지만, 나라 없는 백성은 있었다. 뿔뿔이 흩어져 산속에 숨어 살아도 그들은 고려 백성들이 틀림없었다. 밤낮없이 여흥이나 즐기면서 백성에게 나라를 위해 기꺼이 목숨을 바치라는 임금의 어명은 어설펐다.

3부·충주성

1

밤새 쿨럭거리던 청풍강이 기어코 눈바람을 불렀다. 산과 들이
하얗다. 북풍은 강을 거슬러 충주성으로 들이쳤다. 강물이 얼기 시
작하자, 갯버들은 솜털로 추위를 털어냈다.

북풍이 아무리 매서워도 아침햇살을 막을 수 없었던지 멧부리
에 쌓인 눈은 녹아 물길을 만들었다. 그 물길은 성안으로 흘러들어
우물을 채우고 백성들은 우물물을 마셨다. 수성전守城戰의 승패는
우물물이 가른다. 우물물이 풍부하면 병사들은 성에서 버텨낼 것
이고, 모자라면 병사들은 성을 버리고 달아날 것이다. 김윤후는 남
산 골짜기를 바라보았다. 물길 따라 병사들이 든 깃발이 나부꼈다.
그들의 발아래 백성들의 가쁜 숨소리가 들리는 듯했다.

"물길을 땅속에 묻는다고 몽골군이 못 찾겠습니까?"

대가리를 쳐들던 창준 최수의 야멸찬 주둥아리가 설핏 떠올랐
다. 김윤후는 대답하지 않았다. 적장은 물길을 찾으려고 혈안일 것

이다. 당장은 찾을 수 없겠지만 창정 말대로 멀잖아 찾아낼 것이다. 그렇더라도 소홀하게 관리해서는 안 된다. 우물물이 마르면 항복하는 길밖에 없다. 끼니를 굶어도 병사들은 싸울 수 있다. 그러나 물을 못 마시면 병사들은 싸우기도 전에 제풀에 미쳐 날뛸 것이다. 백성들도 다르지 않을 것이었다. 춘주(춘천)성이 함락당하기 전에 병사들은 물 대신 동료들의 시체를 갈라 피를 마셨다고 성에서 탈출한 고려군 병사들이 꺼억꺼억 울던 모습이 눈앞에서 얼쩡거렸다.

굶주린 짐승도 동족을 잡아먹지 않았다. 배가 아무리 고프더라도 동료들의 시체를 갈라 피를 빨아쳐먹다니…… 미친 짓이었다. 전쟁은 백성들을 짐승보다 더 잔인하게 만들었다. 김윤후는 진저리를 쳤다.

금당계곡에서 사로잡은 몽골군 포로들에게 그 어떤 정보도 들을 수 없었다.

"어디에서 왔느냐?"

"……."

"어디로 왔느냐?"

"……."

방호별감 김윤후의 문초는 허허로웠다. 몽골군 포로들은 목에 칼을 들이대도 주둥아리를 다물었다. 초원에 남겨둔 처자라도 생각하는지 대가리를 쳐들고 북쪽 하늘만 바라보았다. 고려 백성을 수없이 도륙하고 제 나라와 제 식솔을 지키려는 몽골군 포로들의 꼬락서니를 더는 두고 보기 힘들었다.

"네, 이놈, 말하라!"

수없이 호통치고 주리를 틀어도 몽골군 포로들은 입을 벌리기는커녕 입술조차 달싹하지 않았다. 김윤후는 포로들의 목을 베었다. 눈깔을 부릅뜬 대가리가 땅바닥에 나뒹굴었다. 핏줄기가 허공으로 뻗칠 때까지 몸뚱이를 곧추세워 김윤후를 비웃는 듯 입조차 달싹하지 않았다. 참으로 지독한 놈들이었다. 몽골군 포로들은 목숨을 던져 제 나라를 지켰다.

"이놈들……!"

김윤후는 부아가 치밀어 온몸을 떨었지만 대가리가 날아간 몽골군 포로는 대답하지 않았다.

청풍강은 북쪽으로 흐르고 강을 거스른 북풍이 충주성으로 불었다. 새파랗게 얼어붙은 강 아래에서 강물이 쿨럭거렸다. 몽골군의 정보는 오롯이 고려군 포로들 입으로 들어 그 진의를 알 수 없었다.

춘주성을 함락한 몽골군이 백성들을 도륙해 시체가 성안에 산더미처럼 쌓였다고 성에서 탈출한 병사들이 말했다. 모가지를 곧추세워 죽었고, 다리가 잘려 기어가다 죽었다고……. 대가리가 날아간 병사 모가지에 까마귀 떼가 달려들어 부리로 쪼아 온통 피 칠

갑이었다고……. 눈물을 찔끔거렸다. 시체 더미 속에서 겨우 살아 남은 병사들은 인육을 서로 뜯어먹으려고 아귀다툼을 벌이다가 죽은 놈도 있다고, 춘주성에서 도망친 고려군 병사들은 꺼이꺼이 울었다.

몽골군은 더딘 듯 빠르게 다가오고 있었다. 원주성 방호별감 정지인은 성을 끝까지 지켜 백성과 병사들은 명줄을 이었고, 헛물을 켠 오랑캐의 항복하면 살려 준다는 감언이설에 천룡산성 방호별감 조방언은 성문을 열어 항복했다. 그러나 방호별감 조방언의 생사를 아는 사람은 없었다. 성안 백성들은 성에서 죽었는지, 살아서 도망갔는지 그 소문이 사실인지 아닌지도 몰라, 소문과 괴소문은 고려 하늘을 하염없이 떠돌아다녔다. 김윤후는 성에서 도망 나온 백성들의 입으로 몽골군 정보를 듣고 또 들었지만 진위는 알 수 없었다.

"항복하면 살려 줄까?"

백성들은 싸워서 도륙당하기보다 성문을 열어 항복하더라도 살기를 바랐다. 부귀영화도 바라지 않았다. 처자 부모에게 한 끼라도 먹일 수 있으면 치욕 따위는 상관하지 않았다. 나라가 망해도 백성들은 살아남아 먼지처럼 살면 그뿐이라며, 백성들을 돌보지 않는 임금이나 나라 따위는 아랑곳하지 않았다. 성을 도망 나온 백성들의 말은 깊고 또 깊었다.

충주성은 천룡산성에서 한나절 뱃길이었다. 몽골군은 점점 가까이 다가오고 있었다. 북창나루를 건너는 뱃길이든지, 금당계곡 길이든지, 달래강 들판을 가로지르든지, 어떤 길을 공격하더라도 이상하지 않았다. 어차피 목적지는 충주성일 것이다. 그 어떤 길은 적장 야굴만이 알 것이다. 김윤후는 적장 야굴이 쳐들어올 그 길을 머릿속으로만 생각했다. 어디로 들이치더라도 어차피 상관없는 일이지만……. 더디 가는 시간은 견디기 어려웠다.

파발마가 휘금문으로 들어섰다.

"어디서 온 파발이냐?"

교위 임경필이 군영으로 들어섰다. 그의 손에 두루마리 문서가 들려있었다.

"어명입니다."

김윤후는 무릎을 꿇고 두루마리를 받들었다.

춘주성이 몽골 오랑캐에게 함락당해 백성이 도륙당했다. 이 어찌 슬프고 괴롭지 않겠느냐. 방호별감 김윤후는 목숨으로 충주성을 지켜 백성을 구하고 만고의 충신이 되어라…….

"폐하……!"

김윤후는 강도를 향해 재배했다. 그러나 어명은 어리석었다. 몽골군은 기병만 일만여 명이 웃돌았다. 거란족 보병과 고려군 포로를 합치면 못 돼도 이만 명이 웃돌 것이다. 반면에 충주성 군사는 초라했다. 관군 백여 명과 시골 별초군 사백여 명, 대장장이 백여 명에 노비들과 농부들을 합친 잡 별초군 오백여 명, 기껏 일 천오백여 명을 밑돌았다. 게다가 백현원에서 데려온 수원승 기마병을 합치더라도 이천여 명 밑돌았다. 충주 부사 김익태와 양반놈들은 파발이 도착하자 제 식솔을 데리고 살길을 찾아 일찌감치 줄행랑쳤다.

'몽골군을 물리치고 성을 지키라니…….'

김윤후는 성은이 망극해 목숨 바쳐 싸우겠다는 말조차 목구멍에 주저앉았다. 장수가 전쟁터에서 죽으면 영광이었다. 하지만 병사도 없이 성을 지키라는 어명은 허허로웠다.

승산 없는 싸움이라는 것을 전쟁에 무지한 교정별감 최항이 모를 리 없었다. 임금을 부추겨 유지(諭旨, 임금이 신하에게 내리던 글)를 보내 김윤후 염장을 질렀다. 몽골군에 항복해서 앞잡이가 되라는 것인지……. 살아서 강도로 돌아가도 죽을 것이니 충주성에서 죽으라는 것인지……. 임금 속내를 알 수 없었다. 차라리 싸우다 죽으라면 죽을 것이다. 김윤후는 도무지 어명의 깊이를 알 수 없었다.

폐하, 신은 목숨을 다해 싸워 반드시 몽골 오랑캐를 물리치겠나이다. 비록 저들보다 힘이 미약해 버겁기는 하오나 기꺼이 죽음으로 충주성을 지켜 폐하의 하해 같은 은덕에 보답하겠나이다.

충주성 방호별감 김윤후

파발이 충주성을 떠나던 날 북풍이 온종일 눈보라를 실어 날랐다. 아들을 찾아달라며 눈물을 찔끔거리던 노인의 이맛살처럼 산과 강, 들판과 춘주성에서 죽은 병사들의 시체가 겹겹이 눈[雪]으로 덮였다.

임경필이 막사로 들어왔다. 으쓱거리는 그의 어깨는 가소로웠지만 김윤후는 못 본 척했다.

"별감, 대장장이 금대가 찾아왔는데……?"

"안으로 들여보내라."

병기를 다 만든 모양이었다.

"나으리. 그간 별고 없었지유?"

쇠둑부리에 불 지필 때 들른 후 처음이었다.

"그렇다마다, 몽골 오랑캐도 금대를 겁내는가 보이. 충주성 방문이 더딘 것을 보니 말이야."

김윤후는 오랜만에 너스레를 떨었다. 금대가 반갑기도 했지만 그의 표정이 밝아서였다.

금대가 뒤통수를 긁적거렸다.

"그래, 무슨 일로 들렀는가?"

김윤후는 대장장이들의 무기 생산을 다그치지 않았다. 시우쇠는 대장장이 장단으로 두드려야 무기가 단단하다. 다그친다고 될 일이 아니었다. 단단하게 만든 무기는 전쟁의 승패를 가름한다. 병사들이 죽고 사는 일이었다. 죽고 사는 일에 양인과 천인이 따로 없었다. 배고프면 먹고 싶고, 배부르면 졸리기 마련이었다. 천민이 힘들면 양민도 힘들었다.

"병기를 다 만들었구먼유. 장검과 창은 오백 자루씩, 방패는 삼백 개 만들어 군기고에 넘겼시유……. 헌데, 나으리. 길이가 한 자나 더 긴 장창은 어디에 쓸 물건인지 몰라서 대장간 뒷마당에 쌓아 두었습니다만……."

"수고했네."

"그런데, 장창은 어디에 쓰시려는지……."

금대가 뒤통수를 긁적거리며 김윤후를 쳐다보았다.

"때가 되면 알게 될 것이야."

"예, 나으리."

금대는 장창 쓰임새가 궁금했다. 한 자나 더 길어 병사들의 무기로는 턱없이 길고 무거웠다. 쓰임새조차 모르고 무기라고 만들었으니 자신이 없어 한 말이었지만, 방호별감은 입을 다물었다.

"군기고라면 경천문 너머 외성 무기고를 말하는 것이냐?"

"예, 나으리."

"수고했네, 동료들에게 곡주라도 돌렸느냐?"

"아녀유. 소인 같은 천민들이 전쟁 중에 곡주 타령하다가 큰일

나려구유. 다만, 다음 명령이 있는지 여쭈려고 왔구먼유……. 그라고, 그 장창은 어디에 쓰는 물건인지 궁금하기도 하구유…….”

김윤후는 장창의 쓰임새를 금대에게 말해주지 않았다. 그의 의지와 상관없이 몽골군에게 알려지면 새로 만든 무기는 무용지물이 될 것이다. 몽골군 첩자는 어디에나 있었다. 죄수들이 우글거리는 옥사든, 병사들이 머무는 병영이든, 하물며 백성들 속에도 있었다. 대장장이들도 예외는 아니었다.

“아 참, 내 잊었네만.”

“나으리, 무슨 분부라도……?”

병영을 나가려던 금대가 머리를 조아렸다.

“화살촉 말이다. 그 화살촉은 얼마만큼 만들었느냐?”

“화살촉은 크기별로 만들었지유, 쇠뇌촉과 화살촉이 다르게요. 수량이 너무 많아 몇 개 만들었는지 헤아리지는 않았구먼유.”

금대가 뒤통수를 긁적거렸다.

“헤아리지, 그랬나……?”

화살촉은 많을수록 좋았다. 김윤후는 화살촉을 얼마나 만들었는지 궁금했다.

“수량이 너무 많아 무기고에 전량 넘겼지유. 관아에서 살대를 조립할 텐디, 그때 헤아리면 될 거 구먼유.”

금대가 교위 임경필을 힐끗 보았다.

임경필이 끼어들었다.

"야철장 금대 말이 맞습니다. 별감, 대장장이 금대 말대로 화살촉을 살대에 조립하면서 셀 수 있으니 그때 헤아리라 이르겠습니다. 화살촉이 워낙 많아 시간이 꽤 걸릴 것이 옵니다."

김윤후는 고개를 끄덕였다. 금당계곡 매복 문제로 교위 임경필이나 창정 최수가 의기소침해 있어 신경이 쓰였다. 그렇다고 그들을 다독여 줄 생각은 없었다. 스스로 극복해야 한다. 그 노력은 용기 있는 장수의 몫이었다.

"알았네."

두어 달 전투가 벌어져도 끄떡없다며 큰소리치던 금대의 말이 김윤후에게는 허허롭게 들렸다.

'두어 달 버티면 몽골군이 물러갈까······?'

김윤후는 소대기산으로 눈길을 던졌다. 전투를 끝낼지 안 끝낼지는 적장 야굴의 몫이고 결정이었다. 몽골군이 물러나면 승리할 것이고, 물러나지 않으면 죽을 때까지 성에서 버텨야 한다. 적장 야굴을 죽이지 않는 한 이 싸움은 끝나지 않는다는 것을 대장장이나 교위 따위가 알 리 없었다.

"두어 달이라······."

금대의 말이 무겁게 김윤후 뒤통수를 두들겼다.

"교위, 최평 있는가?"

"예, 별감."

교위 최평이 병영 막사로 들어왔다.

"대장장이 별초들 훈련은 잘 진행되는가?"

최평이 금대를 흘끔거리더니 말했다. 쇠둑부리(야철로) 아궁이도 닫았으니 이제라도 훈련받으라는 말이었다.

"제대로 훈련을 못 했습니다만…….."

최평이 멈칫거렸다.

"그런가?"

김윤후는 금대를 보았다.

"나으리, 그게, 그러니까…….."

금대가 어물쩍거렸다. 진법 훈련이라면 몰라도 대장장이에게 검술 훈련은 필요 없었다. 그들이 익힌 검술만으로 어쭙잖은 관군보다 훨씬 나았다.

"이제, 쇠둑부리 불도 껐으니 제대로 훈련해야겠습니다."

최평이 다짐하듯 말했다.

"해야쥬!"

금대 대답은 단단했다. 대장장이는 힘이 좋았다. 매일 두드리는 망치에다 시우쇠를 날라 힘만큼은 장수 못지않았다. 게다가 외대리 바위산 아래에서 검술까지 단련해 비적은 물론 몽골군과 맞서 싸우더라도 자신 있을 것이다. 저들에게 무기를 쥐여주면 성문 방어는 훌륭히 해낼 것이다. 내성內城은 치성이라 관군에게 맡기더라도 외성은 달랐다. 몽골군이 충차衝車로 들이치면 목책만으로 방어하기 어렵다. 목책 사이사이 대장장이 금대가 만든 장창을 끼우면 아무리 강한 몽골군 충차라도 쉽게 성문으로 들이치지 못할 것이다. 게다가 성문으로 달려드는 기마병에는 장창만큼 요긴한 무기도 없었다.

"그렇게 하게."

"나으리, 장창은 어떻게 하쥬?"

금대가 김윤후를 다시 처다보았다.

김윤후는 웃으며 말했다.

"장창은 네 묶음으로 나누어 외성 성문 네 곳으로 나눠 전해주어라."

"예, 나으리……."

김윤후는 교위들을 둘러보았다. 자세가 꼿꼿했다. 몽골 오랑캐가 충주성을 공격할 거라는 척후병들의 소문을 들었든지 바짝 긴장하고 있었다.

"장창 쓰임새는 교위들에게 별도로 언질 줄 테니 그리 알아라."

"예, 나으리. 그러면 소인은 물러가겠시유."

금대가 고개를 갸웃거리며 대장간으로 돌아갔다.

밤새 눈이 내렸다. 성상로에 횃불을 밝혔다. 눈바람이 세차게 몰아쳤다. 적장은 성의 허술한 곳을 찾으려 혈안일 것이고, 김윤후는 감추려고 온갖 방법을 동원할 것이다. 빈틈은 늘 예상하지 못했던 곳에서 터진다. 김윤후는 그 빈틈이 어딘지 알 수 없었다.

김윤후는 눈을 뜨자마자 얼굴을 훑었다. 밤새도록 뒤척여서인지 얼굴에 더께(몹시 찌든 물건에 앉은 거친 때)가 거칠했다. 금대가 수량조차 헤아리지 않았다는 화살촉을 밤새도록 꿈속에서 헤아려 온몸이 찌뿌둥했다.

"부족하지 않을까?"

성벽으로 기어오르는 적군은 창이 유리하지만 성벽 접근을 막으려면 쇠내나 활만큼 요긴한 무기도 없었다. 화살이 모자라면 몽골군이 성벽으로 기어오를 때까지 기다려 근접전을 벌일 수밖에 없는데 사상자가 많이 발생한다. 금대가 헤아리지 않았다는 화살촉을 김윤후는 밤새도록 꿈속에서 헤아렸다.

발걸음 소리가 마루로 올라왔다. 김윤후는 머리맡에 두었던 영소검을 잡았다.

"나으리!"

연화였다.

"무슨 일이냐?"

김윤후 이불을 젖혔다. 베갯잇이 축축했다. 꿈자리가 사납더니 땀까지 질척거렸다.

"몽골 오랑캐가 달래강 너머 들판에 새까맣게 진을 치고 있습니다."

"……?"

두려움에 찬 연화 목소리가 장지문을 넘었다. 문풍지가 격렬하게 떨었다. 연화의 쌍검은 웬만한 장수도 열 초식을 넘기지 못했다. 그 연화 목소리가 문풍지처럼 떨리고 있었다. 올 것이 온 것 같았다.

'몽골군이 눈앞에 나타나다니…….'

김윤후는 대답하지 않은 채 장지문과 마주 섰다.

"별감, 일어나서야겠습니다."

연화가 재촉했다. 김윤후는 대답하지 않았다.

"문 열겠습니다."

장지문이 열렸다. 갑옷을 단단히 착용한 연화가 문 앞에 서 있었다. 이십여 년 전 처인성 전투 때 제 어미 무덕과 닮았다. 무덕의 쌍검은 검법 중에 으뜸이었다. 용맹도 남달랐다.

"갑옷 챙기겠습니다."

연화가 민첩하게 갑옷을 챙겼다. 김윤후는 아무 말 하지 않았다.

2

몽골군이 달래강 들판에 세 무리로 진을 쳤다. 붉은 깃발의 중앙군은 한 마장 물러나 있었고, 청색 깃발과 황색 깃발은 좌우로 벌려 전진 배치했다. 아군의 응전을 떠보려는 허장성세(虛張聲勢, 실속 없으면서 떠벌림)로, 방진(方陣, 사각형 모양으로 상대 병력을 분산시킬 때 사용하는 진법)이었다. 아무리 강한 몽골군이라도 전장에 도착하자마자 성을 공격하려니 부담이 컸던지, 중앙군은 멀찌감치 물러나 충주성 대응을 엿보는 듯했다

김윤후는 금당계곡에서 사로잡았던 몽골군 척후병을 떠올렸다. 금당계곡으로 척후를 보낸 지 보름 만에 달래강 들판으로 군사를 이동했다. 적장 야굴은 용맹하다기보다 용의주도했다. 성동격서(聲東擊西, 동쪽을 칠 듯, 서쪽을 친다는 뜻)였다. 적 본진이 달래강 너머 들판에 진을 쳤으니 부교를 설치하기 전에 다른 곳을 먼저 들이칠 것이다.

'금당계곡……?'

계곡을 빠져나오면 곧바로 조둔진이었다. 계명산이 가려 뗏목을 띄우지 않으면 척후하기 쉽지 않았다. 그리고 금당계곡으로 침투하던 몽골군 척후를 모조리 사로잡아 실패한 전략이었다. 하지만……. 용의주도한 적장이라면 한 번의 실패로 그의 전략을 포기하지 않을 수도 있었다. 김윤후는 느리게 건너오는 청풍강 뗏목에서 아우성치는 적군이 보이는 듯했다.

"시백은 어디 있느냐?"

"예, 나으리."

시백이 앞으로 나섰다.

"적병들은 달래강에 부교를 설치할 것 같은데 네 생각은 어떻냐?"

"소인 생각도 같습니다만……."

확신이 없는지 시백이 머뭇거렸다.

"시백은 기마병을 이끌고 몽골군 공병이 달래강으로 접근하지 못하게 방해만 하고 전투를 벌이지 마라. 그리고 공병 뒤를 받치는 궁수들이 있을 것이다. 궁수들을 조심하라. 적병이 활을 쏘면 이백 보쯤 물러나고, 부목을 맨 적 공병 움직임을 살펴서 퇴각 여부를 결정하라. 무슨 말인지 알아들었느냐?"

"예, 나으리."

몽골군의 활 사거리는 달래강을 넘지 못할 것이다. 게다가 말 등에서 쏘는 활이라 사거리도 짧고 정확도도 떨어졌다.

"즉시 출격하라."

김윤후는 장수들을 둘러보았다. 교위들 표정이 얼어붙었다. 말로만 듣던 몽골군이 눈앞에 나타났으니 두려울 수밖에.

"장수들은 들어라. 몽골 오랑캐는 달래강에 부교를 설치하려고 뗏목을 띄워 청풍강을 건널지도 모른다. 적장의 잔꾀에 속아서는 안 된다."

장수들이 숨을 멈췄다.

"연화 어디 있느냐?"

연화가 앞으로 뛰어 나왔다.

"연화는 기마병 일대(隊, 25명, 오伍, 50명)를 이끌고 달래강 상류 갈대밭에 매복하고 적군이 가까이 올 때까지 기다려라. 저들이 남하가 목적이라면 분명 문경새재를 넘으려고 대림산성에 척후를 보낼 것이다. 척후병이 적으면 사로잡고 많으면 사살하라. 가급적 근접전을 피하고 여의찮으면 즉각 성으로 퇴각하라. 성급하게 전투를 벌여서는 안 된다."

연화 눈빛이 빛났다.

"예, 나으리!"

"연화는 출격하라."

연화의 기마대가 휘경문으로 달려 나갔다.

"창정 최수는 내성에서 병참 일을 맡아라."

"예, 별감."

창정 최수가 시무룩했다. 전투에 참여하고 싶을 것이다. 금당계곡 매복에서 전과를 올렸다. 적 척후병 열다섯 명을 사로잡았고, 고려군 포로 삼백여 명을 구해냈다. 우쭐할 것이다. 승리한 전투는 빨리 잊는 게 좋다, 승리에 취하면 오만해져 다음 전투에서 패할 수 있다. 마음을 추스를 때까지 병참 관리에 집중하다 보면 창정의 들뜬 마음이 가라앉을 것이다. 그때 출격해도 늦지 않았다.

"특히, 곡식을 나눌 때는 양반이든 천민이든 치우침 없이 배급하고, 전장에서 돌아온 병사들은 귀리 한 홉을 더 얹어 사기를 북돋아 주어라. 나 또한 예외는 아니다. 알았느냐. 그리고……."

김윤후는 잠시 말을 멈추고 성으로 들어오는 남산 물길을 바라보았다. 물길 따라 움직이는 병사들이 눈에 띄었다. 당장 문제가 안 되더라도 적장은 성으로 들어오는 물길을 끊으려고 혈안일 것이다. 사실, 성안의 첩자들이 더 문제였다. 그들이 충주성으로 들어오는 물길을 몽골군에게 발설하는 날에는 성은 송두리째 무너질 것이다.

"남산 물길 관리는 병사를 별도로 배치하여 감시하고, 일몰 전까지 매일 보고하라. 우물도 마찬가지다. 알았느냐!"

"지시대로 시행하겠습니다."

최수의 대답은 예상대로 시원찮았다. 당장 전투에 나서서 전과를 올리고 싶을 것이다.

"병사들은 잘 들어라. 성을 수비하는 병사들은 다섯 보로 벌리고 깃발을 흔들어 함성을 지르고 틈틈이 위치를 바꿔라. 위치를 바꿀 때는 크게 함성을 질러 병사들끼리 사기를 북돋아라."

김윤후는 충주성을 방어할 자신이 없었다. 이천여 명 병사로 몽골군 정예병 일만 명과 일만 명의 거란 포로와 고려군 포로들까지 상대하기는 무리였다. 적장 야굴이 성안 백성과 병사들을 살려주면 항복하고 싶었다. 그도 두려운데 병사들이나 백성들은 더할 것이다.

조둔진이 신경 쓰였다. 김윤후는 경천문을 나와 탄금대로 말을 몰았다. 병사들이 뒤를 따랐다. 금곳진과 북창나루는 탄금대에서도 보이지만 조둔진은 계명산에 가려 보이지 않았다. 북진에서 나룻배를 띄워야 확인할 수 있다. 적 기마병이 뗏목으로 도강하지 않겠지만, 고려군 포로들을 앞세우고 뗏목을 튼튼하게 보강해 띄우면 못할 것도 없었다.

강물이 쿨럭거렸다. 달래강에 공병을 투입해 부교를 설치하려고 청풍강에 뗏목을 띄우려는 적장의 전략에 말려들어서는 안 된다.

"교위 최평은 북진에 궁수를 매복해 뗏목으로 도강하려는 적을 살펴라. 섣불리 나서지 말고 강을 건너지 못하게 궁수로 대응하라. 매복 병이 있다는 것을 적군 눈에 띄게 해 경각심을 주어라."

"몽골군이 청풍강에 뗏목을 띄울까요? 달래강 들판에 진을 쳤으니 무지한 오랑캐라도 뗏목으로 청풍강을 건너지 않을 것 같습니다만…….”

금당계곡에서 창정 최수가 사로잡은 적 척후병을 염두에 뒀던지 교위 최평이 고개를 갸웃거렸다. 실패한 곳으로 다시 병사를 침투시키기는 쉽지 않을 것이다. 틀린 말이 아니었다. 그러나 적장은 산전수전 다 겪은 몽골군 총사령관이었다. 달래강에 부교를 설치하려고 조둔진에서 뗏목을 띄우는 척하겠지만, 그렇다고 척후까지 소홀해서는 안 된다.

“명령대로 하라!”

김윤후 명령은 단호했다.

“뗏목이 화살 사거리에 들어올 때까지 기다려야 한다. 알아들었느냐!”

김윤후는 최평에게 한 번 더 다짐했다.

“……예, 별감.”

최평이 말에 올라 출정을 신고했다.

김윤후는 교위 최평이 명령을 따르기를 바랐다.

몽골군 창검이 저녁노을에 붉게 번뜩였다. 몽골군은 들이치는 척 전진하더니 군사를 물렸다. 중앙군이 소대기산 기슭으로 진영을 옮겼을 뿐 별다른 조짐이 없었다. 적장 야굴은 서두르지 않았다.

김윤후는 더디게 다가오는 몽골군이 두려웠다.

"나으리, 달래강 상류에서 전투가 벌어졌습니다."

시백의 다급한 목소리였다.

"시백은 즉시 출격하여 연화를 도와라. 적의 궁수들이 뒤를 받치고 있을지 모르니 연화와 합세하고 불리하면 즉각 퇴각하라."

김윤후는 눈을 부릅떴다. 적에게 한 치 틈도 보여서는 안 될 것이다.

"예, 나으리."

시백이 쏜살같이 남문으로 말을 달리자 기마병이 뒤를 따랐다. 하늘까지 찌를 기세였다.

'언제까지 저 기세를 유지할지······.'

김윤후는 말을 달려 전장으로 내달리는 시백을 바라보았다. 이십여 년을 수원승 동료에서 그의 노비로 그리고 전장에서 전우로 함께했다. 어쩌면 이 지독한 전쟁이 마지막 인연이 될 거라는 불편한 생각을 김윤후는 지울 수 없었다.

김윤후는 적장이 두려웠다. 그러나 두려워할 수 없었다.

"별감! 들어가도 되겠습니까?"

숨찬 목소리가 김윤후 뒷덜미를 낚아챘다. 북진으로 매복 나갔던 교위 최평 부관이었다.

"무슨 일이냐?"

"오랑캐가 조둔진에서 뗏목을 띄우고 있습니다. 수십 척은 넘어

보입니다."

조둔진에서 뗏목을 띄우면 북진으로 올라와 대문산을 넘어 성배후 북문 앞 운봉을 쉽게 점령할 수 있었다. 교위 임경필이 예상했던 몽골군 전략이었다. 몽골군이 움직이기 시작했다.

적장은 총사령관 야굴이었다. 고려의 배신자 홍복원까지 군사로 곁에 두었으니 충주성 지리를 손금보듯이 들여다볼 것이다. 적장은 용맹까지는 몰라도 무지하지는 않아 보였다.

"부관은 돌아가서 교위 최평에게 전하라. 적군이 강을 건너지 못하게 하라고……. 알아들었느냐?"

"예, 별감!"

최평 부관이 북문으로 말을 달렸다.

김윤후는 계명산 골짜기를 바라보았다. 온종일 두려움에 떨며 마지막재에서 매복해 있을 교위 정준과 수하들을 생각했다. 조둔진에서 뗏목으로 강을 건너는 몽골군이 물살에 휩쓸리지 않으면 마지막재를 넘을 것이고, 물살에 휩쓸리면 북진에서 대문산으로 기어오를 것이다. 그때 섬멸하면 될 터, 두려움을 이겨야만 매복전에서 승리할 수 있다. 김윤후는 교위 정준의 침착함을 믿었다.

"적이 강을 건너기 전에 물리쳐야 할 텐데……."

정준에게 기병 일 대와 궁수 이 대를 딸려 보냈으니 마지막재를 넘으려는 적군을 물리칠 수 있을 것이다.

김윤후는 휘금문에 올랐다. 달래강 상류에서 기마병들이 쏜살 같이 서문으로 다가오고 있었다. 그 뒤를 밧줄에 묶인 포로들이 끌려왔다. 연화를 지원 나갔던 시백이 사로잡은 포로들이었다.

"나으리."

시백이 말 등에서 보고했다.

"어떻게 된 일이냐?"

"적병들을 체포했습니다만⋯⋯."

시백이 뜸을 들였다.

"똑바로 보고하라."

"천룡산성에서 항복한 고려군 병사들이 대부분입니다."

예상했던 일이었다. 고려 백성과 백성이 서로 죽이고 죽여야 한다. 기가 찰 노릇이었다. 김윤후는 이렇게 빨리 몽골군의 고려군 포로 병사들을 눈앞에서 확인할 줄 몰랐다.

"음⋯⋯ 차라리 몰랐더라면⋯⋯."

김윤후는 말문이 막혔다. 몽골군의 고려군 포로 병사와 아군은 창검을 겨누며 서로 죽이고 죽여야 한다. 고려 땅은 고려 백성들의 지옥 같은 무덤이었다. 백성들은 몽골군 창에 찔려 죽었고, 임금은 윽박지르는 교정별감 칼날이 두려워 숨조차 쉬지 못하고 전전긍긍했다. 그런데 병사들에게 나라를 위해 몽골군을 물리치라고, 차마 병사들을 다그칠 수 없어 목구멍 깊숙이 욱여넣었다. 그저 부모와 처자를 살리려면 싸워서 이겨야 한다는 말밖에 할 수 없는 그의 처지가 부끄러웠다.

'가여운 사람들……!'

"끌고 오너라."

김윤후는 충주성을 공격하는 몽골군의 고려군 포로를 만나기는 처음이었다. 포로들은 이백여 명이 넘었다.

"너희들은 어디서 온 놈들이냐?"

포로 한 놈이 대가리를 쳐들었다.

"소인들은 천룡산성 병사들인데 성이 항복하자, 곧장 몽골군에 편입되어 충주까지 끌려왔구먼유. 소인들은 아무 잘못이 없어유. 살려 주셔유 별감 나으리 제발……. 억울하구먼유."

몽골군의 고려군 포로들은 눈물까지 찔끔거리며 살려달라 애걸했다. 속내는 뻔했다. 살려주면 또다시 적진으로 도망갈 것이다. 고려군 포로들은 몽골군과 아군을 오가며 그들의 이익에 따라 불리하면 눈물을 찔끔거리며 애걸하고, 돌아서서 창을 겨눴다. 몽골군의 고려군 포로들도 아군에게 적이었다. 마음 아프더라도 살려 둘 수 없었다. 김윤후는 저들을 죽여야 한다고…… 마음을 다그쳤다.

"바른대로 말하지 않는 놈은 목을 베고 나머지는 모조리 옥사에 처넣어라!"

김윤후는 목소리를 높였다.

"나으리, 저들도 고려 백성인데 어찌……."

시백이 머뭇거렸다.

"베라고 하지 않았더냐."

김윤후가 칼을 빼 들었다.

"나으리, 소인이……."

시백은 마음이 아팠다. 하지만 방호별감 말이 틀리지 않았다. 그들도 분명 고려 백성임이 분명했지만 본의든 타의든 몽골군에 부역한 자들이었다. 살려두면 돌아서서 다시 창을 겨눌 것이다. 죽이지 않으면 아군 병사가 죽는다. 여지 둘 필요가 없었다. 그의 검이 허공을 갈랐다. 붉은 피가 허공에 뿌려졌다. 비명이 성안 구석구석에서 밤새 도닐었다.

김윤후는 가슴으로 울었다.

"저놈들의 대가리를 성문에 매달아 본보기를 보여라."

김윤후는 아군 병사들의 사기를 생각하면 저들의 죽음이 안타까워도 살려둘 수 없었다.

시백은 정신이 아뜩했다. 강도 궁성을 지키던 야별초 섭랑장 김윤후가 아니었다.

"예, 나으리."

몽골군 고려군 포로를 죽였다. 시백의 말처럼 그들도 고려 백성이었다. 잘린 목에서 피가 흘렀다. 붉었다. 김윤후 심장에서도 붉은 피가 쿨럭거렸다. 몽골군의 고려군 포로의 피도 그의 심장에서 쿨럭거리는 피도 모두 붉었다.

산과 계곡과 들판이 하얗다. 북풍은 드셌다. 산을 닮은 눈은 바람을 계곡으로 몰아넣었다. 까마귀 떼가 소대기산 멧부리에서 빙빙 돌았다. 달래강 들판에 몽골군이 새까맣게 몰려왔다. 대오隊伍가 빈틈없었다. 기마병을 중군으로 창과 검을 앞세운 좌우 군은 뒤를 따랐고, 궁수와 쇠뇌 병들이 그 뒤를 따랐다. 중군 후미에서 적장의 황금색 깃발이 펄럭였다. 몽골군이 보병을 앞세운 안행진으로 달래강을 향해 달려들고 있었다.

김윤후는 검을 빼 들었다.

"시백은 기마병을 이끌고 출격하라. 적이 달래강을 못 건너게 하라!"

시백의 기마병이 말갈기를 휘날리며 서문으로 달려 나갔다. 수원승 기마병들이 뒤를 따랐다. 창날이 햇빛에 번쩍였다. 연화의 말이 갈기를 세우며 힘차게 앞으로 달려 나갔다. 뒤따르는 병사들의 기세도 높았다. 교위 정준의 궁수부대와 쇠뇌부대가 뒤를 따랐다.

적병들이 달래강으로 뛰어들었다.

"부교를 설치하라."

적장의 목소리가 달래강을 넘나들었다.

"시위를 당겨라."

궁수들이 시위를 당겼다. 화살이 달래강으로 비 오듯이 날아갔다. 시백의 창날이 달래강을 건너는 적진을 헤집었다. 창날이 번쩍

이며 적병들이 우수수 스러지고, 비명이 들판에 자지러졌다. 시위
소리가 귓전을 스칠 때마다 몽골군의 고려군 포로들은 뒤로 물러
났다가 다시 앞으로 다가왔다. 몽골군의 창이 고려군 포로들 뒤통
수를 겨냥하고 있었다. 앞으로 나아가면 아군에게 죽을 것이고 물
러나면 몽골군의 창날에 찔려 죽을 것이다

"북을 쳐라!"

김윤후는 함성을 질렀다. 북소리는 울림과 되울림을 거듭했다.
시백의 기마병이 강을 건너는 적 선두를 양쪽으로 갈랐다. 달래강
을 건넌 적의 기마병이 흩어졌다. 부교를 설치하려던 몽골군의 고
려군 포로들은 달래강 물살에 휩쓸려 죽으면서 하늘을 바라보며
붉은 울음을 토했다.

"적이 물러날 때까지 북채를 놓지 마라."

김윤후는 거듭 함성을 질렀다. 성루에서 깃발이 휘날렸다. 아군
함성과 몽골군의 함성이 뒤섞여, 송두리째 계명산 메아리로 되돌
아와 밤새 달래강을 떠돌아다니며 울었다.

3

아귀처럼 달려들던 몽골 오랑캐가 물러나고 사상死傷한 병사들의 피비린내가 달래강을 도닐었다. 밤새 흐리던 하늘에서 아침 햇살을 비췄다. 지난 전투에서 아침 햇살은 아군 편이었다. 남산에서 내리비추는 아침 햇살은 몽골군에게 불리했다. 손 삿갓을 이마에 대더라도 아군 진영을 살필 수 없어 곤란을 겪었을 것이다. 반면에 아군은 적군들의 일거수일투족 세세히 살필 수 있어 달래강을 건너려던 적병들을 화살로 죽일 수 있었고, 강을 건넌 적병들을 사로잡을 수 있었다. 오후가 되자 햇살이 구름 속으로 숨어들었다. 부처님은 아군 편이었다. 덕분에 아군 사상자는 많지 않았다. 적진에서 살아 돌아온 아군 병사들의 사기가 충전하고 기세는 더 높았다.

몽골군 시체가 달래강에서 수두룩하게 쌓였다. 피 냄새를 맡은 까마귀 떼가 온종일 소대기산을 오가며 까악거렸다.

"적이 언제 다시 쳐들어올까요?"

교위 임경필이 물었다.

"……."

김윤후는 대답하지 않았다. 이번 전투는 시백의 기마병과 정준의 궁수부대가 막아냈다. 그의 용맹에 달래강을 건너려던 몽골 오랑캐는 물러갔다. 몽골군은 부교 설치도 못 했다. 하지만 몽골군이 언제 쳐들어올지 아는 사람은 적장 야굴 밖에 없을 것이다.

"북을 울리고 깃발을 흔들어라!"

김윤후는 함성을 질렀다. 병사들의 함성이 아침 햇살에 튕겨 충주성으로 퍼져나갔다. 승리한 장수에게 주는 포상은 고작 병사들의 함성과 북소리뿐이라는 것을 아는 듯 병사들의 함성은 서글펐다.

임경필이 막사 언저리에서 서성거렸다. 가까이도 멀리도 할 수 없는 놈이었다. 오늘 밤, 아무도 모르게 그의 수하를 강도 별장 김인준에게 보내 교정별감 최항에게 보고할 것이다. 어떤 내용을 보고할지 알 수 없었다. 하지만 김윤후는 개의치 않았다. 다만 사실을 보고하기를 바랄 뿐이었다.

밤이 이슥하자 임경필의 수하가 암문으로 성을 빠져나갔다. 임경필 수하 놈의 뒤통수가 머릿속에서 얼쩡거려 김윤후는 밤새 뒤척였다.

수많은 햇불이 달래강에서 일렁거렸다.

"적병들이 부교를 설치하고 있습니다."

척후 나갔던 교위 최평이 보고했다. 적군은 부교 설치가 끝날 때까지 몽골군의 고려군 포로들을 달래강으로 내몰았다. 김윤후는 고민에 빠졌다. 살려달라며 애걸하던 고려군 포로의 피가 갑옷에 튀었을 때, 그의 피도 거꾸로 치솟았다. 포로들의 식솔들은 허기를 달래며 산속에 숨어서 치를 떨 것이고, 포로 놈은 적군과 싸우면서 임금을 원망하며 치를 떨며 죽을 것이다.

김윤후는 달래강 들판을 바라보았다. 횃불 수천 개가 일렁거렸다. 해가 뜰 즈음이면 달래강은 부교를 완성할 것이다. 그대로 두어서는 안 될 것 같았다.

"시백은 몽골군의 부교 설치를 방해하라. 매복 병이 있을 테니 함부로 나서면 안 된다."

적장 야굴의 욕망이 이글거리는 눈빛이 김윤후 눈앞에 어른거렸다. 달래강을 도강하면 곧장 서문과 내성, 휘금문으로 이어졌다. 더군다나 외성은 토성이라 방어하기도 쉽지 않았다. 외성은 성문이 허술해 목책을 추가로 설치했지만, 몽골 오랑캐의 충차를 막아낼 만큼 튼튼하지 못했다.

"성문 수장들은 들어라. 목책에다 장창을 설치하고 성 발치에 적병이 접근하지 못하도록 가시덤불을 깔아, 적병이 성벽에 접근하지 못하게 하라!"

척후 나갔던 시백이 돌아왔다.

"달래강에 부교 공사가 한창입니다."

조둔진에서 뗏목을 띄우려던 적장 야굴의 의도가 드러났다. 김윤후는 적장이 이처럼 빠르게 움직일 줄 몰랐다.

"교위 정준은 어디에 있느냐?"

"예, 별감."

정준이 얼굴을 드러냈다.

"궁수와 쇠뇌수를 이끌고 적의 부교 설치를 막아라. 매복이 있을지 모르니 조용히 다가가 일시에 활을 쏘아라. 쇠뇌수는 일 열에 궁수 이 열을 배치해 번갈아 시위를 당겨라. 그리고……."

이십여 년 전, 처인성 전투 때 몽골군 사령관 살례탑은 선두에서 지휘했다. 그런데 적장 야굴은 앞으로 나서지 않았다. 용의주도한 놈이었다. 적장을 선두로 끌어내야 한다.

"……적이 부교를 설치하면 곧장 퇴각하라."

정준이 궁수들을 이끌고 외성 남문을 빠져나가 어둠 속으로 사라지고 있었다. 어두운 밤은 적군에게 유리할 때도 아군에게 유리할 때도 있지만, 적군에게 유리할 때가 더 많았다.

달래강에서 횃불이 바쁘게 움직였다. 몽골군의 고려군 포로들일 것이다. 부교를 설치하지 않으면 아무리 날랜 몽골군 기마병이라도 퇴로를 확보하지 않은 채 충주성을 공격하지 못할 것이다. 몽골군의 약점은 아군의 장점이었다. 몽골 오랑캐가 퇴로를 확보해서는 안 된다. 김윤후는 현기증이 났다.

"나으리······. 괜찮으신지요?"

시백은 두통을 호소하는 방호별감이 걱정됐다.

"그럼, ······괜찮지 않고."

김윤후는 시침을 뚝 뗐다.

'현기증이 나다니······.'

평소에 없었던 일이었다.

밤새 몽골군은 소대기산 기슭으로 진영을 옮겼다. 기수들이 좌우 진영으로 분주하게 들락거렸다. 시백의 기마병과 정준의 병사들이 몽골군이 설치하려던 달래강 부교 설치를 저지했다.

"교위 최평입니다."

"들어오라."

막사로 교위 최평이 들어왔다.

"무슨 일이냐?"

김윤후는 최평을 똑바로 바라보았다.

"몽골군이 조둔진으로 몰려들고 있습니다. 언뜻 보아도 수백 명은 넘을 것 같습니다만······."

최평이 말꼬리를 흐렸다.

"뗏목을 준비하던가?"

"별다른 행동은 보이지 않습니다."

적은 조둔진에 뗏목을 띄우려다 말고 달래강에 부교를 설치하려다가 실패했다. 김윤후는 적장의 전략을 도무지 종잡을 수 없었다.

'어느 쪽으로 공격할까……. 조둔진일까? 달래강일까?'

어쨌든 몽골군은 점점 충주성으로 다가오고 있었다.

'응전을 염탐하려는 수작일까?'

조둔진으로 침입하려던 오랑캐 척후병을 금당계곡에서 창정 최수가 모조리 사로잡았다. 아둔한 장수가 아니라면 실패한 전략을 되풀이하지 않을 것이다. 그러나 몽골군 사령관이라면……. 게다가 고려 지리에 익숙한 군사 홍복원까지 옆에서 거든다면 실패한 전략이라기보다 외려 아군을 혼란스럽게 하는 전략일지도 몰랐다. 김윤후는 적장의 전략을 파악할 수 없었다. 어쩌면 커다란 함정을 파놓고 김윤후가 걸려들기를 기다리고 있을지도 몰랐다.

몽골군 중앙군 움직임은 보이지 않았다. 중앙군이 움직이지 않으니, 도무지 몽골군 전략을 감 잡을 수 없었다. 뗏목을 만들려면 고려군 포로들이 벌목했을 터인데 여태 척후조차 없었다.

'몽골군은 왜 조둔진으로 이동했을까? 혹시 금당계곡……?'

김윤후는 머리가 지끈거렸다.

"최 교위는 조둔진에 모여든 적병들의 움직임을 자세하게 관찰하고, 뗏목을 띄우려는 징후가 보이면 곧바로 보고하라."

달래강 부교 설치에 실패하더니 청풍강에 뗏목이라도 띄워 보려는 수작은 아닐 것이다.

'의도가 무엇일까?'

적장 야굴의 전략이 도무지 이해가 안 됐다. 이만 명의 병사들로 성을 포위해 공성전을 벌여도 무리한 전략이 아닐 터인데, 이곳저곳 들쑤시는 적장 야굴의 의도를 김윤후는 도무지 가늠할 수 없었다.

'그런데…… 조둔진으로 몽골군 병사들이 모여들다니……?'

"부관 있는가?"

"예, 별감."

"임 교위를 불러오라."

"안 계십니다."

"어디 갔느냐?"

"동문에 갔습니다."

"그랬는가?"

몽골군 진영으로 정탐 보냈던 병사가 돌아온 모양이었다.

'그놈의 입에서 적군의 전략을 염탐할 수 있을까?'

"부관은 척후병을 데려오라."

"예, 별감!"

김윤후는 교위 정준에게 전략을 말해주지 않은 게 신경 쓰였다. 적의 전략을 알 수 없으니 마땅한 응전 책은 김윤후도 없었다. 몽골군은 뗏목을 띄워놓고 도강하지 않을지도 몰랐다. 지금은 몽골군 움직임을 지켜보는 것이 오히려 전략이었다. 적 중앙군은 움직이지 않은 듯 조금씩 충주성으로 이동하고 있었다.

'병서에 없는 전략이라도 있을까. 그렇다면…….'

적장 야굴이 두려웠다.

'지원군을 기다리는 것일까? 아니면, 이만 명의 병력으로 성을 포위해 공성전이 어렵다는 판단일까?'

김윤후는 생각에 생각을 거듭했다.

"별감, 적 진영으로 보냈던 척후병을 데려왔습니다."

부관 이기달이 보고했다. 정탐 병사는 몽골군과 아군 진영을 제집 드나들듯 들락거리는 첩자들이라, 온전히 그들의 정보를 믿을 수 없었다. 말[言]과 말[言]조각을 엮어 적장의 전략을 가늠할 수 있을 거로 생각했다. 그러나 김윤후의 생각일 뿐 그조차 쉽지 않았다.

"별감. 교위 임경필입니다."

임경필이 아군 첩자를 데리고 막사로 들어왔다. 첩자는 바들바들 떨고 있었다. 달래강을 건너다가 얼음 구멍에라도 빠졌는지, 몽골군에게 발각되어 협박이라도 받았는지 사시나무처럼 떨고 있었다. 김윤후는 교위 임경필을 힐끗 보았다. 표정이 굳은 게 그는 긴장하고 있었다.

"그래, 수고했다."

김윤후는 아군 첩자를 일단 위로했다. 그의 표정으로 아군 첩자인지 몽골군 첩자인지 분간할 수 없었다. 이삼일은 적 진영에서,

또 삼사일은 아군 진영에서 구석구석 다니며 정보를 캐내고 다듬은 뒤, 제 놈 생각까지 보태 적 진영과 아군 진영을 제집처럼 드나들며 제 놈이 필요한 만큼 지껄일 것이다.

"아닙니다. 나으리……."

첩자 주둥아리에서 구린내가 풍겼다.

"더하지도 덜하지도 말고, 보고 들은 대로 말하라!"

김윤후는 첩자 놈의 눈을 뚫어지게 바라보았다.

"그게……."

"뭘 꾸물거리느냐, 본 대로 들은 대로만 말하라고 하지 않았느냐?"

사실대로 말할 리 없었다. 유리하면 삼키고 불리하면 뱉는 놈들이었다. 다그친다고 곧이곧대로 말할 리 없었다. 제 놈이 유리한 말만 주절거릴 것이다.

"네 이놈, 바른대로 말하라!"

임경필이 아군 첩자를 윽박질렀다.

아군 첩자가 가쁘게 숨을 몰아쉬었다.

"교위는 가만히 있어라."

김윤후는 임경필의 입을 틀어막았다. 아군 첩자인지 몽골군 첩자인지 알 수 없지만 충주성에 있으니 아군 첩자였다. 의심하고 말고 할 일이 아니었다. 게다가 의심이 들면 끌어내 죽이면 그만이었다.

"적장은 누구라더냐?"

"야굴 총사령관이라는데…….”

아군 첩자가 입을 달싹거리더니 임경필을 힐끗 쳐다보았다.

김윤후는 임경필의 굳은 표정을 놓치지 않았다.

"말하라."

김윤후는 아군 첩자 눈을 뚫어지게 들여다보았다. 그의 눈동자
가 흔들렸다. 무엇인가 두려워하고 있었다. 몽골군의 정보를 들춰
오지만 아군 정보도 몽골군에게 넘겼을 것이다.

첩자가 입을 열었다.

"중앙군은 총사령관 야굴이 지휘하는데 홍복원이라는 고려 사
람이 찰싹 들러붙어 있다고…… 합니다. 좌군은 고려 국경이 고향
인 우열이라는 자煮이온데, 흉포하기 이를 데 없어 몽골 군사들도
벌벌 떤다고 합니다. 우군은 왕만호라고 한족이라고 했습니다. 그
리고…….”

김윤후는 정보 조각들을 모아 그 정도는 이미 알고 있었다. 몽
골군에 빌붙어 굽실거리며 살아보겠다는 백성이 비단 홍복원과 우
열뿐이겠는가.

"그리고 또?"

김윤후는 아군 첩자에게 다가갔다. 제 어미 끼니 때문에 춘주성
에서 도망쳤다는 고려군 노비 병사와 다르지 않았다. 나라나 임금
보다 제 어미 끼니 걱정이 먼저라던 고려 백성이었다. 당연한 일일

지도 몰랐다. 부모 없는 자식은 없어도 임금은 없어도 그만이었다. 백성에게 임금 따위가 필요하지 않았다. 보호조차 받지 못하는 나라에 목숨 바쳐 충성할 까닭은 더더욱 없을 것이다. 그저 끼니 거르지 않고 편하게 숨 쉴 수 있으면 그곳이 몽골이든 고려든 상관없을 것이다.

첩자 눈빛이 움직였다.

"홍복원이란 자가 총사령관 야굴 옆에 붙어서 모략을 꾸민다고 합니다."

"들은 말이냐, 네가 직접 보았느냐?"

김윤후는 첩자를 다그쳤다.

"들은 말이 옵니다. 그리고 또 ⋯⋯."

"말하라?."

첩자가 다시 임경필을 흘끔거렸다.

"별감, 이놈이 거짓말을 하고 있습니다."

임경필이 눈을 부라리며 첩자를 윽박질렀다.

"임 교위는 조용히 하라."

김윤후는 임경필이 문초에 끼어들지 못하게 했다. 아무리 불리한 정보라도 들어야 한다. 말조차 못 꺼내게 해서는 안 된다. 유리하든 불리하든 정보를 들은 뒤 판단과 결정은 방호별감이 하면 된다. 교위 따위가 끼어들어 판단을 흐리게 해서는 안 될 것이다.

"계속 말하라!"

아군 첩자는 당황하고 있었다.

"홍복원이 항복하면 살려주겠다고 별감 나으리에게 꼭 전하고 답신을 달라했습니다."

'미친놈! 오랑캐에게 항복하라니.' 김윤후는 어처구니가 없었다.

"직접 만났느냐?"

"예, 나으리."

"혼자서 만났느냐?"

"저~, 그게 ……."

임경필의 얼굴이 파랗게 질렸다.

"말하기 어려우면 안 해도 된다."

더는 첩자를 문초할 필요가 없었다. 원주성과 천룡산성에서 항복하면 살려 준다는 소문도 홍복원의 계략일 것이다. 괴소문은 이미 충주성 구석구석 퍼져, 적장 야굴은 군사도 움직이지 않고 송두리째 성을 위협하고 있었다.

김윤후는 임경필을 힐끗 보았다. 표정이 일그러졌다. 왜 첩자 입을 틀어막으려는지 짐작이 갔다. 강도에 보냈던 그의 수하가 성으로 들어오면서 적진 먼저 들렀을 것이다. 분명 임경필과 함께였을 것이다. 교위 임경필의 목을 베어야 할 날이 가까웠다는 불편한 생각이 김윤후를 옥죄었다.

'최항, 이 나쁜 놈!'

김윤후는 강도를 강하게 의심했다. 별장 김인준이든 교정별감 최항이든……. 전쟁이 끝날 때까지 믿어서도 믿을 수도 없는 놈들이었다. 죽기를 각오하고 싸워도 승리하기 어려운데 몽골군과 내통까지 하다니……. 별장 김인준이 몽골군 군사 홍복원과 내통할 거라 김윤후는 생각하지 못했다. 잠시 쉬었다 오라며 김윤후를 설득하던 김인준의 야무진 주둥아리가 설핏 떠올랐다. 김윤후는 충주성 방호별감으로 명한 어명의 진의까지 모르더라도 교정별감 최항의 구린 속내는 짐작할 수 있을 것 같았다. 병사들의 함성이 병영을 들썩였다. 누구를 위한 함성인가, 김윤후는 충주성 방호별감이라는 게 부끄러웠다.

4

　달래강 들판 가장자리에 이내가 피어올라 밤의 시작을 알렸다. 기러기 떼가 남쪽으로 날아갔다. 고사리봉 멧부리에 눈이 녹을 때쯤이면 저 기러기도 제 고향을 찾아 북쪽으로 돌아갈 것이다. 고려 산하를 짓밟던 몽골군도 기러기 떼처럼 제 놈들이 태어난 황량한 벌판으로 돌아가면 성안의 백성들과 전투에서 살아남은 병사들도 고향으로 돌아갈 것이다.

　몽골군은 세 방향으로 들이쳤다. 음성을 거쳐 백마령을 넘어 달래강 들판으로, 청풍강을 거슬러 부는 북풍에 돛을 세워 북창나루에 이르는 뱃길과 금당계곡을 지나 조둔진에 이르는 협곡 길이었다. 적장 야굴은 야심한 밤을 틈타고 세 길로 충주성으로 이동했다. 김윤후는 적장 야굴의 기만전술에 허를 찔렸다.

　김윤후는 몽골군이 금당계곡으로 침투하리라는 생각은 하지 않았다. 무지한 장수가 아니라면 좁고 가파른 협곡으로 병사를 밀어

넣지 않을 것이다. 게다가 몽골군 척후병이 창준 최수에게 한 차례 사로잡혔던 곳이었고, 금당사 수원승들이 고갯마루에 매복을 적장 야굴이 모를 리 없었다.

'실패한 곳으로 다시 병사를 밀어 넣다니⋯⋯.'

무지한지 영리한지 적장 야굴의 전략을 김윤후는 도무지 가늠할 수 없었다. 뗏목으로 청풍강을 건너더라도 마지막재를 넘어야 충주성 배후를 공격할 수 있었다. 그곳 또한 외길이라 만만하지 않았다.

몽골군은 멀찍이서 성을 포위하고 있었다.

북창나루를 건너 북문으로 들이칠까, 마지막재를 넘어 남문으로 올까, 아니면 달래강을 건너 성 서쪽을 공격할까? 김윤후는 삼경三更이 지나도록 병영 막사에서 적장 야굴의 전략을 생각하고 생각했지만 감조차 잡을 수 없었다. 그저 적군이 쳐들어올 때까지 기다리는 수밖에⋯⋯.

말발굽 소리가 병영 막사에 들려왔다.

"나으리."

대명산 탄금대로 척후 나갔던 시백이었다.

"무슨 일이냐?"

"적병들이 뗏목으로 조둔진으로 건너고 있습니다."

김윤후는 깜짝 놀랐다.

"조둔진이라니⋯⋯. 지난번에 몽골군을 물리쳤던 곳이 아니냐?"

"예, 나으리,"

'실패한 전략을 반복하는 이유가 뭘까?'

김윤후는 적장의 전략을 알 수 없었다.

"뗏목이 반쯤 강을 건너면 활을 쏘아라. 한 번 당했으니 함부로 강을 건너지는 않을 것이다. 반드시 건널 때까지 기다려야 한다. 강을 건넌 놈들은 갯가에서 척살하기 어려울 것이다. 그리고 산으로 도망가는 놈들은 반드시 마지막재로 몰려들 것인즉, 곧장 퇴각해 교위 정준의 병사와 마지막재에서 합류해 고개를 넘지 못하게 하라.

"예, 나으리."

시백이 막사를 빠져나갔다. 말발굽 소리가 청풍강을 거스르는 북풍처럼 스산하게 들려왔다.

"임 교위는 들어오라."

"예, 별감."

임경필이 병영 막사로 들어왔다.

"적 중앙군 움직임은 어떠냐?"

"아직 움직이지 않습니다."

"그런가……?"

중앙군이 움직이지 않는다고……. 어쩌면 충주 지리에 밝은 야굴 군사 홍복원이 잔꾀를 부릴지도 몰랐다.

"연화는 돌아왔는가?"

"아직 연락이 없습니다만……."

임경필이 어물쩍거렸다. 달래강 상류로 척후 나갔던 연화와 그의 수하들이 돌아오지 않았다. 두어 시각이면 충분할 터인데, 여태 돌아오지 않았다니…… 시간 걸릴 만큼 먼 곳이 아니었다.

'변고라도 당한 것일까……. 아니면 적의 움직임이라도 포착한 것일까?'

김윤후는 몽골군이 달래강과 조둔진을 동시에 들이칠지도 모른다는 생각이 언뜻 스쳐, 곧장 휘금문에 올라 소대기산 몽골군 진영을 바라보았다. 임경필의 보고 대로 적 중앙군은 움직이지 않았다. 해거름까지 맑았던 하늘에서 먹구름이 소대기산 멧부리로 잔뜩 몰려왔다. 바람이 세차게 몰아쳤다. 달래강 강물 소리에 실린 말발굽 소리가 들려왔다. 그는 귓바퀴를 세웠다. 익숙한 말발굽 소리, 척후 나갔던 연화가 돌아오고 있었다.

"그러면 그렇지……."

김윤후는 그때야 안도의 숨을 내쉬었다.

"만우(김윤후의 법명) 스님, 이 아이를 보살펴 주세요?"

무덕의 거친 숨소리가 처인성을 흔들었다. 제 어미가 힘들다는 것을 아는지 갓난쟁이가 방긋거렸다.

'이 아이를 어찌할꼬…….'

만우는 가슴부터 먹먹했다.

처인성 전투는 처절했다. 무덕은 달아나는 몽골군을 추격하다 맞은 화살 상처가 깊어 결국 이 지경에 이르렀다. 수원승으로 살았던 세월이 억울했을 것이다. 부모조차 모른 채 자랐는데, 어린 자식을 남겨두고 눈을 감으려니 마음이 아팠을 것이다. 무덕은 노비 어미에게서 태어나 수원승이 되었다고 했다. 이 어린 것도 제 아비와 상관없이 노비가 될 것이다. 무덕은 아이 아비가 누군지 말하지 않았다. 안다 해도 달라질 것은 없었을 테지만.

"만우 스님, 아이 이름을 지어 주세요."

숨을 헐떡이는 무덕의 눈에 눈물이 고여있었다. 노비가 되더라도 이름은 지어 주고 싶었을 것이다.

"이름을 지어달라……?"

만우는 고개를 끄덕이며 방긋거리는 갓난쟁이를 들여다보았다. 개펄에서 갓 핀 연꽃처럼 깨끗했다. '연화', 부처님 아이처럼 오물거리는 빨간 입술이 이른 아침 연못에 꽃잎을 내미는 연꽃처럼 보였다.

"연화가 어떻냐?"

무덕이 희미하게 웃으며 고개를 끄덕였다. 그리고 시백을 바라보았다.

"사형, 염치없는 말이지만 이 아이를 부탁합니다."

무덕이 거친 숨을 몰아쉬며 시백에게 말했다.

"걱정하지 마시게……."

시백이 방긋거리는 아이를 바라보면 무덕의 손을 잡았다. 시백은 눈물이 났다. 아이 아비조차 말해줄 수 없는 아픈 사연이 있었을 것이다. 가슴이 미어지는 듯했다.

'아비 없는 자식이 있으려고…….'

시백은 가슴이 답답했다.

"사형, 그동안 고마웠습니다."

"고맙다니 무슨 말을 그리하느냐…… 이 아이는 내가 잘 돌볼 터이니, 너무 걱정하지 마시고 몸부터 추스르게……."

시백이 어금니를 꽉 깨물었다. 무덕이 잡은 시백의 손에서 경련이 일어났다. 말할 수 없는 그녀의 아픔을 가슴으로 전하고 있었다.

"……."

시백은 무덕 스님을 물끄러미 바라보았다. 그의 얄팍한 위로가 무슨 소용 있겠는가…….

무덕은 만우를 바라보며 말했다.

"만우 스님, 이제 서야 제 어미를 따라갑니다. 그곳이 지옥인지 극락인지 알 수 없지만……."

무덕은 어슴푸레한 기억을 더듬었다. 어느 다리 밑이었다. 피를 흘리며 악을 쓰던 어머니가 설핏 지나쳤다. 꿈인지 생시인지 알 수 없는 장면들이 스쳐 지나갔다. 무덕은 그녀의 과거를 어린 연화를 위해서라도 시백에게 말해주고 싶었다. 그러나 늘 그 장면에서 멈춰 더는 기억나지 않았다.

"사형…… 미안합니다. 소승 기억이 흐려서…… 아이에게 이 어미의 과거를 들려주지 못합니다."

무덕은 가슴이 먹먹했다.

"걱정하지 마시게……."

시백은 어린아이를 껴안고 울었다.

무덕은 눈을 뜨고 그렇게 부처님 곁으로 갔다. 갓난쟁이 연화를 두고 차마 눈 감을 수 없었을 것이다. 만우는 그녀의 눈을 감겼다. 눈물이 났다. 그 눈물의 의미를 알 수 없었지만 눈물이 났다.

"무덕 스님……."

시백은 우직한 얼굴에서 굵은 눈물이 뚝뚝 떨어뜨리며 꺽꺽거렸다. 평생 연모했던 여인을 저 저세상으로 보낸 아픈 마음을 말할 수 없었을 것이다. 게다가 아비도 모르는 아이까지 맡았으니 갈피를 잡을 수 없었던지 마지막 숨을 몰아쉬던 무덕을 안고 하염없이 눈물 흘리던 시백이 언뜻 떠올랐다. 이십 년도 더 된 일이었다. 연화가 저렇게 어엿한 여장부로 성장해 함께 전쟁에 참여했으니 시백 또한 감회가 남다를 것이라 김윤후는 생각했다.

소대기산에서 먹구름이 몰려오고 진눈깨비가 후드득거렸다.

"나으리?"

시백이 휘경문 성루로 올라왔다. 김윤후는 시백 표정부터 살폈다. 피로 얼룩진 얼굴은 붉게 상기되어 있었다. 연화 걱정은 눈곱만큼도 없어 보였다. 전쟁에 임하는 장수의 결기일 것이다.

"몽골군이 뗏목으로 강을 건너고 있습니다."

"알고 있다."

시백이 숨을 몰아쉬며 얼굴을 일그러뜨렸다.

"말하라!"

"뗏목이 뒤집혀 갯가로 기어오른 적병들을 사로잡았는데 고려군 포로들입니다. 어떻게 처리할까요."

김윤후는 입을 다물었다. 그들은 이미 고려군이 아니라 몽골군 병사들이었다. 그들을 죽이지 않으면 아군이 죽어야 한다. 몽골군의 칼날이 두려웠겠지만 나라를 배신한 대가는 죽음밖에 없었다. 병든 어미의 끼니를 걱정하던 고려군 병사 포로가 언뜻 떠올랐다. 그는 가슴이 아렸다. 하지만 몽골군의 고려군 포로도 적이었다. 대가리를 빳빳하게 쳐들고 죽여달라 소리 지르던 몽골군 포로들의 패악이 설핏했다. 오랑캐 병사들은 목숨 바쳐 제 나라를 지키고 죽었다.

'이자들을 어이할꼬……!'

김윤후는 가슴이 아렸다. 나라를 버린 몽골군의 고려군 병사 포로들의 죄를 벌하지 않으면 몽골군과 맞서 싸우려는 병사들도 백성들도 없을 것이다. 죽기를 각오하고 싸워도 힘들 터인데 배신한 포로까지 살려두면 그들의 싸우려는 의지는 여지없이 꺾어질 것이다.

"임 교위는 고려군 포로들을 데려오라."

임경필이 놀란 표정이었다. 강도에 다녀온 수하가 신경 쓰였던지 그의 얼굴이 일그러졌다.

"……예, 별감."

사색이 된 고려군 포로들이 무릎을 꿇었다. 김윤후는 그들의 눈을 똑바로 바라보았다.

"너희들은 고려 백성으로 몽골군 앞잡이가 되어, 부모 형제들을 창과 칼로 죽였으니 그 죄가 실로 크다. 하여, 오늘 너희들의 목을 베어 너희들에게 죽은 부모 형제들의 원혼을 달래 줄 것인즉, 혹여 억울하면 앞으로 나오너라. 내 그 사정이라도 들어보겠다."

고려군 병사 포로들이 우르르 몰려나왔다.

"교위 임경필은 저들의 사정을 들어보아라. 정당한 사유가 없으면 옥사에 가두고, 정당하지 않으면 모조리 죽여라."

임경필의 얼굴이 경련을 일으켰다. 배신자는 모조리 죽여야 한다는 방호별감 김윤후의 말이 오늘따라 더 깊게 들렸다.

"……소장이요?"

"못하겠느냐?"

"아~, 아닙니다. 별감."

김윤후는 포로들을 단죄할 자신이 없었다. 누가 감히 저들에게 배신자라고 죄를 물을 수 있겠는가. 누가 저들의 배고픔을 달래 주기라도 했던가, 그리고 죽음에서 구해주기라도 했던가. 김윤후는 원망 어린 고려군 포로들의 눈을 차마 볼 수가 없어 눈길을 돌렸다.

"나으리!"

늙은 포로가 엉금엉금 기어 나왔다. 피죽조차 못 먹었는지 피골이 상접했다.

"그래, 너는 왜 몽골군에 부역했느냐?"

늙은 포로는 한참 뜸 들이더니 겨우 말을 꺼냈다.

"소인은 여주에 살았는데…… 아들이 성으로 들어간 뒤 연락이 끊겨졌습니다. 죽었는지…… 살았는지……. 죽었으면 시체라도 찾아야 한이 풀릴 것 같아서…… 소식이라도 들으려고…… 나으리, 소인 아들을 찾아 주셔유."

늙은 포로는 숨조차 쉬기 힘들었는지 띄엄띄엄 말했다. 아들을 찾으려고 몽골 오랑캐 진지든, 아군 진지든 헤매고 다녔던 모양이었다. 김윤후는 늙은 병사를 더는 다그칠 수 없었다. 제 어미 끼니가 걱정되어 춘주(춘천)성을 도망쳤던 고려군 병사의 악다구니가 귓가에 들리는 듯했다.

"……으음!"

김윤후는 가슴이 먹먹했다.

"천룡산성(여주)으로 들어가는 도중에 그만 몽골 오랑캐에게 사로잡혀서 여기까지 끌려 왔습지유."

죽은 자식 시체라도 찾아야 한이 풀리겠다는 부모가 어디 한둘이겠는가. 김윤후는 이 참담한 사실이 서글펐다. 보제사 다리 밑에서 숨을 헐떡거리며 도망가라고 소리소리 지르던 어머니 목소리가 들리는 듯했다.

"아들을 찾은 뒤에 식솔이 숨어있는 산속까지 가야 합니다유. 죽었는지 살았는지 소식이라도 들어야지…… 소인이 먼저 돌아가 풀뿌리라도 캐서 식솔들을 먹여야 하는디……."

늙은 포로의 이맛살이 세월만큼 느리게 꿈틀거리더니 끝내 눈물을 뚝뚝 떨궜다. 김윤후는 더는 그의 애끓는 사연을 들을 자신이 없었다. 백성들은 저마다 사정은 있을 것이다. 그러나 저들을 지켜야 할 임금이 백성을 버려두고 저만 살겠다고 섬에 숨어버렸으니 백성들이 온전할 리 없었다.

"임 교위는 창정 최수에게 일러 이자에게 귀리와 좁쌀 한 되씩을 챙겨주고, 고향 집으로 돌려보내라."

"아이고 나으리, 아닙니다. 소인은 아들 시체를 찾기 전에는 집으로 돌아가지 않을 것이구먼유."

김윤후는 늙은 포로의 참담한 이야기를 더는 들을 자신이 없어 허공을 바라보았다. 붉게 타오르는 저녁노을에 풍악이 실려 오는 듯했다. 전쟁은 미친 짓이었다. 백성이야 도륙하든 말든, 연회에 빠져있을 임금이 원망스러웠다.

"폐하…!"

김윤후는 막사를 빠져나가는 늙은 고려군 포로의 굽은 등처럼 엎드려서 밤새 울었다. 그는 아내의 굽은 등이 설핏했다.

5

몽골군의 충주성 공격은 이전 전투와 달랐다. 춘주(춘천)성처럼 공성 전으로 들이치지 않았고, 원주성처럼 성을 포위하지도 않았다. 천룡산성(여주)에서처럼 항복하면 살려주겠다던 유언비어가 돌아도 충주성 백성들은 귀담아듣지 않았다. 그리고 아군의 기습으로 성으로 몰려오는 몽골군을 저지하기 위해 아군 기습공격이 늘어나면서 부상자가 늘어나도 병사들은 의연하게 대처했다.

하지만 김윤후는 적장의 전략을 알 수 없었다. 공격하는 척 물러나고 물러났다가 공격했다. 그리고 숨을 고르는 척 움직이지 않았다.

'전략을 변경한 것일까?'

적장 야굴은 속내를 드러내지 않으면서 조금씩 충주성을 조여왔다. 몽골군 진영을 드나드는 아군 첩자들과 충주성을 드나드는 몽골군 첩자들의 말만으로 적장의 전략과 전술을 알 수 없었다. 김윤후는 가슴이 답답했다.

"본 대로 들은 대로 말하라."

"예, 나으리……."

으름장을 놓아도 적 진영을 드나드는 첩자들의 말을 온전히 믿을 수 없었다. 본 대로 들은 대로라며 머리를 조아리던 아군 첩자들의 말은 김윤후 귀에 쉽게 들어왔다가 빠르게 빠져나갔다.

흐느끼는 소리와 앓는 소리가 점점 성 곳곳으로 퍼져나갔다. 달래강 전투와 조둔진 전투에서 죽거나 다친 병사들과 그들의 식솔들이었다. 죽은 사람의 울음과 산 사람의 울음은 다르지 않았다. 매복 전을 벌려도 병사들이 다치거나 죽었다. 공성전이 시작되면 수많은 사상자가 발생할 것이다. 이천 명의 아군 병사로 이만 명의 몽골 대군을 막아내려면 목숨 걸고 싸워야 한다.

'백성들과 병사들은 살아서 고향으로 돌아갈 수 있을까?'

김윤후는 저들이 고향으로 돌아가기를 바랐다. 그러나 그의 희망일 뿐이었다. 전쟁이 끝나야 병사들이 고향으로 돌아가 이른 봄에 씨앗을 뿌려, 가을에 곡식을 거둬, 병든 부모에게 끼니를 지어 올리고, 어린 자식들에게 배불리 먹일 것이다. 아비가 전장 터에 나가 있으니 고향에 남은 부모는 자식 걱정에 밤새우고, 전장 터에서 적군과 싸우는 아비는 고향에 남은 부모 걱정에 가슴 졸일 것이다. 병영 곳곳에서 다친 병사들의 원망이 가득했다. 그들은 살아도 산 게 아니었다.

"창정 어디 있느냐?"

창정 최수가 달려왔다.

"병사들 치료는 잘 되는가?"

"예, 별감."

"병사들 치료는 어떻게 하느냐?"

"성한 노인들과 아녀자들이 도맡아서 합니다. 사상자들이 많지 않아 그나마 문제없습니다만, 앞으로가 걱정입니다."

그럴 것이다. 김윤후는 창정을 물끄러미 바라보았다. 그리고 대답하지 않았다. 최수는 몽골군의 공성전이 걱정되었던 모양이었다. 천룡산성에서 들어온 첩자가 퍼뜨린 흉흉한 소문이 성안에 퍼지면서 백성들과 병사들이 술렁거리기 시작했다. 창정이라고 다르지 않을 것이다. 적 대군과 맞서 싸우려면 사상자만의 문제가 아니었다. 성이 함락되면 춘주성처럼 병사들은 물론 백성까지 모조리 도륙할 터인데 두렵지 않으면 오히려 이상했다.

"마지막재로 매복 나갔던 대장장이 별초군들은 어느 곳에서 치료받는가?"

김윤후는 앓는 병사들을 애써 외면했다. 지금은 시작에 불과했다. 더 많은 사상자가 이곳으로 들어올 것이다.

"이쪽으로 오십시오."

창정 최수가 내성 병사病舍로 김윤후를 안내했다. 이엉 아래로 서까래까지 오롯이 드러나 허술하기 짝이 없었다.

"금대는 어디 있느냐?"

금대가 적병의 칼에 어깨를 다쳤다는 연화의 말이 생각나서 한 말이었다.

"대장장이 금대를 말하는 겁니까?"

"그렇다."

방호별감 김윤후가 대장장이 따위를 찾는 게 의외였든지 창정 최수가 고개를 갸웃거리더니 앞서 걸었다.

"저쪽입니다."

내성 구석에 찌그러진 병사病舍에서 다친 병사들의 비명이 여기 저기서 들렸다. 그 뒤쪽에서 연화가 헝겊으로 금대 어깨에 핏자국을 닦아내고 있었다. 칼 맞은 금대 상처가 깊은 모양이었다.

"아이고! 아파, 아프다니까!"

금대가 고래고래 고함을 지르며 엄살을 부렸다.

"괜찮으냐?"

김윤후가 금대 앞에 쪼그리고 앉았다.

"나으리……!"

김윤후 방문에 놀랐던지 금대가 일어나려고 버둥거렸다. 그의 등을 받치던 연화 볼이 발갛게 달아올랐다.

"연화야, 그만두어라. 일으키지 않아도 된다."

금대가 엉거주춤 일어나려다가 벌렁 나자빠졌다.

"아이쿠……."

"그래, 상처는 좀 어떠냐?"

"당장이라도 전투에 참여할 수 있구먼유."

연화를 힐끔거리던 금대가 뒤통수를 긁적거리며 머쓱해했다. 여자라고 얕보았다가 체면을 구겼던 게 망신스러웠을 것이다. 칼을 잘 버리고 힘이 장사라도 대장장이는 검객이 아니었다. 무술은 수련의 깊이에 달렸지, 남녀가 다르지 않다는 것을 대장장이 금대가 그 깊이까지 알 리 없었다.

"다 나을 때까지 가만히 있게."

일어나려고 버둥거리는 금대를 김윤후가 거듭 말렸다. 연화에게 덤비던 금대가 생각나 김윤후는 슬그머니 웃음이 나왔다. 어려서부터 무술을 연마한 연화에게 웬만큼 뛰어난 장수가 아니면 그녀를 감당하기 쉽지 않을 것이다. 아무리 무술 고수라도 연화가 펼치는 연화쌍검 화려한 초식을 당할 자는 많지 않았다. 외대골 바위산에서 배운 검술을 믿고 함부로 덤볐으니 망신당할 수밖에……, 그렇다고 금대 용기를 나무랄 이유가 없었다. 때로는 그 용기가 전쟁의 승패를 좌우할 수 있다는 것을 알기에.

"저, 나으리……."

금대가 김윤후를 빤히 보았다.

"그래 말해 보아라."

"제가 나으리 드리려고 검 한 자루를 따로 만들었는데유……."

금대가 말을 하려다가 주억거렸다.

"나에 검을 만들어 주다니……?"

김윤후는 금대 뒷말이 궁금했다.

"나리에게 드려도 될는지……?"

금대는 유학사에서 석탑으로 사라지던 영소월광검 검신을 떠올리며 아무도 몰래 틈틈이 검 한 자루를 만들었다. 대장장이들과 함께 만든 전투용 장검과는 달리 한 치 정도 짧은 검이었다. 청명하게 맑은 날 아침, 밤새 불을 지핀 쇠둑부리에서 얻은 질 좋은 시우쇠를 모루에 놓고 두드리고, 바위산 샘에서 길러온 물 갈기를 수백 번, 두들기고 식히기를 거듭할 때마다 푸른색은 짙어지고 시우쇠는 단단해졌다. 검날은 유학사 계곡에서 주워 온 단단한 돌에 벼리면서 보검이 되게 해달라고 부처님께 빌고 또 빌어서 완성한 검이었다.

"금대가 만들었으면 진정 명검名劍일 터인데, 어찌 그 귀한 검을 받지 않고 거절하겠느냐. 반대쪽 허리에 차고 다니면 쌍검이 되겠구나!"

김윤후는 허리 춤의 영소검을 슬쩍 내려다보았다.

"나으리 조금만 기다리셔유."

금대는 기뻤다. 보검은 아니어도 그가 만들었든 검 중에 가장 정성을 기울여 만들었다. 한 치 짧은 게 흠이지만 방호별감 허리에 차면 잘 어울릴 것 같았고, 초식 한 번으로 몽골군 장수 네댓 명은 목을 벨 수 있을 것만 같았다.

"알았네."

김윤후는 양쪽 허리에 검을 찬 모습을 상상하며 빙긋이 웃었다. 오른쪽에 영소검을 차고 다른 쪽에 금대가 만들어 준 검으로, 쌍검을 허리에 찬 그의 모습을 상상해 보았다. 어색하지 않을 것 같았다.

"여기 있구먼유……."

금대가 대장간에서 가져온 검을 방호별감 김윤후에게 건네며 얼굴을 붉혔다.

"고맙네. 내 이 검으로 몽골 오랑캐를 반드시 물리치고 말겠네."

김윤후는 궁금해 김집에서 섬을 뺐다. 영소검처럼 예리하지 않아도 바위를 벨 수 있을 만큼 단단했다. 유학사에 들렀을 때 보검을 만들 수 있을 거라 금대에게 농담으로 던졌던 말이 설핏 생각났다.

"그리고, 연화 낭자?"

금대가 연화를 흘끔거리며 말을 꺼냈다.

"낭자 쌍검은 몽골 오랑캐가 물러가면 만들어 드릴게요."

"정말이에요, 내 쌍검을 만들어 준다고?"

연화가 깜짝 놀라는 척하더니 배시시 웃었다.

"예, 낭자."

금대가 쑥쓰러운 듯 빙긋이 웃었다. 사실 거푸집을 만들어 놓았지만, 몽골군이 호시탐탐 충주성을 노려 쇠둑부리에 불 지필 겨를

이 없어 연화 낭자의 쌍검을 만들 수 없는 게 아쉬웠다.

"사람, 하고는……."

금대 뒤로 아이들 떠드는 소리가 들렸다. 김윤후는 소리 나는 곳으로 바라보았다. 막대기를 들고 전쟁놀이하는 아이들이었다. 아이들이 전쟁이 뭔지 알 리 없었다.

"야, 인마, 내가 장군이야. 그러니 네가 무릎을 꿇어야지!"

조그만 아이가 키가 큰 아이에게 호통을 치고 있었다.

"내가 장군이야, 네가 별감 하면 되잖아. 나보다 키도 작잖아."

키가 큰 아이도 지지 않고 대들었다. 조계산 수선사 훈련장에서 만전과 검술 훈련을 하던 시절이 떠올랐다.

만전(최항 법명)은 키가 작고 몸집이 왜소한데다가 나이도 어렸다. 그는 만우에게 대들다가 혜심 스승님에게 혼나기 일쑤였다. 악바리 같은 버르장머리가 못마땅해 두들겨 패준 적이 한두 번이 아니었다. 하지만 임금을 능가하는 권력까지 꿰찼으니 임금인들 가만히 놔둘 리 없었다.

"나으리."

노파가 굽실거리며 다가왔다.

"아니, 이 년이 여기가 어디라고 감히……."

노파가 감윤후에게 매달리자 창정 최수가 당황스러워했다.

"놔두세요, 창정."

김윤후는 노파에게 다가갔다.

"무슨 일인가?"

사는데 이골이 났는지 노파 이맛살이 제멋대로 꿈틀거렸다.

"저어, 그게⋯⋯."

노파가 말을 하려다 말고 창정을 흘끔거리며 머뭇거렸다. 끌려 나갈 게 두려웠을 것이다.

"걱정하지 말고 말하게, 무슨 일인지⋯⋯."

"소인 아들이 전쟁에 나간 지 달포가 넘었는데 아직도 돌아오지 않습니다. 아침도 못 먹고 나갔구먼요⋯⋯."

창정을 보았다. 얼굴을 찡그렸다. 조둔진 전투 때 죽은 병사 어머니인 것 같았다.

"저어, 그게⋯⋯."

창정 최수 눈빛이 흔들렸다.

"그랬구나. 확인해서 알려줄 테니 돌아가거라."

김윤후는 노파를 돌려보냈다.

"창정, 어떻게 된 일이냐? 죽은 병사는 양지바른 곳에 묻어 주고, 연고자에게 알려 좁쌀이라도 넉넉하게 주어 위로하라고 이르지 않았더냐!"

병사들의 죽음이 안타까웠다. 살아서 못 푼 한을 죽어서라도 풀어야지⋯⋯. 씨앗이야 늦게 뿌려도 싹이 트지만, 한번 죽은 목숨은 극락으로 갈지언정 이승으로 돌아오지 못한다. 김윤후는 힘없이 돌아서는 노파에게 미안했다. 그런다고 아픈 마음이 가시지 않겠지만 마음이라도 편안하게 해주고 싶었다.

"예, 별감. 곧바로 확인해서 조치하겠습니다."

최수는 노파를 본 척도 않고 곧장 외아外衙로 향했다.

이대로는 안 될 것 같았다. 항복하면 살려준다는 해괴한 소문이 성안 곳곳 퍼지고 있었다. 괴소문을 막지 못하면 군기마저 소홀해져 싸우기도 전에 충주성은 무너질 수 있었다.

병영 막사 바깥이 시끄러웠다.

"시백은 무슨 일인지 알아보아라."

"예, 별감."

시백이 포승에 묶인 병사를 끌고 왔다.

"웬 놈이냐?"

"이놈이 성에서 탈출해 달래강을 건너려다가 척후병에게 붙잡혀 왔습니다."

"이놈, 어디로 가려고 했느냐?"

"나으리, 소인이 잘못했습니다. 적삼을 벗어 흔들면 살려 준다기에 그만 혹해서 강을 건너다가……."

어리석고 어리석었다. 몽골군 군영으로 간들 살려주지 않을 것이다. 몽골군의 인간 방패가 되어 아군 창칼에 죽을 것이다. 그런데 달아나는 병사들이 늘고 있었다. 항복하면 살려준다는 헛소문은 또 다른 소문을 만든다는 것을 병사들이 알 리 없었다. 막아야 한다.

"살려준다는 말은 어디서 들었느냐?"

"성안에 소문이 파다합니다."

적장 야굴은 주둥이로 김윤후의 목을 옥죄고 있었다. 이대로 두었다가 적장이 퍼뜨린 소문으로 싸워보지도 못하고 충주성은 무너질 것이다. 무서웠다. 이대로 방치해서 안 된다.

"저놈의 목을 잘라 경천문에 매달아 본보기를 보여라. 달아나면 죽는다고……."

돌아가도 어차피 몽골군에게 죽을 놈이었다.

"나으리, 한 번만 용서해 주십시오. 다시는 그러지 않겠습니다."

"베어라."

김윤후는 여지를 주지 않았다. 자칫 병사들을 허술하게 다뤘다가 군기가 무너져서는 안 된다. 도망가려던 병사도 살려준다는 첩자 말에 귀가 솔깃해 앞뒤 안 가리고 성을 빠져나갔을 것이다.

"가여운 사람들……"

김윤후는 기가 찼다. 살고 싶었을 것이다. 야별초는 교정도감을 지키기에 바빠 궁궐은 거들떠보지 않을 터인데, 임금은 교정별감 최항을 따라다니며 목숨을 구걸할 것이다. 고려국에 임금은 없었다. 임금 없는 나라에 백성들이 기댈 곳이 없어 갈팡질팡했다.

4부·중원의 바람

1

밤새 강이 얼었다. 오뉴월 장마에 썩은 나뭇등걸처럼 달래강에 나뒹굴던 시체들이 꽁꽁 얼었다. 까마귀 떼가 달래강 들판을 빙글 빙글 돌았다. 이승을 떠나지 못한 억울한 혼백이라도 달래 주려는 듯 까악거렸다.

부교를 설치하려던 몽골군은 달래강에서 주저앉았고, 청풍강에 띄우려던 뗏목은 부서진 채로 북쪽으로 떠내려갔다. 부교를 설치 하던 몽골군과 뗏목을 띄우던 몽골군도 아군 화살에 물귀신이 되었다. 그나마 강을 건넌 몽골군은 아군 병사들이 모조리 사로잡았다. 그들은 성문을 열어 몽골군에 항복한 천룡산성 방호별감 조방 언의 병사들이었다.

몽골군은 멈춘 듯 움직였다. 몽골군은 달래강 들판에서 소대기 산 기슭으로 진영을 옮긴 뒤 열흘이 넘도록 충주성을 노려볼 뿐 움 직이지 않았다. 그 덕에 김윤후는 성을 지키기 수월했다. 몽골군 총사령관 야굴의 전략은 충주성 방호별감 김윤후의 전략과 닮은 듯 달랐다.

물길을 감시하는 병사들이 남산을 오르고 있었다. 물길은 달라지지 않았는데, 병사들의 보초길은 하루하루가 달랐다. 그제와 어제가 다르고 내일은 또 다른 길로 갈 것이다.

김윤후는 물길을 감시하는 병사들을 의심했다.

"창정, 남산 물길은 문제 없는가?"

김윤후는 창정 최수를 다그쳤다.

"병사들이 매일 같이 확인하고 있습니다만……."

창정 최수가 어물쩍거렸다.

"그런가……?"

김윤후는 더는 추궁하지 않았다. 땅속 물길은 일정한데 병사들의 보초 길은 매일 달랐다. 소홀한 감시가 걱정되어 한 말이었지만, 해이해진 병사들의 마음을 다잡으려면 쉽지 않을 것 같았다. 남산 물길은 성안 백성의 생명 줄이었다. 몽골군이 눈치채면 물길을 끊어 백성들의 숨통을 조일 것이다.

"시백은 계명산에 올라 새로운 물길을 찾아보아라. 아무래도 몽골군이 눈치챈 것 같구나."

"예, 나으리."

시백이 병영 막사를 나갔다.

"창정은 물길을 감시하는 병사들을 쉬게 하고 다른 병사들로 대치하라. 그리고 아침저녁으로 직접 보고하라."

"……예, 별감."

최수가 민망한 듯 머리를 긁적거렸다. 이유를 알았을 터인데 창정이 간과했을 것이다. 김윤후는 다그치지 않았다. 아군 병사들이 성을 지키는 게 아니라 몽골군이 성을 옭아매고 있었다.

"곡식은 얼마나 남았느냐?"

"삼십 일은 버틸 것 같습니다만……."

"삼십 일이라……."

사십일을 버텼다. 김윤후는 머리가 복잡했다. 소대기산 기슭에 진을 친 몽골군 진영은 움직이지 않았다. 그렇다고 물러갈 기미도 보이지 않았다. 어쩌면 아군 병사들이 제풀에 지치기를 기다릴지도 몰랐다.

'며칠을 더 버텨야 몽골군이 공격해올까?'

김윤후는 초조했다. 적장 야굴은 성을 조금씩 말리고 있었다. 몽골군 군량도 충분하지 않을 것이다. 달래강 들판과 갯가 마른풀을 불태워버렸으니 말먹이도 모자랄 터인데, 몽골군은 여유로워 보였다. 어쩌면 적장의 전략에 김윤후가 말려들었을지도 몰랐다. 아군의 퇴로는 없어도 적군은 사방이 퇴로인데 공격은커녕 유유자적 성만 노려보는 몽골군이 의심스러웠다.

"임 교위는 들어오라."

"예, 별감."

교위 임경필이 병영 막사 안으로 고개를 들이밀었다.

"임 교위는 소대기산에 화공을 준비하라."

어쩌면 몽골군에게 정보가 새어 나갈지도 몰랐다. 하지만 김윤후는 교위 임경필을 믿었다. 그는 고려 장수이지 몽골군 장수가 아니었다.

"소대기산에 화공이 되겠습니까?"

임경필은 화공을 준비하라는 방호별감의 명령이 어이없었다. 온종일 충주성으로 바람이 부는데 소대기산에 화공이라니…… 턱없는 전략이었다. 어차피 실패할 터인데, 굳이 몽골군 군사 홍복원에게 정보를 흘리지 않아도 문제 되지 않을 것이다. 화공이라니 어처구니없었다.

"몽골군은 우리를 말려 죽이려 드는데 앉아서 당할 수는 없지 않겠느냐."

"그러하오만……."

방호별감과 말이 통하지 않을 것 같아 임경필은 입을 다물었다.

"임 교위는 날이 이슥하면 달래강 강변에 짚 더미를 뿌리고 명령이 있을 때까지 기다려라. 이경二更 쯤에 편동풍이 불어올 것이다. 그때 불을 질러 적군의 시선을 달래강으로 돌려라. 그리고……."

김윤후는 뜸을 들인 뒤 말을 이었다.

"시백은 소대기산 동쪽 기슭에 매복했다가 몽골군이 달래강으로 시선이 빼앗기기를 기다려 불을 질러라. 불길이 능선으로 타오르면 교위 정준은 적 중앙군을 빠르게 급습하라."

"나으리, 온종일 북풍이 세차게 부는데 동풍이 불겠습니까?"

시백이 고개를 갸웃거렸다. 온종일 북풍밖에 불지 않았다. 그런데 편동풍이라니…….

"……그렇게 하라!"

김윤후는 대답 대신 달래강을 바라보았다. 산바람이 잦아들면 초경쯤에 청풍강에서 산으로 바람이 불었다. 강바람이 세차게 불수록 산바람도 덩달아 불었다. 이경二更쯤에 편동풍이 불었다. 소대기산 기슭에 불을 지르면 몽골 중앙군이 버티지 못할 것이다. 적진을 달래강 들판으로 끌어내야 한다.

그는 영소월광검을 생각했다. 팔만대장경도 몽골군을 물리치지 못하는데, 불심으로 만든 보검이라도 검 한 자루가 몽골군을 물리치지는 못할 것이다. 그러나 편동풍이 불어 화공이 성공하면 느슨해진 성안 백성들이나 병사들의 마음을 다잡아 둘 수 있을 것이다. 그리고 불시에 들이치는 몽골군을 물리칠 수 있을 것이다.

'나무아미타불 관세음보살…….'

김윤후는 편동풍을 불게 해달라고 부처님에게 빌었다.

저녁노을이 소대기산을 넘었다. 달래강 들판에 어둠이 짙게 깔렸다. 북두 파극성이 곧게 꼬리를 들어 올렸다. 달래강 강변에서 불길이 타올랐다. 교위 임경필이 지른 짚불이었다. 깜깜하던 밤하늘이 훤해졌다. 몽골군이 진영에서 몰려 나와 달래강 짚불을 바라보고 있었다.

짚불이 활활 타올랐다.

"제발 편동풍이 불어야 할 텐데……."

김윤후는 초조했다. 초경初更이 지나면서 세차던 북풍이 잦아들었다. 해껏까지 쿨럭거리던 합수부 물소리가 멈춘 지도 오래됐다. 김윤후는 병사들이 잠든 한 밤에 성을 빠져나와 대문산에 올라 북두를 바라보면 탄금대로 불어오는 바람 방향과 세기를 여러 날 확인했다. 해거름에 부는 바람은 편서풍으로 편안했지만, 이경이 지나면 후텁지근한 편동풍으로 돌변했다.

'무슨 일일까?'

이경이 지났는데 편동풍은커녕 골바람조차 불지 않았다.

'제발…….'

김윤후는 하늘을 바라보았다. 바람 불 조짐조차 보이지 않았다.

'어떻게 된 일일까?'

김윤후는 당황했다. 달래강 강변에서 타오르던 짚불이 잦아들고 있었다. 조바심이 났다. 그는 대림산 멧부리를 바라보았다. 그때였다. 먹구름 아래로 바람 소리가 윙윙거렸다.

'편동풍일까……?'

대림산 멧부리를 지나던 먹구름이 소대기산으로 달려들었다.

바람을 품은 먹구름이 윙윙거렸다. 김윤후는 손을 들어 올리고 편 동풍을 불렀다.

'바람아, 불어라……!'

달래강으로 바람이 불기 시작했다. 꺼져가던 짚불이 되살아나서 달래강 들판을 넘기 시작했다. 김윤후는 불화살을 힘차게 쏘아 올렸다. 소대기산 동쪽 기슭에서 불길이 솟아올랐다. 시백이 불을 질렀을 것이다. 불길이 빠르게 소대기산 멧부리로 타오르기 시작했다.

"병사들은 보아라, 적 진영에 불길이 타오른다."

김윤후는 함성을 질렀다.

"와~, 와~, 와~!"

성곽에서 병사들이 횃불을 휘둘렀다. 깃발은 불길 따라 휘날렸다. 밤마다 성을 빠져나가는 병사들이 늘었다. 장수들은 해이해지고, 성으로 들어오는 물길 감시는 소홀했다. 이대로는 안 될 것 같았다. 싸우기도 전에 성이 무너질 것이다. 백성은 물론 병사들의 마음을 다잡지 않으면 힘쓸 겨를도 없이 순식간에 충주성은 몽골군에게 함락될 것이다. 김윤후는 움직이지 않은 몽골군이 두려웠다.

소대기산에 화공을 시작하자, 충주성을 빠져나가려던 백성들과 병사들의 달아날지 돌아갈지 성 발치에서 발길을 머뭇거렸다. 방호별감 김윤후는 그들이 성으로 돌아올 거라 믿었다.

"임 교위는 대장장이 별초군을 이끌고 시백을 도와라."

"예, 별감."

"즉시 출병하라."

임경필의 기마병이 서문으로 달려 나갔다. 전투에 자신 없는 장수를 선두에 세울 수 없었다. 시백이라면 임경필도 따를 것이다.

소대기산 불길은 멧부리를 향해 힘차게 타오르며 검붉은 연기를 토해냈다. 화공 한 번으로 몽골군은 쉽사리 물러나지 않을 것이다. 하지만 밤마다 탈출하는 병사들과 백성들의 발길은 성에서 멈출 것이다.

시백의 기병들이 소대기산 기슭을 돌아 몽골군 중앙군을 들이치고 있었다. 그 뒤를 임경필의 보병들이 뒤따르고 있었다.

"교위 정준은 들어라."

"궁수 일 오(오십 명)와 보병 사 오(이백 명)를 이끌고 달래강 강변에서 안행진으로 맞서라. 시백의 기마병이 강을 건널 때까지 몽골군이 추격하지 못하게 하라. 맨 앞에서 달려드는 놈이 과녁이다.

"예, 별감!"

정준이 궁수들을 이끌고 서문으로 빠져나갔다. 정준은 생각보다 차분했다. 조둔진으로 기어오른 적병들이 마지막재를 넘기 전에 모조리 사로잡았다. 매복은 인내심으로 기다려야 한다.

달래강 벌판에서 타오르는 불빛은 날카로웠다. 몽골군과 뒤섞인 병사들이 서로를 향해 창을 쑤시고 쑤셔 박았다. 죽이지 않으면 죽어야 하는데, 이 미친 짓은 몽골군이 물러나기 전에는 끝나지 않을 것이다.

북두 파극성이 장미산에 드러누우면서 편동풍이 잦아들기 시작했다.

"퇴각하라!"

김윤후는 불화살을 두 번 쏘아 올렸다. 소대기산 화공으로 혼란한 틈을 타 중앙군을 들이쳤으니 몽골군은 적잖은 타격을 입었을 것이다. 싸움은 지금부터 치열해질 것이다.

"퇴각하라, 퇴각하라, 퇴각하라!"

시백의 우렁찬 복소리가 달래강 들판을 휘감았다. 기마병들이 무리에서 빠져나와서 달래강으로 말머리를 돌렸다. 시백의 기마병이었다. 임경필이 뒤따르고 있었다. 몽골군 기마병이 바짝 뒤쫓아왔다.

시백의 기마대가 달래강으로 뛰어들었다. 정준의 궁수들이 활시위를 일제히 강 건너 언덕으로 당겼다.

"쏘아라!"

화살이 유성流星처럼 적진으로 날아갔다. 뒤쫓아오던 몽골군 병사들이 혼비백산 흩어졌다.

"북을 울려라!"

몽골군 병사들의 비명이 서문까지 들렸다. 김윤후는 칼을 빼 들었다. 충주성 병사들의 함성이 달래강 벌판으로 퍼져나갔다.

소대기산 전투에서 돌아온 병사들이 지쳐있었다.

"창정은 전투에서 다친 병사들은 곧바로 치료하고. 나머지 병사들에게 음식을 넉넉하게 내주고 쉬게 하라."

"예, 별감."

"그리고 전과를 올린 병사들에게 베 한 필씩 나눠주고 음식도 충분히 주어 편히 쉬게 하라."

"알겠습니다. 별감."

창정이 내성으로 돌아갔다. 김윤후는 시백을 병영으로 불렀다.

"시백은 안으로 들어오너라."

"예, 나으리!"

시백의 대답은 힘찼다. 맹장이 가진 자신감이었다.

"오늘은 몽골군의 움직임을 확인하려 했는데, 어젯밤 전투를 보면 생각보다 강력하지 않은 것 같은데 네 생각은 어떠냐?"

김윤후는 전투를 이끈 시백의 의견이 필요했다.

"화공으로 혼란한 틈을 타 공격한 탓에 적 중앙군을 공격할 수 있었지만, 적 기마병은 무너진 진영을 빠르게 복원해 자칫 당할 뻔했습니다. 다행히 바람이 반대 방향으로 부는 바람에 퇴각할 수 있었습니다만……."

시백은 적정 상황을 거침없이 대답했다. 몽골군 기마병은 생각보다 빨랐다. 광활한 초원에서 말을 타고 활로 들짐승을 사냥한 놈들이라 빠르고 매서워 고려 별초군과는 비교할 수 없었다. 적장 야굴의 전략도 교활했다. 부교를 설치하려고 뗏목을 띄우고, 달래강에 부교를 설치하려고 했다. 김윤후는 적장의 목적이 어디에 있는지 알 수 없었다.

"음……!"

김윤후는 신음했다. 기습을 당한 적장이 가만히 있을 리 없었다. 보복하려고 할 것이다.

임경필은 시백을 지켜보았다. 한마디로 말하면 대단한 장수였다. 방호별감 노비가 아니었다. 김윤후를 없애려면 그의 노비 시백놈부터 먼저 죽이지 않으면 되레 당할 것 같았다.

"임 교위, 의견을 말하라."

김윤후는 임경필의 의견을 듣기보다 수하를 몰래 강도로 보내려는 그의 속내를 들여다볼 참이었다.

"처음 출전한 기마 전투라 정신이 없었습니다. 다만 시백 말대로 몽골군의 기마병은 생각보다 용맹해 놀랐습니다. 시백이 아니었으면 몽골군에게 당할뻔해, 지금도 아찔합니다."

김윤후는 임경필의 솔직한 대답을 처음 들었다. 소대기산 전투가 치열했던지 부르르 떨었다. 치열하지 않은 전투는 없었다. 죽이지 않으면 죽어야 하는데 치열할 수밖에. 사람을 죽이러 밤에만 돌아다녔으니 이제는 정신이 번쩍 들었을 것이다.

2

미친 듯이 불던 편동풍이 눈 깜짝할 사이에 잦아들었다. 시커멓게 불탄 소대기산이 아침 햇살을 빨아들였다. 날씨가 아무리 모질어도 어제는 가고 오늘이 왔다. 적장 야굴은 퇴로를 걱정했던지 강을 건너지 못하고 달래강 들판에 진을 친 채 충주성을 노려보았다.

"하룻밤 사이에 다시 진영을 구축하다니⋯⋯."

시백의 말대로 몽골군 기동력은 예상과 다르게 빠르게 진영을 구축했다. 중앙군 좌우로 날개를 달아 원진(圓陣, 병력을 집결시켜 방어할 때, 기습공격을 효율적으로 방어하는 진법)을 들고나왔다. 소대기산 화공을 의식했던지 달래간 건너편 들판 가운데로 진영을 옮겼다.

"장수들은 들어라. 몽골군의 공격이 눈앞에 다가왔다. 온 힘 다하여 성을 방어하라."

숨을 들이쉬었다. 적장 야굴은 화공을 당해 체면을 구겼을 터인데도 침착한 대응을 하고 있었다. 그러나 분명 보복을 생각하고 있을 것이다. 몽골군은 느리지만 흐트러짐이 없었다.

"교위 정준은 노비 별초군을 이끌고 외성 북문을 방어하고, 교위 최평은 지방 별초군을 이끌고 동문을 방어하라. 그리고 교위 임경필은 대장장이 별초군을 이끌고 남문을 지켜라. 남문은 문경새재 길목이라 특히 중요하다. 반드시 이곳을 지켜서 몽골군의 남하를 막아야 한다."

남문을 지켜 퇴로를 확보해 두어야 성이 위기에 처하더라도 대림산성에서 지원받을 수 있다. 게다가 제아무리 날랜 몽골군도 배후 산성인 대림산성을 둔 채 쉽사리 충주성을 공격할 수 없을 것이다.

"예, 별감!"

교위 정준의 결기가 눈에서 번뜩였다.

김윤후는 장수들을 들여다보았다. 결기가 가득했다. 하지만 결기에 불과했다. 그 결기는 전투에 임하는 장수의 자세다. 그러나 승리까지 장담할 수 없었다. 충주성 방호별감 김윤후는 적장에게 먼저 싸움을 걸었다. 어수선한 병영과 한 달 치 군량으로 성을 지키기 어렵다. 적군이 성을 포위하고 기다리면 성안 백성들은 물론 병사들까지 꼼짝없이 성에서 굶어 죽을 것이다. 아무리 뛰어난 장수라도 훈련 안 된 오합지졸 병사 기천 명으로 수만 명의 몽골 대군에 맞서 전면전을 치를 수 없었다. 그렇다고 적은 병력으로 성에서 버틸 수 없었다. 외부에서 지원받을 수 없다면, 시간을 끌수록 성은 고립되고 굶주린 백성들이 동요를 걱정해야 한다. 그 또한 패배를 자초하는 지름길일 것이다.

'성을 지킬 수 있을까?'

김윤후는 자신이 없었다. 적장은 성을 포위하고 동시에 들이칠까. 아니면 성을 포위하고 옥죄어 성난 백성들이 스스로 성문을 열고 항복하기를 기다릴까. 적장 속내를 모르니 대책을 세울 수도 없었다. 화공으로 적진을 교란했다. 그러나 적장 야굴은 동요는커녕 한 발짝 한 발짝 충주성으로 다가오는 게 눈에 보이는 듯했다. 김윤후는 멈춘 듯 움직이는 적장이 두려웠다.

"그리고……."

김윤후는 숨을 고른 뒤 명령을 이어 나갔다.

"대정 이기달은 나를 보좌해 서문을 지킨다."

임경필 표정이 일그러졌다. 소대기산 전투에서 받은 충격이 가시지 않았든지 당황하고 있었다. 게다가 그의 부관까지 떼어 놓았으니 다가올 전투가 두려웠을지도 모른다. 하지만 장수라면 부관 없이도 능히 적과 싸울 수 있어야 하고, 위기를 극복할 수 있어야 진정한 장수다.

"이의異議 있는가?"

김윤후는 임경필 눈을 똑바로 바라보았다. 흔들리던 그의 눈빛이 제자리도 돌아가는 듯했다.

"아닙니다, 별감."

임경필이 시무룩했다. 그렇다고 김윤후는 그의 의견을 들어줄 생각은 애초에 없었다.

초겨울 햇볕이 시리도록 차가웠다. 들이칠지 물러날지……. 적장 야굴은 속내조차 드러내지 않고 조금씩 성을 옥죄고 있었다. 적장 야굴은 훈련받은 날랜 병사들로 공격해 오겠지만, 김윤후는 결기밖에 없는 장교들과 훈련조차 못 받은 오합지졸 별초군으로 맞서야 한다. 적장이 백성들을 살려준다면 아낌없이 그의 목을 스스럼없이 적장에게 내주고 항복하고 싶었다. 그러나 그럴 리 없었다. 성을 지켜야 백성들을 살릴 수 있을 것이다.

"시백은 백현원 기마병을 이끌고 적의 선두를 쳐라."

"예, 나으리."

김윤후는 연화를 바라보았다. 지금까지 무사히 살아남았지만, 다가올 전투는 누구든 목숨을 보장할 수 없었다.

"연화는 교위 임경필을 보좌하라."

임경필이 얼굴을 붉혔다. 아녀자에게 보좌받으려니 자존심이 상했을 것이다. 하지만 연화 또한 어엿한 장수였다. 장수의 용맹이 병사들의 사기를 북돋우지, 여자든 남자든 상관없었다. 김윤후는 연화가 해낼 수 있을 거라 믿었다. 그는 임경필의 전투 능력을 믿지 않았다. 전쟁은 사사로이 백성들을 살해할 때와 달랐다. 강한 적군과 싸워야 한다. 죽이지 않으면 죽어야 한다. 게다가 강도江都

교정별감 최항에게 보고할 거리 찾기에 정신이 팔려 결기조차 없는 어설픈 장수를 선봉에 세우면, 자칫 병사들의 사기만 떨어뜨릴 것이다.

"예, 나으리."

연화의 대답은 단단했다.

"할 말 있는가?"

김윤후는 임경필과 시백 그리고 연화 세 사람을 번갈아 바라보았다. 연화의 쌍검과 시백의 신라검은 우열을 가릴 수 없을 만큼 막상막하였다. 서로 어우러져 적을 상대하면 천하무적일 것이다. 그러나 전쟁은 검술로 우열을 가리는 무술대회가 아니다. 부녀가 같은 전투에 참여하면 서로를 의식하다가 오히려 낭패당할 수 있어, 차라리 따로 나서서 병사들을 이끌면 그 힘은 배가 될 수 있을 것이다. 전쟁은 목숨을 보장할 수 없는 싸움이어서 죽이지 않으면 죽어야 한다. 혈육을 논할 처지가 아니라는 것쯤은 시백이나 연화도 알 것이다.

"이의 없습니다. 나으리."

연화가 당차게 대답했다.

"임 교위, 할 말 있는가?"

"없습니다. 별감."

임경필이 어깨를 으쓱했다. 그 자만심 또한 어쭙잖은 장수의 결기쯤일 것이다. 어쨌든 교위 임경필이 고려 장수의 자존심이나마 잃지 않기를 김윤후는 바랄 뿐이다.

"몽골군이 언제 성으로 들이닥칠 것이다. 장수들은 각자의 위치로 돌아가 명령을 기다려라. 그리고……."

김윤후는 몽골군의 공성 장비가 눈앞에서 어른거렸다.

"몽골군은 공성 장비들을 앞세워 호시탐탐 성을 노리고 있으니 각별히 조심해야 한다. 우리 군은 몽골군의 공성 장비를 창과 칼과 몸뚱이로 막아내야 하는데 자칫 방비가 소홀하면 화를 면치 못할 것이다. 알아들었나?"

김윤후는 잠시 숨을 가다듬었다.

"병사들은 들어라. 너희 식솔들이 두 눈을 부릅뜨고 지켜보고 있다는 것을 명심하라. 성안에 식솔들이 있는 한, 우리는 반드시 몽골 오랑캐를 물리치고 반드시 성을 지켜야 한다. 그래야 오랑캐가 물러나면 식솔들을 데리고 고향으로 돌아가 부모를 만나 씨앗을 뿌릴 것이다."

─와! 와! 와!

병사들의 함성이 성을 흔들었다. 수십 일을 성안에 갇혀, 간간이 드는 유언비어와 전투에서 다친 병사들의 앓는 소리만 들었으니 그럴만했다. 이제는 그 시간마저 줄어들고 있었다. 적군이 공성 장비를 들이대고 성벽을 기어오르면 백성들까지 나서야 할 것이다.

"주위를 둘러보아라."

김윤후가 목소리를 높였다. 병사들이 주위를 두리번거렸다. 행주치마를 허리에 두른 아낙들과 구부정한 허리를 세워 병사들의 열병식을 지켜보는 노인들이 군데군데 보였다. 그 사이사이에 고개를 내민 아이들의 눈빛은 초롱초롱했다. 저 아이들은 식솔을 지키려고 온몸을 내던져 몽골군과 싸우는 부모를 지켜볼 것이다. 설혹, 이 싸움에서 병사들이 모두 죽더라도 저 아이들은 반드시 살아서 후대를 어어, 언젠가 이 치욕을 갚아야 할 것이다.

김윤후가 아이들을 가리키며 목소리를 높였다.

"저 아이들이 이 땅에서 행복하게 살기 원한다면 너희들은 반드시 몽골 오랑캐를 물리쳐 성을 지켜야 한다. 알았느냐!"

"와, 와, 와!"

김윤후는 목청을 높이며 칼을 힘차게 빼 들었다. 방호별감의 힘찬 목소리가 언제까지 유효할지 알 수 없지만, 병사들의 우렁찬 목소리는 청풍강 물길을 흔들어 놓기에 충분했다.

"와, 와, 와!"

병사들의 함성에 성이 들썩거렸다. 성곽에는 병사들이 군기軍旗를 좌우로 힘차게 흔들며 사기를 북돋웠다.

북풍이 싸하게 불었다. 탄금대 합수부에서 강물이 쿨럭거렸다.

"창정 최수는 여자와 노인 그리고 아이들을 내성 안전한 장소로 모셔라. 끼니를 게을리해서도 안 될 것이다. 저들은 우리의 부모요 우리의 식솔들이며, 우리의 아이들이다. 알았느냐!"

"예, 별감!"

지금까지 했던 것처럼 창정 최수는 잘 해낼 것이다. 마지막이 될지도 모를 전투…… 김윤후는 가슴이 먹먹했다.

"적병들이 달래강으로 달려듭니다."

척후병들의 깃발이 앞뒤로 나부꼈다. 몽골군 기마병이 달래강으로 다가온다는 신호였다.

"시백은 당장 출정해 상황을 보고하라."

남문으로 향하던 시백의 기마병이 황급히 달래강으로 달려갔다. 부목을 맨 몽골군들이 새까맣게 달려들어 부교를 설치하고 있었다.

"부교 설치를 막아라!"

시백의 함성이 달래강에서 으르렁거렸다. 몽골군의 행군은 느려도 묵직했다. 달래강 부교 설치에 실패했을 때와는 확연히 달랐다. 중앙군 후미에서 붉은 깃발을 휘두르며 적장의 기세氣勢는 당당했다. 두 번 당하지 않겠다는 의지일 것이다. 그렇다고 물러나지도 서두르지도 않았다. 천천히 조금씩 앞으로 방진(方陣, 기습하는 적 대오를 끊으려고 좌우 군은 앞으로 나서고 중앙군은 뒤로 처지게 한 진법)하며 달래강으로 달려들었다. 추행진으로 맞서기 어려울 것 같았다.

"시백은 적병이 달래강을 건널 때까지 기다려라!"

김윤후는 깃발을 흔들어 시백이 전개하려던 추행진을 멈추게 했다. 몽골군이 달래강을 건너 진형이 바뀌면 추행진으로 격파하기 어렵다. 게다가 몽골군 선두는 고려군 포로들일 것이다. 고려군 포로를 방패막이로 내세운 비열한 전략이었다. 그들도 고려 백성이지만, 몽골군의 고려군 포로는 적병일 뿐이었다. 적병들을 죽여야 성안 백성을 지킬 수 있었다.

"물러서지 말아!"

시백은 함성을 질렀다.

몽골군 선두가 한 걸음 한 걸음 달래강으로 다가왔다. 중앙군이 뒤로 빠지고 좌·우군이 날개를 펼쳤다. 좌군은 남문 방향으로 우군은 북문 방향으로 중앙군은 서문 방향을 향해 다가오고 있었다. 공격 방향은 뚜렷했고 병사들의 행군은 흐트러짐 없이 단단했다.

김윤후는 서문 성루에 올라 몽골군의 행군을 지켜보았다. 부목을 어깨에 멘 몽골군이 앞다투어서 달래강으로 달려들었다. 하늘을 바라보았다. 해가 중천을 지나 서쪽으로 기울고 있었다. 햇살이 충주성으로 달려들었다. 눈이 부셨다. 적의 움직임이 햇빛에 가려 보이지 않았다. 눈을 부릅떴다. 그래도 적군 움직임은 햇볕에 가려 보이지 않았다. 달래강에 부목 설치를 끝낸 적군들이 빠르게 강을 건너고 있었다.

"시위를 당겨라!"

깃발이 휘날리고 북소리가 자지러졌다. 궁수들 화살이 적병을 향해 날아갔다. 몽골군 고려군 포로 병사들은 앞서서 돌진했다. 그들은 화살에 맞아도 일어나서 달려들었다. 돌아서면 죽을 것이다. 물살에 휩쓸려도 부목에 치여도 돌아설 수 없어 화살에 맞아 죽었고, 부목에 깔려 죽었다. 몽골군 고려군 포로와 아군 병사들은 서로 뒤엉켜 구분할 수 없었다. 부목과 부목 사이에 치여 배가 터져 죽었고, 허리가 동강 나 죽었고, 말발굽에 밟혀 죽고 또 죽었다. 적장은 고려군 포로 병사들의 시체로 달래강에 부교를 설치하고 강을 건넜다.

적병들이 쏜 화살이 강을 건너 날아왔다. 방어선을 물리지 않으면 더는 버티기 어려워 보였다. 적장은 궁수들 뒤에서 전투를 독려하고 있었다. 돌아서도 죽을 것이고 강을 건너면 아군들의 칼날에 죽을 것이다. 이러지도 저러지도 못하는 채 몽골군 포로 고려 병사들은 죽고 또 죽었다.

척후병이 깃발을 흔들었다. 퇴각 신호였다.

"북을 쳐라."

김윤후는 퇴각 명령을 내렸다. 더는 지체할 수 없었다. 몽골군 기마병이 도강하기 전에 성으로 퇴각해야 한다.

"퇴각하라."

시백의 퇴각 명령이 떨어지자 병사들의 복창 소리가 연이어서 들려왔다. 임경필이 선두에서 퇴각했다. 시백의 기마대가 행군 끝에서 퇴각하는 병사들을 호위했다. 저녁노을이 소대기산 능선에

서 뉘엿거렸다. 날이 어두워지고 있었다. 달래강에 북풍이 스산하
게 불었다.

달래강이 웅웅거렸다. 죽은 병사들의 억울한 원혼들이 가족들
을 놔두고 차마 떠날 수 없었던지 밤새 강변을 서성거렸다.

3

백마령에서 눈구름이 몰려와 충주성에 눈발이 퍼덕거렸다. 동짓달 중순이 지나자 달래강이 단단하게 얼어붙었다. 달래강 가장자리에서 얼쩡거리던 살얼음이 밤새 두터워져 기마병이 건널 만큼 단단해졌다. 강물도 줄어들어 강폭은 좁았다. 언 강 아래에서 죽은 병사들의 비명이 쿨럭거렸다. 놀란 철새들이 계명산으로 날아올랐다. 북풍이 불 조짐이었다.

몽골 중앙군은 달래강 들판에 진을 치고, 좌군은 달래강을 건너 남문 앞에 우군은 북문 앞에서 진을 쳤다. 배후 산성인 대림산성의 공격을 염려했던지 남문과 동문에는 척후들이 간간이 보일 뿐 군사들을 배치하지 않았다. 강을 건넌 병사들의 퇴로를 염려해 양 날개를 활짝 펼친 병서에도 없는 변형된 안행진이었다.

"별감, 교위 임경필입니다."

임경필이 병영 막사 안으로 고개를 들이밀었다.

"무슨 일이냐?"

김윤후는 교위 임경필을 볼 때마다 불편했다. 전투 시에는 언저리를 돌면서 적군을 피하더니, 하찮은 정보 따위나 강도江都에 퍼나르는 꼬락서니가 꼴사나웠다. 전쟁에 임하는 장수의 태도가 아니었다. 그러나 그는 모른 척했다. 굳이 강도江都에 빌미를 줄 필요가 없어 눈여겨 지켜보고만 있었다.

유학사로 귀양 오기 전날, 옥사 창살 너머에서 야무지게 나부대던 별장 김인준의 주둥아리가 설핏 떠올랐다. 물론 교정별감 최항의 지시였지만 그의 속내도 다르지 않았을 것이다.

"강도를 떠나시지요……."

당장 죽기 싫으면 떠나라는 김인준의 말은 교활했다. 교정별감 최항의 속내를 전한 것일 터,

'강도를 떠난다고 살 수 있을까……?'

김윤후는 대답하지 않았다.

예나 지금이나 조석으로 바뀌는 교정별감 최항을 김윤후는 믿지 않았다. 몽골군이 눈앞에서 으르렁거리는데 보고라니……. 그 하찮은 보고서를 차곡차곡 쌓아두었다가 전쟁이 끝나면, 교위 임경필의 그 하찮은 욕망까지 더해 그의 목줄을 조금씩 옭아매 끝내 죽일 것이다.

"저어…… 그게……."

임경필이 소맷자락에서 서찰을 슬그머니 꺼내면서 방호별감을 흘끔거렸다. 몽골군 사령관 야굴의 군사 홍복원에게 약속받고 밀서도 이미 교환했다. 방호별감이 성문을 열어 항복하면 백성들을 살려준다는데, 굳이 병사들이 피 흘리며 몽골군과 싸워야 할 이유가 없었다. 게다가 몽골 대군이 성을 옥죄고 있는 한 충주성의 열악한 병력으로 그들과 맞섰다가 어차피 도륙당할 것이다.

"이리 주게."

김윤후는 서찰을 받으면서 임경필의 얼굴에서 눈을 떼지 않았다. 굳이 서찰을 보지 않더라도 뻔한 내용일 것이다. 그러나 보고 싶었다. 임경필의 기대 어린 눈초리가 반짝거렸다. 못 본 척 김윤후는 서신을 폈다. 고려 사람 필적이었다.

충주성 방호별감 김윤후는 들어라. 짐은 몽골 총사령관 야굴이다. 고려와 몽골은 피를 나누지 않았지만 형제 국으로 의를 맺었다. 하여, 그대는 성문을 열어 짐을 정중히 성안으로 모셔야 할 것이다. ……. 그러면 충주 백성들과 너의 목숨만은 살려주겠다.

성문을 열지 않으면 병사들과 백성을 남김없이 도륙하겠다는 엄포와 협박으로 가득했다. 김윤후는 화가 치밀었다.

"누가 누구를 살려준다고. 쳐 죽일 놈!"

적장 야굴의 문장은 거칠었다. 그의 군사 홍복원이 고려말로 받아적었을 것이다. 나라를 팔아먹은 것도 모자라 오랑캐에게 빌붙어 앞잡이질이라니…… 김윤후는 피가 거꾸로 치솟았다.

"서신을 전한 자를 데려오라!"

"저, 그게……."

임경필이 어물쩍거렸다.

"서찰을 가지고 온 놈을 안으로 들여보내라, 하지 않았느냐?"

김윤후는 서찰을 전한 놈을 사자使者로 대할지 첩자로 여길지 얼른 판단이 서지 않았다. 사자로 대해 살려서 보내면 병사들 사기가 떨어질 것이고, 첩자로 여겨 죽여서 목을 경천문에 매달면 적장에게 공격 빌미를 줄 것이다.

"예, 별감……."

방호별감 표정으로 보아 분위기가 심상찮아 보였다. 임경필은 가슴이 덜컥했다. '설마 죽이기야 하려고…….' 하지만 그는 미소를 엷게 지으면서 곧장 마음을 가다듬었다.

'죽이자.'

김윤후 고민은 짧았다. 고려군 포로이든 몽골군 첩자이든 죽여야 한다. 살려서 보내면 돌아서서 칼끝을 겨눌 것이다. 살려둬서는 후환이 더 클 것이다. 야굴 군사 홍복원이 좋은 본보기였다. 그래도 고려 백성인데, 게다가 몽골군 총사령관이 보낸 사자를 아무리 방호별감이라도 설마 죽이지 못할 거로 믿었을 것이다. 그러니 서찰을 들고 왔을 것이다.

'그래도, 죽여야 한다.'

김윤후는 살을 도려내듯이 아팠다. 사자 놈의 식솔도 고려 땅 어딘가에서 땅을 갈아 씨앗을 뿌릴 것이다. 징병 간 아들을 찾아달라던 몽골군 고려군의 늙은 포로 병사의 애끓던 얼굴이 설핏했다.

교위 임경필이 흘끔거렸다, 김윤후는 못 본 척 고개를 돌렸다. 사자 놈이 병영 막사 안으로 고개를 들이밀었다. 눈깔을 희번덕거리며 어깨를 으쓱거렸다. 자신감일 것이다.

"네 놈은 몽골 사람이냐, 고려 사람이냐?"

김윤후는 단도직입 물었다.

"소인은 교려 사람으로 여주에서 살았는데, 천룡산성이 항복하는 바람에 몽골군을 따라 충주까지 왔구먼유,"

사자 놈이 한 번 더 어깨를 추어올렸다.

"네 이놈……,"

김윤후는 소리를 버럭 질렀다. 사자 놈이 움찔했다. 뻔뻔하기로 말로 다 할 수 없었다. 나라를 배신한 것도 모자라 사자랍시고 병영을 들락거리며 얻은 정보를 적장에게 넘겨주고 제 욕심을 차렸다. 나라가 위태로운데 제 목숨 지키자고 이웃을 팔아 몽골 오랑캐 첩자 노릇이나 한다니 어처구니가 없었다.

"네놈은 적장 서찰을 지참하고 어떻게 충주성에 올 생각을 했느냐?"

"서찰만 전하면 된다기에⋯⋯."

사자 놈은 그때야 분위기를 알아챘던지 모가지를 움츠렸다.

"네 이놈! 몽골 오랑캐에게 수많은 고려 백성이 죽었는데 네놈 살자고 이런 못된 짓까지 하다니, 칼을 물고 자결하지 못할지언정 주둥아리를 함부로 나불거리느냐?"

사자 놈이 고개를 쳐들었다. 하잘것없는 충주성 방호별감 따위가 감히 몽골 총사령관이 보낸 사자를 죽이지 못할 거라고 확신했던지 눈깔까지 희번덕거렸다. 김윤후는 화가 치밀었다.

"소인은 시키는 대로 했구먼유."

사자 놈이 대가리를 쳐들었다. 눈깔에서 핏빛이 번뜩였다.

"누가 시키더냐?"

김윤후가 눈을 부릅뜨자 사자 놈이 그때야 깜짝 놀라 고개를 떨궜다.

"이놈, 그래도 주둥아리를 나불대느냐!"

사자 놈을 나무랄 일이 아니었다. 살고 싶어 버둥거렸던 게 잘못도 아니었다. 무능한 임금과 힘없는 나라 탓일 것이다. 그 무능이 백성들을 힘들게 한다는 것을 교정별감이나 임금은 모를 것이다. 그저 목숨 바쳐 나라를 지키라는 말밖에는⋯⋯. 김윤후는 더는 캐물을 자신이 없었다.

"저, 그게⋯⋯."

임경필이 다급히 끼어들어 사자 입을 막았다.

"조용히 있지 못하겠느냐?!"

김윤후는 임경필을 세차게 몰아붙였다. 사자가 입을 열면 교위 임경필은 물론 그의 부관 이기달까지 목을 베야 할 사태가 벌어질지 몰랐다. 그러나 지금은 때가 아니었다. 그들의 죄상이 낱낱이 드러날 때까지 참아 두어야 한다. 죄상이 확실히 드러나면 그때 죽여도 늦지 않았다.

"시백은 들어오라!"

시백이 병영 막사로 들어왔다.

"예, 별감."

"저놈을 끌고 나가 당장 목을 베고 대가리는 경천문 성루에 매달아 백성들에게 본보기를 보여라. 나라를 배신하면 이렇게 죽는다고……. 알아들었느냐?"

시백이 사자를 병영 막사에서 끌고 나갔다.

"아니, 별감!"

임경필은 곤혹스러웠다. 방호별감이 사자까지 목을 벨 줄 몰랐다. 낭패였다. 홍복원과 약속이 어그러질 수 있었다.

"물러가라!"

비명이 들렸다.

"별감…… 그게…….."

임경필이 당황했던지 어물쩍거렸다.

"물러나라 하지 않았더냐!"

김윤후는 임경필을 물러나게 했다. 사자의 비명은 온종일 성안을 맴돌았다. 그가 할 수 있는 일은 없었을 것이다. 적군 서신을 전달한 게 죽을죄는 아니었다. 마음이 아팠다. 그러나 죽일 수밖에 없었다.

'그런데 사자는 왜 임경필에게 먼저 서신을 전달했을까?'

그들은 오래전부터 내통했을 것이다. 안타깝지만 사자를 죽여서라도 교위 임결필을 압박해 몽골군 군사 홍복원과의 사이를 갈라놓지 않으면 무슨 일을 저지를지 알 수 없었다. 사자의 원망 소리가 밤새 김윤후 머릿속에서 허우적거렸다. 홍복원……. 그놈은 필경 임경필과 내통해 성안 백성들을 혼란에 빠뜨릴 것이다.

'그렇다면 배후는 누굴까?'

별장 김인준일 수도, 교정별감 최항일 수도 있었다. 어쩌면 함께 작당했을지도 몰랐다. 김윤후는 강도를 강하게 의심했다. 아무리 뒷배가 튼튼하더라도 전장에서 몽골군에게 정보를 넘긴 장수를 살려둬서는 안 된다. 죽여야 한다. 병영 막사를 나서는 임경필의 긴장한 모습을 김윤후는 놓치지 않았다.

'나쁜 놈…….'

김윤후는 배후를 밝힐 날이 올 거라 믿었다.

몽골군 횡포만 들어도 오금이 저렸다. 포로의 배를 갈라 내장을 꺼내 씹어 먹고, 살을 발라낸 인골은 가마솥에 고아 국물을 마신다는 해괴한 소문은 성을 도망친 고려군 병사들의 입과 입으로 전해져 다시 충주성으로 돌아왔다. 김윤후는 병사들이 움츠러드는 게 두려웠다. 몽골 오랑캐의 야만스러운 짓을 멈추게 하려면 싸워서 성을 지키는 수밖에 없다. 두렵지 않은 전쟁은 없다. 성을 지키려면 장수들이나 병사들이 죽음의 공포에서 먼저 벗어나야 한다.

몽골군의 포차가 성문 앞에 들어섰다. 깃발은 드높았다. 적장 야굴이 보낸 사자 목을 벤 보복일 것이다.

"북을 두드려라! 깃발을 휘둘러라!"

김윤후는 성상로를 따라 말을 달렸다. 개경 제보사 다리 밑에서 어머니 손을 놓았을 때 그는 이미 죽었고, 유학사로 귀양 왔을 때 한 번 더 죽었다. 유학사로 침입한 자객으로부터 시백의 도움으로 목숨은 건졌지만, 교정별감 최항은 결국 김윤후를 살려두지 않을 것이다. 김경손 상장군을 살해했던 것처럼.

'충주성 방호별감이라니…….'

죽으라는 어명이었다. 강도를 떠날 때 이미 죽은 목숨이었는데 몽골군과 싸우다가 죽는다고 안타까울 일도 아니었다.

"와, 와, 와!"

병사들이 함성을 질렀다. 저 함성을 잊어서는 안 된다. 김윤후는 말고삐를 힘차게 잡아챘다. 서문에서 올린 깃발이 남문에서 펄럭이고, 동문과 북문을 지날 때까지 함성은 끊이질 않았다. 북소리와 병사들의 함성은 메아리쳐 성벽을 기어오르는 몽골군 함성인지 충주성 병사들의 함성인지 구분할 수 없었다.

몽골군 포차砲車가 움직이기 시작했다. 포탄(돌덩이)이 비 오듯이 날아들었다. 성벽 곳곳에서 무너졌다. 흙더미가 날아오르고 병사들 함성은 비명으로 바뀌었다. 성문마다 아수라장이었다.

"성벽을 보수하라."

김윤후는 고함을 질렀다. 노인들이 성곽으로 흙을 퍼 날랐다. 병사들이 무너진 성곽에 목책을 다시 세웠다. 아낙들은 들것으로 부상병들을 내성 병사病舍로 실어 날랐다. 포탄에 부서진 목책은 새 목책이 성문에 들어섰다. 운제(雲梯, 성을 공격할 때 쓰는 높은 사다리)와 충차衝車가 성벽과 성문으로 몰려들었다. 김윤후는 성루에 서서 영소검을 빼 들었다.

"적병이 사정거리 안으로 들어올 때까지 기다려라."

적병들이 가까이 오기를 기다렸다. 이백 보, 백 보…… 팔십 보, 점점 가까이 다가오고 있었다. 쇠뇌 사정거리였다.

"시위를 당겨라."

쇠뇌 화살이 비 오듯이 날아갔다. 앞선 적병들이 꼬꾸라지면 뒷줄이 나섰다. 아무리 화살을 쏘아도 몽골군 대오는 흐트러지지 않았다. 시체를 밟고 꾸역꾸역 성문으로 밀려들었다.

'칠십 보, 육십 보, 오십 보…….'

몽골군 선두가 활 사정권으로 들어왔다.

"시위를 당겨라!"

화살이 비처럼 하늘로 날아갔다. 몽골군은 수없이 꼬꾸라져도 시체를 밟고 앞으로 밀려왔다. 비명은 애끓었다. 화살에 맞아 죽은 적병들은 고려군 포로 병사들이었다. 그들은 성으로 다가오다 아군 화살에 맞아 죽었고, 돌아서서 달아나다가 몽골군 창에 찔려 죽었다.

충차가 성문 목책을 들이받았다.

"장창으로 찔러라."

성문을 들이닥치는 성문을 지키던 대장장이 별초군이 장창으로 적군 기마 모가지를 쑤셨다. 말[馬]은 대가리를 쳐들고 울부짖을 때마다 땅바닥에 나뒹구는 몽골 기마병의 숨통을 끊었다. 금대는 장창이 부러질 때까지 성문으로 들이치는 몽골군 기마 모가지를 쑤시고 또 쑤셔 그의 구릿빛 얼굴은 말 피로 범벅이 되었다.

"몽골군이 물러간다!"

금대가 두 팔을 높이 들고 소리를 질렀다. 대장장이들이 만들었던 장창이 몽골군 기마병을 물리친 게 신기했을 것이다.

"그렇게 좋으냐?"

김윤후는 금대를 바라보며 빙긋이 웃었다.

"야, 나으리."

환호하는 병사들을 보며 김윤후는 안도의 숨을 내쉬었다. 몽골군은 물러갔지만 다시 쳐들어올 것이다.

4

"교위 최평은 들라."

김윤후는 교위 최평을 병영 막사로 불렀다. 몽골군의 포탄에 무너진 성벽을 보수하고 부상자들을 치료하는 게 급선무였다.

"예, 별감."

"성한 병사들은 무너진 성벽을 보수하고, 죽은 사람은 한곳에 모아 모조리 불태우고 메워진 해자를 복구하라. 몽골군이 언제 다시 들이칠지 모른다. 빠를수록 좋다. 알았느냐?"

"예, 별감. 병사들은 나를 따르라."

최평이 병영을 빠져나갔다. 온종일 전투를 치렀는데도 그의 전투력은 지치지 않았다. 몽골 오랑캐가 고려 국경을 넘었다는 소문이 나돌고 주, 현마다 방문이 나붙었을 때, 충주 부사 김익태는 식솔들만 데리고 성을 버리고 달아났다. 그런데 교위 최평과 창정 최수는 백성들과 함께 충주성에 남았다. 고려 백성이라면 그들의 충의를 반드시 본받아야 할 것이다.

몽골군은 다시 쳐들어올 것이다. 하지만 언제 다시 쳐들어올지 김윤후도 알 수 없지만, 무너진 성벽은 빠르게 보수하고 시체로 가득한 해자를 원상복구 해 물을 채워 몽골군의 공격에 대비해야 한다. 머뭇거릴 여유가 없었다.

"연화는 어디 있느냐?"

"예, 나으리."

"연화는 부상한 병사들은 내성 병사病舍로 옮겨, 여자들과 성한 사람들을 데리고 그들부터 먼저 치료하라."

"예, 나으리."

어깨에 피 묻은 헝겊을 두른 연화가 바삐 내성으로 말을 몰았다. 적군이 호시탐탐 성을 노리고 전투를 치를 때마다 부상병은 속출했다. 이대로 가다가는 병사들도 지쳐 성이 무너지는 것은 한순간이었다. 부상병들부터 치료해야 다음 전투에 투입할 수 있다.

적장 야굴이 문경새재를 넘어 영남으로 침입하려는 야욕을 버리지 않는 한, 충주성을 함락할 때까지 공격을 멈추지 않을 것이다. 아무리 강단 있는 장수라도 퇴로를 확보하지 않은 채 우회할 수 없을 것이다. 게다가 적장 야굴은 경험 많은 몽골 장수라 반드시 충주성을 무너뜨리려고 할 것이다. 그러나 턱없는 수작이었다. 김윤후는 몽골 오랑캐 따위가 두려워 성을 포기할 생각은 없었다. 목숨이 붙어있는 한 충주성을 함락하지 못할 것이다.

"시백 있느냐?"

"예, 나으리."

"연화를 도와주어라. 아낙들과 성한 노인들로 힘들 것이다. 창정과 잘 상의해서 내성 병사들을 동원하더라도 부상병부터 먼저 치료해라. 서둘러 움직여야 할 것이다. 알았느냐?"

"예, 나으리."

시백이 병영 막사에서 뛰어나갔다.

김윤후는 남문으로 말을 달렸다. 대장간 막사에 부상이 가벼운 병사들을 치료하고 있었다.

"나으리."

금대가 다리를 절룩거리면서 걸어 나왔다.

"다치기라도 한 게냐?"

성문 목책을 부수려는 적 기마병을 향해 장창을 들이대던 금대가 생각났다. 게다가 전투 중에 외성 남문 목책으로 적군 충차가 들이쳤을 때 장창을 덧댄 목책의 위력과 쓰임새를 알았을 것이다. 목책에 장창을 덧대지 않았더라면 적 기마병이 쉽사리 성문을 돌파했을 것이다.

"아녀유……."

금대가 대답하려다 말고 주억거렸다. 목책도 보수해야 하고 부러진 병기가 장창 뿐이 아니었다. 다시 녹여서 벼리려면 시간이 모자랐다.

"그래, 마저 말해보아라."

김윤후는 금대에게 무슨 일이 있다는 것을 직감했다.

"저, 그게, ……."

"말해 보래두?"

금대가 상처를 돌보던 아낙과 아이를 흘끔거렸다. 아낙이 고개를 숙이며 얼굴을 붉혔다.

"아내인가?"

"……아녀유. 나으리. 형수구만유."

금대의 일그러졌던 얼굴에 미소가 환하게 번졌다. 그의 형 숙대는 소대기산 화공 전투 때 전사했다.

"그랬구나, 부끄러워할 것 없다."

식솔이란 옆에만 있어도 든든했다. 김윤후는 잃어버린 동생이 생각났다. 어머니가 야별초의 시퍼런 칼날에 쓰러지는데, 어머니 등에서 징징거리던 덕주 모습이 설핏 떠올랐다.

"그런데, 나으리, 연화 낭자가……."

"그래, 연화는 지금 내성 병사로 갔는데 무슨 일이 있는 것이냐?"

김윤후는 마음이 덜컥했다.

"그게……."

금대가 말을 하려다 말고 주억거렸다.

"어서 말하게?"

대정 이기달이 급하게 말에서 내렸다.

"별감, 별감."

이기달의 얼굴이 창백했다.

"보고하라!"

이기달이 보고하다 말고 어물쩍거렸다. 김윤후는 무슨 일이 벌어지고 있는 것 같아 답답했다.

"그게, 그러니까…… 연화 낭자가…….'"

연화는 조금 전에 내성 병사로 달려갔다.

"그런데……?"

김윤후는 금대와 대정 이기달을 번갈아 바라보며 의아해했다. 아무래도 연화에게 무슨 일이 있는 것 같았다.

"연화 낭자가 부상병을 돌보다가 쓰러졌습니다."

이기달이 숨을 헐떡거리며 말까지 더듬거렸다.

"연화가 쓰러지다니, 무슨 일로……?"

금대가 벌건 얼굴로 김윤후를 바라보았다.

"연화 낭자가 성문으로 달려드는 적 기마병을 막으려다가 등에 칼을 맞았시유. 근디, 상처가 깊은 것 같아 치료 먼저 받으라고 말을 했는디……."

말을 잇지 못하고 금대가 끙끙거렸다.

"연화가 칼을 맞다니 그게 무슨 말이냐?"

김윤후는 처음 듣는 말이었다.

"예, 별감. 전투 중에 칼 맞은 상처가 심한데 개의치 말라며 적진으로 뛰어드는 바람에 미처 말리지 못했습니다."

시백이 말을 더듬거렸다.

"연화가 쓰러지다니 무슨 말이냐?"

김윤후는 깜짝 놀랐다. 연화의 부상이 심한 모양이었다. 그녀는 다쳤다는 말조차 꺼내지 않았다. 하는 짓이 어쩌면 제 어미 무덕을 빼닮았는지…… 게다가 미련한 것까지 닮았다.

이십여 년 전 처인성 전투(1232년, 신묘년, 동짓달, 몽골군 2차 침입) 때였다. 총사령관 살례탑이 아군 화살에 맞아 쓰러졌다. 무덕은 기회를 놓치지 않고 적진으로 뛰어들었다. 연화쌍검 위력은 대단했다. 한 초식, 한 초식 구사할 때마다 적병 머리는 추풍낙엽처럼 땅바닥에 나뒹굴었다.

총사령관 살례탑이 화살에 맞아 쓰러지자, 우왕좌왕하던 몽골군이 빠르게 전열을 수습하고 무덕을 에워싸고 거리를 좁혀왔다. 무덕의 쌍칼 춤에 무수히 쓰러져도 몽골군 전열은 흐트러지지 않았다.

적병의 창끝이 무덕의 천돌혈(목 부위)을 찔러왔다. 무덕이 휘청거리며 말에서 떨어졌다. 적군 창날이 무덕을 향해 사방에서 찔러왔다.

무덕이 위험했다. 만우(김윤후의 법명)는 지체없이 말에서 뛰어내려 무덕과 등을 맞댔다.

"맹호은림세猛虎隱林勢."

만우가 외치며 무덕을 향해 몸을 날렸다. 숲속에 숨어서 먹이를 노리던 호랑이가 먹이를 낚아채듯이 정면의 적 백회혈(정수리)을 내려치며 달려들었다. 무덕은 쓰러진 채 쌍검으로 안자세雁字勢를 취하며 호흡을 가다듬고 적 위중혈(무릎 안쪽)로 베어갔다. 그녀를 에워싼 적군들이 한 발짝 물러났다.

"금계독립세金鷄獨立勢."

무덕 목소리가 날카롭게 허공을 갈랐다. 새가 한 발로 서서 적의 공격을 피해 하늘로 날아올랐다. 상황이 여의찮다는 신호였다. 적군들의 창끝이 발목 종골혈(발목 뒤꿈치)로 찔러왔다. 무덕과 만우는 동시에 뛰어올랐다. 적병들이 다시 물러서더니 창을 비켜 찔러왔다.

만우와 무덕은 땅으로 내려서서 다시 등을 맞대고 빙글빙글 원을 그리며 보폭을 좁혔다.

"사형!"

만우가 눈을 흘끔거리며 적군들의 포위망 움직임을 살폈다. 좌로 움직이다가 우로 움직이면서 구석에 몰린 짐승을 몰이하듯 압박하고 있었다. 빈틈이 없었다. 이곳에서 죽을 수 없었다.

만우는 무덕을 흘낏 보았다. 쌍검을 가슴에 모은 채 적의 빈틈을 노리고 있었다. 이대로는 승산이 없었다. 만우는 직부송서세直

符送書勢를 취했다. 먼저 이곳을 벗어나야 한다. 무덕은 고개를 끄덕이며 빠르게 자세를 바꿨다. 위기를 벗어나려면 약한 틈을 노려 집중 공격해야 빈틈이 생긴다.

적군 두 사람의 창끝이 양구혈(무릎)을 찔러왔다. 만우와 무덕은 찔러오는 창끝을 쳐내고 동시에 뛰어올라 위치를 바꾸는데 무덕이 주저앉으며 손을 들어 올렸다. 더는 버틸 수 없다는 신호였다. 적병들이 창날을 한꺼번에 찔러왔다. 만우는 검을 휘두르며 무덕으로 향하는 창날을 막았으나 힘에 부쳤다. 함께 죽으면 죽었지, 무덕을 적진에 남겨둔 채 달아날 수 없었다. 만우는 주위를 빠르게 살폈다. 보병을 지휘하는 적 기마병이 눈에 띄었다. 만우는 무덕 허리를 낚아채고 적 기마병을 향해 몸을 날렸다.

"아악!"

비명이 들렸다. 만우는 곧장 말에 올랐다. 적군들의 창끝이 말머리로 향했으나 달리는 속도에 밀려 엉거주춤 물러섰다. 적군은 추격하지 않았다. 아니 추격할 의지를 잃었을 것이다. 만우는 정신없이 처인성으로 말을 달렸다.

ㅡ와, 와, 와!

"적장이 화쌀에 맞았다."

사기가 오른 병사들이 함성을 질렀다. 처인성을 둘러싼 아름드리나무에서 나뭇잎이 우수수 떨어졌다.

"성문을 열어라!"

시백의 목소리가 들리고 병사들의 함성은 가열 찼다. 만우는 함성을 뒤로하고 군자창으로 말을 달렸다. 그러나 군자창은 부상병들로 가득해 무덕을 누일 자리조차 없었다.

"오라버니…… 찬모를 불러 주세요."

무덕이 비지땀을 흘리며 숨을 헐떡거렸다. 게다가 오라버니라니…… 만우는 얼떨떨했다. 비구니들도 동료 수원승에게 오라버니라 부르지 않았다. 더군다나 돌중에게 여동생이 있을 리 없었다. 다급한 나머지 만우를 잘못 불렀을 것이다.

"무덕 스님, 찬모라면 수미 스님 말인가요?"

무덕이 고개를 끄덕거렸다. 수미 스님은 오랫동안 백현원에서 부엌일을 도맡아 하던 비구니였다.

수미 스님이 달려왔다.

"아비도 모르는 자식을…… 낳다니……."

수미 스님의 탄식이 들리는 듯했다. 사실 만우도 무덕의 임신은 알고 있었다. 하지만 아비가 누군지 관심 가지지 않았다. 조계산 수선사를 떠날 때까지 제 아비(교정별감 최우)를 믿고 날뛰던 만전(최항)에게 시달리던 무덕이 설핏했다. 그러나 으레 있는 일이었다. 게다가 조계산 수선사를 떠날 때 백현원 비구니 무덕을 챙기라던 혜심 스승님이 말씀하셨지만, 스승님을 수발하던 시자라 특별히 당부하는 말쯤이라 생각했을 뿐이었다.

'스승님은 왜 무덕을 돌보라고 했을까?'

만우는 스승님의 말을 이해할 수 없었다.

"만우 스님, 자리를 비켜주세요. 이 아이가 세상 구경을 빨리하고 싶은 모양입니다."

수미 스님은 침착했다. 무덕에게 문제가 있는 것 같았다. 만우는 고개를 끄덕이며 자리에서 물러났다.

"예, 스님……."

시백이 두 손을 마주 잡고 우물쭈물하고 있었다. 시백도 같은 마음일 거로 만우는 여겼다.

"사제, 너무 걱정하지 마세요. 무덕 스님이 잘 견딜 겁니다."

만우는 무덕이 걱정되었다. 기다리는 시간은 억겁처럼 길었다. 고통을 이기려는 무덕의 처절한 비명은 새 생명의 탄생을 알렸다.

아이 울음이 우렁찼다.

"연화."

칠삭둥이 여자아이였다. 연화는 그렇게 태어났다. 무덕의 쌍검은 무적이었다. 연꽃처럼 가냘파도 검세劍勢가 예리했다. 만전도 그녀의 쌍칼에 여러 번 모가지가 달아날 뻔했다. 혜심 스승님이 말리지 않았더라면 이미 이 세상 사람이 아니었을 것이다. 그러나 인간의 목숨은 질겼다. 그렇게 안하무인 오만방자하던 돌중 만전이 교정별감을 꿰찬 것을 보면 부처님은 공평하지도 자애롭지도 않았다.

무덕이 아이를 낳은 뒤, 몽골군 총사령관 살례탑도 죽었다. 그의 시체는 오랑캐의 마차에 실려 황폐한 평원으로 쓸쓸히 돌아갔다. 남의 나라를 침략한 대가는 죽음뿐이었다.

결국 무덕은 아이만 남겨놓고 이승을 떴다. "아이 이름은 오라버니가 지어 주세요"라던 그녀의 말이 아직 기억 속에 생생하게 남아 있었다.

"연화야!"

꺼져가는 무덕의 목소리가 들리는 듯했다. 김윤후는 가슴이 철렁했다. 연화는 제 어미를 닮았는지 말수가 적었다. 사내아이로 태어났더라면 대단한 장수가 되었을 것이다.

"걱정하지 마세요. 나으리……!"

연화는 덤덤했다.

"암, 걱정 안 하지……."

금대가 걱정스러운 듯 침을 꼴깍 삼켰다.

"상처는 괜찮으냐?"

연화가 외려 금대 부상을 걱정하자 상처를 만지며 금대가 어쩔 줄 몰라 했다. 그는 연화를 누이처럼 따랐다. 하나뿐인 형까지 잃어 마땅히 기댈 곳이 없었던 금대는 연화가 누이처럼 편안했을 것이다. 무뚝뚝하던 대장장이 금대가 연화 앞에서 쩔쩔매다니…….

"아니, 금대야……."

김윤후는 어처구니가 없어 금대를 흘낏 바라보았다.

"야, 지는 괜찮구먼유……."

연화를 안타까워하는 금대 눈초리가 촉촉이 젖었다.

"아니, 낭자. 아프다고 말해야지유, 참기만 하면 어떻혀유?"

금대가 걱정스러운 듯 말꼬리를 늘이며 이맛살을 찡그렸다.

김윤후는 이들의 말을 듣고 있을 시간이 없었다.

"금대는 부서진 무기들을 수리해야 하지 않느냐?"

"예, 나으리. 대장간에서 수리하고 있구먼유. 글피까지 마무리
할 꺼여유."

금대가 퉁 하게 쏘아붙이며 이맛살을 실룩거렸다.

"흐흐, 그 사람 참, 누가 뭐랬나……."

김윤후는 금대의 돌발 행동에 헛웃음이 나왔다.

5

몽골 중앙군이 달래강을 건너 서문 앞에 진을 쳤다. 좌군은 남
문 앞에, 우군은 북문 앞에 진을 쳤다. 나머지 별동 부대는 동문으
로 이동하고 있었다. 충주성을 포위한 몽골군 진영은 단단했다. 성
문마다 들어선 몽골군 포차砲車가 기세등등하게 성을 노렸다.

"성문을 지켜라!"

김윤후의 명령이 충주성에서 자지러졌다. 병사들이 북과 꽹과
리로 서로서로 사기를 북돋우며 흔드는 깃발이 하늘을 찌를 기세
였다. 아무리 강력한 몽골군이라도 성을 지키려는 충주성 병사들
의 의지를 꺾지 않으면 성을 함락하지 못할 것이다.

"목책을 보강하라!"

목책이 뚫리면 외성은 순식간에 무너질 수 있었다. 궁수들이 여
장女墻에 몸을 숨기고 몽골군이 공격해 오기를 기다렸다.

"궁수들과 쇠뇌 수는 내 명령을 기다려라."

방패를 든 몽골군 보병이 대오를 맞춰 성으로 다가오고 있었다.

"시위를 당겨라!"

김윤후는 성상로로 말을 달리며 외쳤다. 북소리가 울렸다. 화살이 빗발같이 적군을 향해 날아갔다. 몽골군 일렬이 무릎을 꿇고 방패를 들어 올렸다. 화살이 우수수 튕겨 나가자 등짐을 진 적병들이 해자로 달려들었다. 적병들은 아군 화살에 죽었고 돌아서 달아나다가 몽골군의 창에 찔려 죽었다. 몽골군 기마병이 뒤따랐다. 말발굽을 내디딜 때마다, 고려군 포로들의 시체는 뱃구레가 터지고 뼈다귀가 으스러져 해자를 꾸역꾸역 메웠다. 그 위를 짓밟고 충차가 달려들었다. 목책은 순식간에 부서지고 기마병이 성문으로 달려들었다.

"장창으로 말 모가지를 겨냥하라!"

대장장이들의 외침은 창날처럼 날카로웠다. 주인을 잃은 몽골 기마가 하늘을 바라보며 대가리를 하늘로 쳐들고 울부짖으며 제 땅에서 죽지 못한 한을 고려 하늘에 토해냈다. 제 놈들이 태어난 곳으로 돌아가고 싶었겠지만 충주성 성문에서 그 명命을 다했다.

몽골 평원에서 불어온 스산한 북풍이 충주성 성문마다 일렁거렸다.

"몽골군이 성벽을 기어오른다."

병사들의 다급한 목소리가 여기저기에서 들렸다.

"막아라."

동문과 남문도 서문과 다르지 않았다. 포탄(돌덩이)이 비 오듯이 성벽으로 날아들었다. 여기저기서 무너졌다. 성벽에 걸친 운제를 타고 몽골군 성벽을 기어올랐다. 아군 병사들은 창으로 찔러 죽이고 돌을 던져 밀어냈다. 죽여도 죽여도 몽골군은 꾸역꾸역 성벽으로 기어올랐다. 아비규환이 따로 없었다. 김윤후는 숨이 막혔다.

"적병이 성벽으로 기어오르지 못하게 막아라. 성을 지켜야만 식솔들이 살 수 있다!"

김윤후는 사기를 북돋우며 성상로를 따라 말을 달리고 또 달렸다.

"성에 오른 적군을 모조리 죽여라."

몽골군이든 고려군 포로든 죽여서 성을 지켜야 한다. 그리고 그들이 태어난 북쪽의 황량한 평원에서 늑대처럼 외롭게 떠돌다가 죽게 해야 한다. 이 아름다운 고려 땅에 내버려둬서는 안 된다.

"죽여라!"

싸워서 성을 지키지 못하면 성안 백성의 퇴로는 없다. 오랑캐는 백성들이 살아서 성을 나가게 내버려두지 않을 것이다. 김윤후는 목소리를 드높이며 성상로를 따라 말을 달렸다.

"힘을 내라!"

그러나 김윤후의 고함은 계명산 메아리조차 없이 사라지고 있었다.

"몽골군이 퇴각한다."

남문을 지키던 시백의 목소리가 등 뒤에서 날아들었다.

김윤후는 대답하지 않았다. 쉽사리 물러날 몽골군이라면 애초에 쳐들어오지 않았을 것이다.

'제 나라 제 땅에서 살면 될 것을……'

몽골군이 지금은 물러났지만 다시 공격할 것이다. 김윤후는 성을 찬찬히 돌아보았다. 포탄에 맞아 성한 곳이 없었다. 아이들이 울었다. 어미를 잃은 아이들의 울음은 애달팠다. 노인들의 눈초리가 젖었다. 자식을 먼저 보낸 부모의 피눈물이 밤새도록 꺼이꺼이 성안을 돌아다녔다. 김윤후는 그들의 울음소리를 차마 들을 수 없어 밤새 귀를 틀어막았다.

"부상자들을 잘 수습하라."

죽은 병사들의 극락왕생이라도 빌고 싶었지만 그조차 할 수 없었다. '검은 생명'이라던 혜심 스승님이 원망스러웠다. 검은 생명이 아니라 지옥이었다.

"스승님…… 이 수많은 죽음을 어떻게 해야 합니까."

서까래를 들어냈다. 시체가 수두룩했다. 한두 구具가 아니었다. 포탄에 부서진 집은 차라리 백성들의 무덤이었다.

"창정은 시체는 잘 거둬두었다가 날이 밝으면 식솔들에게 알리고 화장해 양지바른 곳에 잘 묻어 주어라. 그리고……."

김윤후는 숨을 골랐다. 가슴이 아팠다. 몽골군의 고려군 포로들도 고려 백성들이었다. 살길을 찾아 헤매다가 어이없게 죽은 가련한 백성들이었다. 그들은 살고 싶었을 것이다. 항복하면 살려 주겠다던 몽골군 사령관 야굴이 보냈던 서신이 생각났다. 진정 백성들을 살릴 수 있다면 그의 목숨 따위와 상관없이 항복하고 싶었다.

'누가 감히 홍복원을 배신자라 할 수 있을까?'

누구를 위한 죽음인가. 김윤후는 들것에 실려 나가는 병사들의 시체를 하염없이 바라보았다.

김윤후는 이유 없이 백성들을 살육하는 몽골군의 적의를 알 수가 없었다. 몽골군 병사들이나 고려군 병사들이나, 그들의 식솔들은 전장으로 끌려간 아비가 돌아오기를 밤새워 기다릴 터인데……
김윤후는 어처구니없이 죽은 사람들이 안타까웠다.

몽골군은 물러갔지만 포위를 풀지 않았다. 굶겨 죽이려는지 말려 죽이려는지 충주성을 에워싼 채 침묵하고 있었다.

김윤후는 창정 최수를 불렀다.

"창정, 군량은 얼마나 남았나?"

"곡식 배급량을 줄여야 합니다. 몽골군이 성을 포위하고 있어 군량을 구할 수 없습니다. 백성들이 곡식을 성에 들여놓아 그나마 조금 남아 있습니다만, 전투가 길어지면 그마저 어렵습니다. 별감……. 적군 포위를 뚫고 인근 산성에 군량을 지원 요청해야 합니다.”

최수가 입가에 거품을 물었다. 침까지 튀기며 말하는 그의 열변은 충정에서 비롯한다는 것쯤을 김윤후도 알았다. 틀린 말이 아니었다. 병참 문제뿐만 아닐 것이다. 병기는 부서지고 병사들의 사기도 급격히 떨어지고 있는데 군량이 모자라면 항복하는 수밖에 없었다.

“우물은 어떤가?”

최수가 심드렁하게 말했다. 사실 날마다 줄어드는 우물물이 걱정이었다.

“밤새 모아야 우물이 겨우 차는데 걱정입니다. 몽골군이 물길마저 끊어 백성들이 물을 못 마시면 무슨 짓을 벌일지 알 수 없습니다.”

최수의 말은 어둡고 메말랐다. 몽골군 포위망 뒤, 계명산 멧부리에서 눈 녹는 소리가 환청처럼 김윤후 귀청을 후비는 듯했다.

“별감!”

교위 최평이 막사로 들어왔다.

“무슨 일이냐?”

“성에서 탈출하는 병사들이 늘고 있습니다.”

“……?”

김윤후는 대답하지 않았다. 달아나는 병사들은 갈수록 늘어날 것이다. 그들을 설득할 방법도 없었다.

서문 앞에 진을 친 몽골 중앙군이 바삐 움직였다. 아군 병사들이 초점 없는 눈으로 성 밖의 몽골군 움직임을 멀거니 바라보고 있었다. 며칠 밤낮 동안 전투를 치렀으니 병사들도 기진맥진했다. 부서진 성벽을 보수하는 병사들 움직임도 하루가 다르게 굼떴다. 비단 병사들만 아니었다. 성안 백성들도 마찬가지였다.

"창정, 군량이 얼마나 남았는가?"

김윤후는 묻고 또 물었다. 늘어날 군량이 없는데도…….

"아직 문제없습니다만…… 전투가 길어지면 군량도 바닥날 것입니다. 대안을 세워야 합니다. 별감…….."

창정 최수의 대답도 달라지지 않았다.

"그렇겠지…….."

몽골군들이 성을 두세 겹으로 에워싸고 개미 새끼 한 마리도 성을 빠져나갈 수 없다는 것을 창정이 모를 리 없었다. 적군의 허술한 틈을 타 군량미라도 구하러 성 밖으로 척후를 내보내야 하는데, 빈틈없이 촘촘한 포위망을 뚫을 수 없어 군량 조달은커녕 성을 빠져날 방법조차 없었다. 방호별감 김윤후라고 별다른 대안이 있을 리 없었다.

"대림산성에 도움을 요청해 보는 것이 어떨까요?"

대림산성 방호별감 손기정은 충주성 전투를 눈여겨 지켜보고 있을 것이다. 충주성이 함락되면 다음 공격지는 대림산성이 될 것이다. 몽골군이 문경새재를 넘으려면 반드시 함락해야 할 성이었다. 그러나 충주성이 버텨주면 대림산성은 방어하기 수월할 것이다. 아무리 무지한 몽골군 장수라도 지친 병사들을 이끌고 배후 산성을 남겨놓은 채 남하하지 못할 것이다.

우물마저 마르면 그야말로 끝장이었다. 김윤후는 창정 최수의 등 뒤에서 우물물이 철철 넘치는 환청이 보이는 듯했다.

"따로 봐두라던 계명산 물길은 연결했는가?"

"예, 별감. 남산 물길이 막히더라도 계명산 자락에서 끌고 온 물길을 연결해 두었으니 당분간 문제없습니다만…… 남산 기슭에 적병들이 자주 들락거리는 게 걱정입니다만 아직은 문제없습니다."

창정 최수가 말끝을 흐렸다. 그조차 위험하다는 말이었다. 남산 물길이나 계명산 물길이나 언젠가 적들에게 발각될 것이다.

"계명산 물길을 연결했다니 다행이네."

정말 다행이었다. 지친 병사들에게 물 한 대접은 생명 줄이었다. 김윤후는 계명산 멧부리로 눈길을 돌렸다. 산은 그 자리에 있는데 성안으로 흘러드는 물은 점점 줄어들고 있었다.

"나으리, 시백입니다."

"들어 오게."

시백이 병영 막사 안으로 얼굴을 들이밀었다. 얼굴이 사납게 일그러져 있었다.

"무슨 일이냐?"

"홍복원이라는 놈이 서문 앞에서 주둥아리를 나불거리고 있습니다."

"주둥아리를 나불거리다니…… 그게 무슨 뚱딴지같은 말이냐?"

김윤후는 시백이 무슨 말을 하는지 알아들을 수 없었다.

"예, 별감. 분명 몽골 군사 홍복원이 맞습니다. 주제도 모르고……."

시백이 마음이 상했던지 아니면 병사들에게 민망했던지, 알 수 없지만 말을 하려다 말고 씨근덕거렸다.

"주제를 모르다니, 무슨 말이냐?"

김윤후는 시백을 바라보았다.

"저, 그게……."

시백이 다시 얼굴을 찡그렸다.

"나가 보셔야겠습니다."

쉴 틈도 없이 싸웠다. 그런데 적 진영에 있어야 할 홍복원이 나타났다니 뜬금없었다. 그러나 씨근덕거리는 시백 표정이 심상찮아 보였다.

"가보자, 무슨 일인지."

김윤후가 자리에서 일어났다. 다리가 후들거렸다. 시백이 그의 팔을 잡았다.

"나으리……."

"괜찮다. 이 손 놓아라."

김윤후는 손사래 쳤다. 지친 모습을 병사들에게 보여줄 수 없었다.

"불편하신 것 같은데……."

"괜찮다. 가자."

며칠 밤낮으로 전투를 치렀으니 힘든 것도 사실이었다.

성벽 여러 곳이 무너졌다. 수없이 날아오는 포탄을 창과 칼로 막아내기에는 역부족이었다. 병사들이 온몸으로 막아냈다. 신음인지 한탄인지 알 수 없는 소리가 곳곳에서 들렸다. 성벽을 보수하는 병사들이 앓는 소리였다. 새 목책도 가져다 놓았다. 목책 사이에 묶어둔 창날이 햇빛을 받아 번쩍거렸다.

'영소월광검이 충주성에 나타나면 몽골군이 물러갈까…….'

김윤후는 혜심 스승님이 말했던 영소월광검 빛일 거라는 엉뚱한 생각이 문득 들었다.

서문 앞에서 기마 수십 기를 거느린 몽골 장수가 고래고래 고함을 지르고 있었다.

"저놈이 누구냐?"

김윤후가 시백을 바라보았다.

"예, 나으리. 앞에 서서 소리를 지르는 놈이 몽골군 군사 홍복원이라는 놈입니다."

"그런데……?"

시백이 눈을 끔뻑거렸다.

김윤후는 바람에 실려 오는 홍복원의 목소리에 귀를 기울였다.

"방호별감 김윤후는 들어라."

졸개들을 거느린 홍복원이 고래고래 고함을 지르고 있었다. 위용도 제법 갖췄다. 적장이 성 앞에서 주둥아리를 나불거릴 때는 꿍꿍이가 있었다.

"미친놈!"

김윤후는 어처구니가 없었다.

"돌중 최항에게 살려달라 애걸복걸하지 말고, 몽골군에 항복해서 나와 함께 새로운 나라를 세워보지 않겠느냐?"

홍복원은 주둥아리를 멈추지 않고 떠들었다. 바람 속으로 들락거리는 그의 말은 허허롭기 짝이 없었다. 그러나 틀린 말도 아니었다. 만전 같은 돌중이 교정별감이랍시고 임금을 좌지우지하니 나라가 제대로 영슈이 설 리가 없었다. 그렇다고 나라를 팔아 몽골 오랑캐에 빌붙어 개노릇이나 하는 홍복원이 입에 올릴 말은 아니었다. 제 놈이 아무리 주둥아리를 나불거려도 김윤후는 몽골 오랑캐 개노릇을 하면서 구질구질하게 살 생각은 없었다.

"미친놈!"

김윤후는 목소리를 높였다.

"네, 이놈, 홍복원아, 나라를 팔아먹은 놈이 칼을 물고 뒈지지는 못하더라도 어디에다 주둥아리를 함부로 놀리느냐. 오랑캐 개노릇을 하더니 양심까지 씹어먹었느냐. 당장 칼을 물고 돼질지 못할 지언정 함부로 주둥아리를 나불거리느냐. 당장 무릎을 꿇고 네놈이 죽인 고려 백성들에게 사죄부터 먼저 하여라."

시백이 나섰다.

"나으리, 소인이 홍복원의 모가지를 잘라 오겠습니다."

김윤후는 아무 말 하지 않았다. 병사들도 홍복원의 말을 들었을 것이다. 귀양지에서 사약을 받지 않고 곧장 충주성 방호별감이 되었으니 그가 보아도 어처구니없었을 것이다. 틀린 말이 아니었다. 성을 지켜 죗값을 받으라는 어명은 사약보다 더한 형벌이 분명했다.

"야, 이놈 홍복원아 기다려라!"

시백이 성문을 열고 말을 달려 나갔다. 기마병들이 뒤따랐다.

"야, 이놈, 돌중 김윤후야. 임금이 네놈을 죽이려고 별별 수단을 다 쓰는데 그 얼치기 임금에게 충성하려 하느냐?"

홍복원은 주둥아리를 멈추지 않았다. 유학사로 들이친 자객을 홍복원이 어떻게 알았을까. 시백 외에 아는 사람은 없었다. 사실, 김윤후도 누가 자객을 보냈는지 궁금했다.

'홍복원이 넘겨짚었을까……?'

김윤후도 모르는데 홍복원이 거침없이 주둥아리를 나불댔다.

'설마 교위 임경필이……?'

믿을 수 없었다.

"네 이놈 배신자 홍복원아, 게 섰거라!"

시백이 홍복원에게 달려들었다. 졸개들이 홍복원 앞을 가로막았다. 시백이 말을 돌려 재차 달려들었다. 성상로에서 병사들이 깃발을 흔들며 함성을 질렀다.

─와! 와! 와!

"이놈, 김윤후야. 내 놈이 항복하면 목숨만은 살려줄 것이다. 당장 성문을 열고 내 앞에 무릎을 꿇어라."

홍복원은 주둥아리를 멈추지 않았다.

"고려 병사들은 들어라. 오늘 밤이라도 성문을 열고 항복하면 목숨은 살려 줄 것이다. 누구든 상관없다. 이미 몽골군 총사령관에게 허락까지 받아 놓았으니 나를 믿으면 된다. 오늘 밤이다. 알아들었느냐!"

병사들이 갑자기 술렁거리기 시작했다. 홍복원이 내뱉은 말이 사실이든 거짓이든, 자수하면 살려주겠다는 그의 말[言]의 무게는 엄청났다. 몽골군 창검보다 홍복원이 주둥아리로 내뱉은 말[言]은 성 구석구석으로 무섭게 파고들었다. 식솔들의 끼니 걱정에 병영을 이탈하는 병사들은 이유 없이 귀가 솔깃할 것이다. 몽골군 사령관이 살려준다는데 구미가 당겼을 것이다. 죽고 싶은 사람은 없을 것이다. 김윤후는 병사들을 돌아보았다. 앓는 소리를 내며 성벽을 수리하던 병사들이 구석구석 머리를 맞대고 수군덕거렸다.

"저놈의 주둥아리를 찢어라!"

김윤후가 시백을 향해 소리 질렀다. 홍복원의 주둥아리를 틀어막지 않으면 병사들은 전투력마저 잃을 것 같았다.

"돌중 김윤후야, 네놈이 지금은 큰소리라도 치지만 조만간 가슴치며 후회할 날이 올 것이다. 그때는 무릎을 꿇고 빌어도 살려두지 않을 것이다. 그리고 네놈 내장을 꺼내 씹어먹을 것이다."

홍복원은 달아나면서까지 악담을 퍼부었다.

"……?"

병사들이 들떴다. 항복하면 살려준다는 고려군 포로 말은 사실이라는 것을 확인하는 순간이었다.

6

물살이 빨라도 부교를 설치한 달래강은 쓸모없는 해자였다. 몽골군은 달래강에 부교를 설치하고 퇴로를 확보한 뒤 여유롭게 강을 건넜다. 그리고 충주성을 두세 겹 에워쌌다. 성문마다 포차를 배치하고 운제는 호시탐탐 성을 노렸다. 언제 들이치더라도 이상하지 않을 만큼 그 위세는 실로 엄청났다.

포탄(돌덩이)이 성으로 날아들었다. 곧이어 충차가 성문으로 향해 달려들고 운제가 빠르게 성벽으로 움직이기 시작했다.

"몽골군이 쳐들어온다."

망보던 병사 목소리가 남문 성루를 돌아 서문 성루까지 한 바퀴 돌아 전달됐다. 방호별감 김윤후는 병사들의 사기를 북돋우며 성상로를 따라 말을 달렸다. 충주성에 일촉즉발 위기가 다가오고 있었다.

"몽골군이 다가올 때까지 기다려라!"

충차가 성문으로 몰려오고 있었다.

"장창으로 맞서라!"

김윤후의 목소리가 허공을 갈랐다. 화살 날아가는 소리가 비 오 듯 했다. 몽골군의 방패 병이 무릎을 꿇고 방패를 앞으로 내밀었 다. 화살 튕기는 소리가 우박처럼 들렸다. 포탄이 성벽으로 날아들 었고 병사들의 비명과 성벽 무너지는 소리가 어지럽게 들려왔다.

"무너진 성벽에 목책을 설치하라!"

충차가 목책을 들이쳤다. 목책은 부서지고 순식간에 외성은 아 수라장으로 변하고 있었다. 충차가 목책을 부수고 물러나자 몽골 군 기마병이 뒤따라 성문으로 들이닥쳤다.

"장창으로 기마 배때기를 찔러라."

몽골 기마병이 성문을 쓸고 지나가자 보병들이 뒤따라 들이닥 쳤다. 죽여도 죽여도 적병들이 꾸역꾸역 성문으로 밀려들었다.

"별감, 남문이 뚫렸습니다."

교위 정준 부관이 급하게 알려왔다.

"시백은 남문으로 지원군을 보내라."

김윤후는 서문을 지키던 시백에게 소리쳤다. 시백의 기마대가 빠르게 남문으로 달려갔다. 연화가 뒤를 따랐다.

"금대는 대장장이들을 이끌고 남문을 지원하라."

"예, 나으리."

금대가 이끄는 대장장이 별초군이 남문으로 몰려갔다. 남문이 뚫리면 마지막 퇴로가 막혀, 대림산성에서 지원받을 기회조차 사라져 반드시 지켜야 한다. 김윤후는 남문으로 말을 달렸다.

몽골 기마병이 이미 남문을 뚫고 성 깊숙이 들어와 날뛰고 있었다. 아군 병사들이 쫓기고 있었다. 교위 정준이 홍복원과 맞서고 있었다. 김윤후는 홍복원의 견정혈을 향해 검을 베어갔다. 홍복원이 허리를 숙이고 창으로 막으며 저항했다. 창과 검이 부딪히고 날카로운 쇳소리가 허공을 갈랐다.

"네, 이놈. 여기가 어디라고 감히 침입하느냐?"

김윤후는 돌아서는 홍복원의 천돌혈을 향해 영소검으로 찔러갔다.

"네 이놈, 김윤후야 잘 만났다. 오늘은 내 돌중 놈의 멱을 따 주마."

홍복원이 몸을 피하더니 갑자기 남문 밖으로 말을 내달렸다.

"퇴각하라!"

홍복원의 명령에 몽골군 병사들은 일제히 성문을 빠져나갔다.

"뒤쫓지 마라!"

도망가는 몽골군을 쫓으면 복병에 걸려들 수 있어 김윤후는 추적하려는 병사들을 제지했다.

부서진 집에서 불길이 치솟았다. 아낙들이 동이를 이고 물을 나르고 노인들은 물을 뿌려 불끄기에 여념이 없었다. 연기가 잦아들고 불길이 잡히자 피비린내가 성안에 진동했다. 김윤후는 성 주위를 둘러보았다. 민가들은 죄다 부서져 성한 곳은 찾아볼 수 없었고, 부상한 사람들의 신음만 성안 곳곳에서 들려왔다. 외성은 몽골군 오랑캐에게 처참하게 부서졌다.

'그래도 버텨야 한다.'

김윤후는 입술을 깨물었다.

"부상한 병사들을 내성 병사病舍로 옮겨 치료하고, 병사들 시체는 모두 거둬 태워라."

성이 포위됐으니 병사들이 탈출하기도 어려웠다. 몽골군을 물리치지 않으면 성안에 갇혀 죽을 수밖에.

밤이 깊었다. 초저녁부터 들리던 풀벌레 소리까지 멈췄다. 유학사에 자객이 침입하던 날처럼 사방이 고요했다. 김윤후는 온몸에 소름이 돋았다. 이불을 젖히고 잠자리를 떨치고 일어나 앉았다.

"쾅, 쾅, 쾅!"

포탄 떨어지는 소리가 여기저기에서 들려왔다. 김윤후는 잠시 벗었던 갑옷을 차려입고 장지문을 열려다가 검을 놓아둔 좌대를 바라보았다. 금대가 선물했던 검이 보이지 않았다.

'누구 짓일까?'

누군가 내실에 침입했다. 밤마다 내실을 엿보던 그림자가 언뜻 생각나 김윤후는 머리카락이 쭈뼛거렸다.

'설마, 그놈일까……?'

김윤후는 쓸데없는 생각이라 머리를 흔들었다. 그리고 허리에 찬 영소검을 불끈 잡았다.

"나으리, 일어나셔야겠습니다."

다급한 목소리에 김윤후는 장지문을 열었다. 시백이 문 앞에 서 있었고, 마루 아래 갑옷을 착용한 연화가 보였다.

"몽골군이 외성으로 들이칩니다."

"남문이 무너진 것이냐?"

"남문뿐이 아니라 성문마다 몽골군이 들이치고 있습니다."

김윤후는 야유를 던지며 호기롭게 굴던 홍복원이 설핏 떠올랐다. 항복하면 살려준다는 말을 믿고 성문을 지키는 병사들이 목책을 열었을 것이다.

"나으리, 빨리 피하셔야겠습니다."

그러나 김윤후는 피할 생각이 없었다.

"연화는 부상한 병사들을 내성으로 빨리 옮기고 시백은 나를 따르라."

김윤후는 정신없이 말을 달렸다. 성문마다 적병들이 들이닥쳐서 이미 아수라장이었다. 아군 병사들이 뿔뿔이 흩어져 달아나고 있었다.

"달아나지 말라!"

김윤후가 고래고래 고함을 질렀다. 병사들은 거들떠보지도 않고 달아나기에 급급했다. 외성은 무너진 것 같았다. 내성으로 퇴각하는 수밖에.

"홍복원, 그 쥐새끼 같은 놈이 흘린 유언비어에 당하다니……."

김윤후는 헛웃음이 나왔다.

"나으리, 일단 내성으로 피하셔야겠습니다."

시백이 또다시 다그쳤다.

외성을 버리라는 시백의 말에 김윤후는 뒤통수를 얻어맞은 것처럼 얼얼했다. 성문마다 몽골 병사들이 몰려오고 있었다.

"아니, 저자는 임 교위가 아닌가?"

임경필이 주위를 두리번거리며 암문으로 성을 빠져나가고 있었다.

"임 교위 맞습니다. 별감."

교위 최평이 대답했다.

"최 교위는 임 교위를 추적해 저놈을 감시하고 수상한 행동이 보이면 즉각 체포하라."

최평이 임경필 뒤를 쫓았다.

"병사들은 백성들을 내성으로 퇴각시켜라!"

내성으로 퇴각하라는 명령은 죽음을 강요하는 것 같아 김윤후는 힘들었다.

내성도 아수라장이었다. 내아 앞마당까지 부상자들이 수두룩하게 널브러져 앓는 소리가 끊이지 않았다. 다친 병사들도 다치지 않은 병사들도 앓는 소리를 지르며 부들부들 떨고 있었다. 오랑캐의 시퍼런 칼날 앞에 두렵지 않은 사람은 없을 것이다. 아무리 용맹한 장수라도 죽음 앞에서는 두려울 수밖에 없었다. 김윤후도 이 상황이 두려웠다.

사창 앞에 백성이 줄지어 서 있었다.

"어찌 된 일인가?"

창정 최수에게 줄 선 이유를 물었다.

최수가 머뭇거렸다.

"말해 보게?"

최수가 머리를 긁적거렸다.

"곡식을 배급받으려는 사람들이 옵니다."

"……?"

김윤후는 최수의 대답이 선뜻 이해할 수 없었다.

"나눠주면 될 게 아닌가?"

유학사 귀양 시절 끼닛거리가 없을 때가 많았는데, 외대리 대장 장이들이 십시일반 귀리나 좁쌀 보퉁이를 울타리 밑으로 넣어줘 끼니를 해결했다. 먹어야 산다. 백성들에게 굶주림은 죽음보다 더 두려울 것이다.

"그게 그러니까……."

최수가 고개를 떨궜다.

"병사들 끼니도 모자라는데, 백성들에게까지 나눠줄 곡식이 없습니다. 별감, 그게 그러니까…… 곡식을 아껴야……"

최수가 어물쩍거리는 이유를 김윤후는 금방 눈치챘다. 아무리 서로 죽이는 전쟁이라도 백성들이 굶어 죽으면 전쟁에서 이긴들 소용없었다.

"나으리?"

어수룩한 노인이 발목을 붙잡고 늘어졌다. 김윤후는 당황했다.

"예, 어르신."

김윤후가 얼른 노인을 안아 일으켰다.

최수가 고함을 버럭 지르며 노인을 걷어찼다.

"물러서지 못할까?"

"아이쿠……."

최수의 발길에 나가떨어진 노인이 비명이 채 끝나기도 전에 다시 일어나 엉금엉금 기어 왔다.

"아이고, 나으리."

노인이 눈물을 찔끔거리며 머리를 조아렸다.

"저리 물러나지 못할까!"

최수의 호통에도 노인은 물러나지 않았다.

"나으리, 소인은 굶어도 괜찮아유. 헌데, 저 아이들만이라도 먹일 수 있게 좁쌀 한 줌이라도 내어주시면…… 그 은혜 평생 잊지 않을 거구먼유."

노인의 눈길은 양지쪽에 웅크린 아이 서너 명에게 닿아 있었다. 손자들 같았다. 아들을 전쟁터에 내보내고 그에게 맡겨진 아이들일 것이다. 망연히 노인을 바라보는 아이들 눈에는 생기조차 없었다.

"어르신, 잠깐만 기다리세요."

김윤후는 죄수를 돌아보며 말했다.

"창정?"

"예, 별감."

죄수가 민망한 듯 머리를 주억거렸다.

"내아 객사 부엌 뒤주에 찬모가 가져다 놓은 자루가 있을 것이다. 귀리인지 좁쌀인지 몰라도 그것이라도 저 노인에게 가져다주어라."

노인은 눈물을 뚝뚝 떨궜다. 전쟁터에 내보낸 자식이 돌아오기만 기다릴 것이다. 죽었을지도 모를 자식을 기다리며, 손자들을 어르고 달래면서 희망을 말하며 밤마다 다독거렸을 것이다.

"그렇게까지 할 필요가……."

죄수가 말하다 말고 어물쩍거렸다.

"그렇게 하라."

어른들은 배고파도 참을 수 있지만 자라는 아이들은 허기를 참아내기 어렵다. 노인도 다르지 않을 것이다.

"아이고, 나리, 고맙습니다."

노인이 넙죽 엎드려 절을 하는 둥 마는 둥 아이들에게 달려갔
다. 아비가 없으니 할아버지에게 보챘을 것이다. 이 전쟁이 끝나야
노인도 고향으로 돌아가 이른 봄에 산채라도 뜯어 아이들 끼니를
지어 줄 것이다.

인육人肉 타는 누린내가 내성으로 밀려들었다. 시체 태우는 냄
새였다. 이번 전투에서 사상자가 많이 발생했다. 아군은 아군 대로
적군은 적군 대로, 몽골군 사상자들은 대부분 고려군 포로 병사들
이었다. 아군 병사들의 검에 찔려 죽었고, 돌아서다 몽골군 창날에
찔려죽었다. 부상자는 군량을 축낸다며 죽였다고 적진에서 탈출
한 아군 포로들이 말을 전했다.

시체 타는 냄새가 밤이 이슥할 때까지 성 곳곳에서 도닐었다.
우물은 어찌 되었는가, 군량은 얼마 남았는가. 창정의 뻔한 대답을
알면서도 김윤후는 창정에게 묻고 또 물었다.

"창정, 우물은 찼는가?"

몽골군이 내성을 포위한 지 육십 일이 지났으니 우물물이 말라
도 이상하지 않았다. 그러나 김윤후는 또 물었다.

"별감, 그게……"

창정 최수가 뒤통수를 긁적거리며 주억거렸다. 김윤후는 더는
물을 수 없었다. 지금까지 버텨준 것만으로도 백성들과 병사들에
게 고마웠다. 밤이 이슥해지자 시체 태우던 불길이 잦아들어 누린

내도 더는 풍기지 않았다.

"나으리."

시백이 황급히 병영 막사를 찾았다. 김윤후는 대답 대신 시백의 표정을 살폈다. 며칠 전에 내린 밀명 때문이었다.

"대정 이기달이 성을 빠져나갔습니다."

"임경필의 수하 말이냐?"

"예, 별감."

"한두 번도 아니지 않으냐?"

임경필과 달리 이기달이 몽골군과 모의하는 현장을 목격한 것도 아니었다. 게다가 성을 빠져나간 것만으로 적과의 내통을 의심할 수 없었다. 얼마 전에도 성을 빠져나가는 임경필을 교위 최평이 뒤를 밟았지만 아무 일 아니었다. 김윤후의 시큰둥한 대답에 시백이 다가와 귀엣말했다.

"나으리, 그게…… 임 교위가 이기달과 같이 봉아문으로 빠져나갔습니다."

시백은 단서라도 잡은 듯이 소곤거렸다.

"임 교위가 함께 나갔다고?"

김윤후는 깜짝 놀랐다.

"예, 나으리."

시백이 숨을 들이쉬었다.

"그래서……?"

김윤후가 시백을 바라보면 숨을 들이쉬었다.

"임 교위 뒤를 밟았는데…… 봉아문을 빠져나가 외성 쇠둑부리(야철로) 너머 둔덕 숲에서 홍복원을 만나는 것을 직접 목격했습니다."

김윤후는 숨이 차올랐다.

'교위 임경필이 홍복원을 만나다니……?'

도대체 병사를 통솔하는 교위가 몽골군 장수를 만날 이유가 없었다. 그의 수상한 행동은 한둘이 아니었다. 그러나 김윤후는 지켜보고 있었다. 게다가 시백의 말이 사실이라면 교위 임경필은 몽골군과 내통하고 있는 게 분명해 보였다.

"지금, 임 교위는 어디 있느냐?"

"아직 돌아오지 않았습니다만…… 나으리, 일단 좀 더 기다려보는 게 어떻습니까?"

시백 말이 옳았다. 성급하게 체포하면 증거를 잃을 수 있었다. 그렇다고 마냥 기다릴 수도 없었다.

"시간이 많지 않으니 임 교위가 눈치채지 않도록 조심스럽게 그놈들의 정체부터 확인하라."

어쩌면 교위 임경필이 몽골 오랑캐를 물리칠 방책을 줄지도 몰랐다.

망치 두드리는 소리가 들려왔다. 대장간 숨 쉬는 소리였다. 대장장이들이 부러진 병장기를 손보고 있을 것이다. 육십여 일은 너끈하다며 어깨까지 으쓱거리며 웃던 금대가 설핏 생각났다.

"별감, 교위 최평입니다. 들어가도 되겠습니까?"

"무슨 일이냐?"

최평의 상기 된 얼굴로 병영으로 들어왔다.

"큰일 났습니다. 그게, 그러니까……"

최평이 말을 잇지 못하겠다는 듯 머뭇거렸다. 김윤후는 최평을 뚫어지게 바라보았다. 평소 표정과 달라 다그치기도 민망했다.

"노비 별초군이 몽골군에게 항복하겠다고 농성 중입니다. 게다가 대장장이들 움직임도 수상합니다."

결국 사달이 난 모양이었다. 홍복원의 주둥아리에 백성들과 병사들이 동요하고 있었다. 김윤후가 걱정했던 일들이 일어나고 있었다.

"가자, 농성장으로……."

몽골군은 내성을 포위한 채 움직이지 않았다. 이기달과 임경필이 몽골군 군사 홍복원을 만난 게 노비 별초군의 농성과 무관하지 않을 것이다. 김윤후는 유학사에 침입했던 자객의 복면 뒤에 가려진 날카로운 눈빛이 보이는 듯했다.

'임경필, 그놈이 설마……?'

김윤후는 복면 안에서 어른거리던 날카로운 눈빛이 섬뜩했다.

7

소문은 북풍보다 빨랐다. 꼬리에 꼬리를 문 소문은 충주성을 덮
쳤다. 성안 백성들이 동요하고 있었다. 홍복원의 세 치 혓바닥을
탓할 수도 없었다. 그들도 살고 싶었을 것이다. 몽골이든 고려든
살 수 있으면, 그리고 한 끼를 먹더라도 편히 먹을 수 있으면 그곳
이 어디든 상관없을 것이다. 포악한 주인을 도모하려다가 사전에
발각되어 예성강에 수장된 아버지도, 개경 보제사 다리 밑에서 야
별초 무사들에게 피살된 어머니도, 자식에게 밥 한 끼 편하게 먹이
려는 몸부림이었을 것이다. 임금의 무능을 탓하면서 권력을 꿰찼
던 무장들조차 백성들의 굶주림은 안중에도 없었다. 권력이 바뀌
었지만 세상은 달라지지 않았다. 이유야 어떻든 권력을 잡은 무장
들도 천민이었건만 백성들을 짐승처럼 여기면서 위기가 닥치면,
죽음으로 나라에 충성하라며 백성들에게 목숨을 요구했다. 그들
은 백성에게 무엇을 주었는가. 김윤후가 생각해도 어처구니가 없

었다.

"방호별감은 성문을 열고 몽골군에 항복해 살길을 찾아라."

병영 광장에서 노비들의 함성이 들려왔다. 시간이 지날수록 목소리는 커지고 있었다. 관노 덕술이 이끄는 노비들의 농성장에 외대골 대장장이들도 합류했을 것이다. 바위산 기슭에서 훈련할 때 기합 소리보다 크고 우렁찬 함성이 김윤후 귀청을 후벼팠다. 검술을 배워 마을을 습격하는 비적을 진검眞劍으로 물리치겠다던 대장장이들도 살고 싶었을 것이다. 죽을힘을 다해 싸워 성을 지켜도 그들은 결국 권력의 착취 대상이라 여겼을 것이다.

김윤후는 금대를 병영 막사로 불러들이려다가 그만두었다. 금대는 동료를 배신할 만큼 의지가 약하지 않았고 심성도 굳건했다. 무술을 배우겠다며 야무지게 입술을 깨물던 유학사로 찾아왔던 그의 모습이 설핏 지나갔다.

농성에 합류하는 백성들 수가 점점 늘어나고 식솔들과 아이들도 농성장에 모여들기 시작했다. 자식들의 요구가 무엇인지, 게다가 농성의 결과가 죽음이라는 것을 모를 리 없었다. 그런데 늙은 부모와 어린 자식마저 호응하며 농성에 가담했다. 성에서 굶어 죽으나 몽골군과 싸우다가 죽으나 달라질 것이 없었다. 차라리 몽골군에게 항복해 살고 싶었을 것이다.

홍복원의 요망한 주둥아리 위력은 컸다. 이대로 두었다가는 자중지란으로 성은 무너지고 백성들은 몽골군에게 남김없이 도륙당할 것이다. 설혹 저들을 무력으로 진압하더라도 오합지졸이 된 병사를 이끌고 성을 지키기 어렵다. 김윤후는 아무것도 할 수 없었다.

'그래, 금대를 믿어 보자······.'

김윤후는 금대가 찾아올 때까지 기다렸다. 저들이 무엇을 원하는지 그의 입으로 직접 듣고 싶었다.

"나으리······."

금대가 병영 막사를 찾아왔다.

"금대로구나. 밤이 늦었는데 무슨 일이냐?"

막상 금대가 머리를 조아리니 김윤후는 마땅한 말이 없었다.

"그래, 무슨 일이냐?"

김윤후는 짐짓 느긋한 척 목소리를 낮게 깔았다.

"나으리, 소인들은 싸우다가 죽는 것보다 항복해서라도 살고 싶구먼유. 배까지 굶주리며 목숨까지 걸고 싸워서 성을 지키더라도 노비는 노비고 대장장이는 대장장이일 뿐이지유. 달라질 게 아무것도 없지유."

그랬다. 금대 말은 틀리지 않았다. 몽골군을 물리치려고 목숨 바쳐 싸울 이유가 없었다. 김윤후는 할 말이 없었다.

"차라리 성문을 열고 오랑캐에게 항복하면 살려줄지도 모르잖어유······."

금대 말은 단단했다. 목숨까지 걸고 몽골군과 싸워 물리친다고 그의 처지가 달라지지 않았다. 노비는 노비고, 대장장이는 대장장이일 뿐이었다. 더 나빠지지 않으면 그나마 다행이었다. 설혹 이 전쟁에서 몽골군을 물리치더라도 전쟁으로 부서진 관가 복구에 공역하고, 부족한 병장기를 공납하라고 다그칠 것이다. 굶지 않으려면 화전을 일궈 농사도 지어야 한다. 굳이 목숨 바쳐 몽골군과 싸울 이유가 없었다.

"……."

김윤후는 대답할 수 없었다. 금대 말은 한마디도 틀리지 않았다. 바위산에 곡식을 숨겨놓고 성으로 들어갈 거라던 금대의 억척스러웠던 모습이 설핏했다. 죽도록 싸워서 이기더라도 그들의 처지는 달라지지 않는다. 목숨을 잃지 않으면 그나마 다행일 것이다.

"나으리, 소인들을 배불리 먹게 해주는 사람은 임금님이 아니구면유……."

금대가 주억거렸다.

"그래, 그렇구나…… 금대야."

김윤후는 설득할 방법도 할 말도 없었다.

병사들이 농성장을 에워쌌다. 저들에게 무기를 쥐여준다고 몽골군과 싸워서 이길 승산은 없었다. 병사들도 머지않아 제 살길을 찾아 성을 빠져나갈 것이다. 몰래 산속으로 도망가든 몽골군에 투항하든 어디로 떠나더라도 저들 부모와 형제자매들을 잡아들여 옥사에 가둬 문초할 수 없을 것이다.

"금대야 대답할 수 없구나. 오늘은 그만 돌아가거라."

김윤후는 금대를 돌려보냈다. 그가 할 수 있는 일은 아무것도 없었다. 그렇다고 이대로 시간을 낭비할 수도 없었다.

외성이 몽골군에 함락되었다. 몽골군의 고려군 포로들은 외성에 진을 치고 내성을 포위했다. 병사들과 백성들은 내성으로 퇴각했다. 내성이 무너지면 이 싸움은 끝난다. 제대로 싸워보지도 못하고 몽골군에게 내 줄 수밖에 없다. 야굴의 군사 홍복원이 퍼뜨린 유언비어에 아군 병사들이 성문 목책을 치웠을 것이다. 홍복원의 요망한 주둥아리는 생각보다 위력이 컸다. 그 요망한 주둥아리를 틀어막지 못한 게 화근이라며 후회한들 아무런 소용 없었다. 김윤후는 이대로 무너질 수 없었다. 그런데 방법을 찾을 수 없었다.

"방호별감은 몽골군에게 성문을 열고 항복하라!"

농성 꾼들의 목소리는 갈수록 커졌다. 병사들마저 농성에 가담하려는 조짐이 보이기 시작했다. 싸우기도 전에 성문이 열리고 몽골군은 살육을 자행할 것이다. 적장 야굴은 싸우지도 않고, 홍복원의 어쭙잖은 주둥아리만으로 힘들이지 않고 충주성을 송두리째 집어삼키고 있었다.

어쨌든 농성 꾼들을 설득하는 게 먼저였다. 그러나 김윤후는 백성들을 설득할 방법을 찾을 수 없었다.

"저들은 무엇을 바라고 있을까?"

김윤후는 임진강에서 허우적거리던 아버지를 생각했다. 왜 죽음을 무릅쓰고 주인을 살해하려고 모의했을까. 식솔을 배불리 먹이고 싶었을까. 아니면 주인으로부터 자유로워지고 싶었을까. 어쩌면 억눌려 사는 게 싫었을지도 몰랐다. 자유, 저들에게 자유가 무엇일까. 말 한 필보다 못 한 노비는 사람이 아니었다. 저들도 처음부터 노비나 대장장이가 아니었을 것이다. 이유야 다르겠지만 말보다 못한 노비 신세를 벗어나고 싶을지 몰랐다. 저들이 무엇을 원하는지 모르지만 한 끼라도 편하게 먹을 수 있다면 고려 땅이든 몽골 땅이든 상관없을 것이다.

'저들이 바라는 게 진정 자유일까?'

김윤후는 생각에 잠겼다.

'저들에게 원하는 것을 주자, 그것이 무엇이든지……'

그래야 몽골 오랑캐와 싸움에서 마지막 승부를 걸어 볼 수 있다.

백성들의 농성은 갈수록 가열 찼다. 노비들과 대장장이들은 주먹을 들고 거리로 나섰다. 대장장이 금대와 목도, 관노 덕술이 농성에 앞장섰다. 농성을 지켜보던 백성들도 한 사람 두 사람 농성에 합류하기 시작했다.

"항복해서 살고 싶다. 방호별감은 성문을 열고 몽골군에게 항복하라."

농성장 모여든 사람들의 함성은 성벽 넘어가고 있었다.

"저들의 행진을 막아라!"

교위들이 호통을 치며 농성 꾼들을 막아섰다. 병사들이 멈칫하며 한걸음 물러섰고, 병영 광장을 나선 농성 꾼들은 성안 마을을 돌며 물러날 기미가 없었다. 게다가 병사들도 창을 내던지고 가담하기 시작했다.

"아니, 저것들이."

교위 정준이 당장이라도 칼을 내리칠 기세였다.

김윤후는 몽골 오랑캐에게 항복하겠다고 농성에 나선 노비들과 대장장이들을 바라보았다. 저들의 응어리를 이해할 수 있었지만, 딱히 설득할 방법이 없었다. 무력으로 제압할 수 있었다. 그러나 그들의 마음을 얻지 못하면 몽골군과 싸워서 이길 수 없었다.

'이대로 끝나는가……!'

그는 마음 졸이면서 농성장을 지켜보았다.

"나으리!"

시백이 방호별감 김윤후의 결단을 요구하고 있었다. 치열했던 처인성 전투가 떠올랐다.

몽골 기마병은 빨랐다. 무차별 들이치는 적의 기세에 지레 겁먹은 백성들이 움츠러들었다. 싸울 엄두조차 내지 않았다. 이대로라면 금방 처인성이 함락될 것 같았다. 몽골군 기병이 기세등등하게 성문으로 들이쳤다.

"막아라!"

만우(김윤후 법명)는 목청을 돋우며 말을 달렸다. 백성들의 무기는 허공에서 허우적거리다가 슬금슬금 뒷걸음질했다. 그는 성문으로 말을 달렸다. 목책을 들이치는 몽골군 속으로 지쳐 들어갔다. 칼로 베고 또 베었다. 무덕이 뒤따랐다. 적병의 기세는 드셌다. 시백의 기마병들이 몽골군 배후를 치고 들어왔다. 하지만 몽골 기마병을 막아내기에는 턱없이 무력했다.

"성으로 퇴각하라!"

만우는 백성들에게 퇴각 명령을 내렸다.

"만우 스님, 이대로는 안 될 것 같습니다. 일단 성으로 물러나서 병사들 사기士氣부터 돋워야겠습니다. 이대로는 몽골 기마병과 맞서서 싸우기 어렵습니다. 적병은 날래고 빨라 대적할 수 없습니다."

무덕의 말은 틀리지 않았다. 백성들의 숫자가 아무리 많아도 싸우려 하지 않으면 있으나 마나였다.

"네 생각은 어떻냐?"

만우는 무덕에게 물었다.

무덕이 말했다.

"살고 싶은 마음이야 소승이라고 다르겠습니까. 그리고, 음……."

무덕은 만우를 바라보았다.

"그리고……?"

만우는 무덕의 눈을 들여다보았다.

"싸워서 이기더라도 백성의 삶은 달라지지 않습니다. 나서서 싸우지 않고 사는 방법을 찾을 겁니다. 성을 빠져나가 저만 살려는 사람도, 비굴하더라도 항복해서라도 살려는 사람들이 어찌 없겠습니까. 그렇다고 저들을 나무랄 수 있겠습니까, 만우 스님?"

무덕의 말은 단단했다.

혼자 살려다가 모두 죽을 수 있었다. 그러나 작은 힘이라도 합쳐서 죽기로 싸우면…… 아무리 강한 몽골군이라도 함부로 덤비지 못할 것이다. 어쩌면 힘을 모아 싸우면 이길 수 있을지도 몰랐다.

'힘을 합칠 방법이 없을까?'

만우는 고개를 끄덕였다.

"공정…… 그래, 공과功過가 엄정하면……."

백성들이 몽골군과 맞서 싸울 수 있는 동기가 필요했다.

"금대야?"

김윤후는 금대 속내를 직접 듣고 싶었다.

"나으리, 소인들은 목숨 걸고 싸워서 성을 지키는데 관심 없구먼유. 그러니까…… 단지 살고 싶을 뿐이어유."

금대 말은 간단했다. 몽골이든 교려든 자유롭게 살기를 원했다.

이십여 년 전의 사건을 부모에게서 들었을 것이다. 그때도 노비들과 대장장이들이 온몸으로 싸워 몽골군을 물리쳤다. 그런데 그들은 오히려 달아났던 양반들의 모함에 고초를 겪으며 노비들과 대장장이들이 수없이 죽었다.

"그래 알았다. 어떻게 하면 농성을 풀고 저 흉포한 몽골군과 싸울 수 있겠느냐?"

"그게, 그러니까……?"

금대가 주위를 두리번거렸다.

"주위를 물리면 되겠느냐?"

김윤후는 금대에게 귀엣말했다.

금대가 고개를 끄덕였다. 주위를 둘러보았다. 창정 최수, 교위 정준과 최평, 임경필까지 금대를 노려보고 있었다.

임경필이 흘끔거렸다. 속내까지 알 수 없지만 적어도 강도에 보고 거리라도 찾으려는 눈치였다. 몽골군이 언제 성으로 쳐들어올지도 모르는데 강도까지 염두에 두고 있다니 게다가 몽골군 군사 홍복원과 내통하면서 제 살길을 궁리 중일 것이다. 그 또한 사는 방법일 것이다.

"다들 물러나라."

교위들이 어물쩍거렸다. 거리를 돌면서 농성 부리는 노비들과 대장장이들이 마땅찮았았을 것이다.

금대가 눈을 흘끔거렸다.

"물러가라고 하지 않았느냐!"

김윤후가 언성을 높였다.

금대는 뒷감당이 두려웠다. 백성이 몽골군들과 싸우는 동안 양반들은 식솔을 데리고 성을 빠져나갔다. 전투가 끝나면 이십수 년 전 양반들처럼 의기양양하게 돌아와서 또다시 행패를 부릴 것이다. 이미 달아난 충주 부사 김익태도 돌아올 것이다. 차라리 몽골군에게 항복하면 목숨은 건질 수 있을 것이다. 그는 부모들의 아팠던 과거를 되풀이하고 싶지 않았다.

교위들이 병영 막사 밖으로 슬금슬금 빠져나갔다.

"이제 됐느냐?"

"예, 나으리."

금대가 교위들이 빠져나간 병영 막사 출입문을 흘끔거렸다. 이기달이 막사 주위에서 얼쩡거렸다.

"막사 뒤에 얼쩡거리는 자는 누구냐?"

김윤후가 목소리를 높였다.

"소장, 나가려던 중입니다만……."

이기달이 말꼬리를 흐렸다.

"당장 나가라고 이르지 않았느냐?"

대정 이기달 그림자가 병영 막사에서 사라졌다. 틈틈이 군막 주위를 얼쩡거리며 엿듣는 그의 꼬락서니가 못마땅했다. 홍복원을 몰래 만난 것만으로 당장 목을 벨 수 있었지만 지금은 때가 아니었다.

"나쁜 놈!"

귀엣말로 속살거리던 교위 임경필과 몽골군 군사 홍복원의 가증스러운 웃음이 김윤후 머릿속에서 얼쩡거렸다.

"나으리……."

금대가 말을 꺼냈다.

"그래, ……알았다."

김윤후는 연신 고개를 끄덕였다. 그러나 변방의 작은 읍성의 방호별감 따위가 할 수 있는 일이 아니었다. 그렇다고 이대로 주저앉을 수도 없었다. 그는 금대를 돌려보냈다.

몽골군 진영은 조용했다. 움직이지 않는 적진은 차라리 공포였다. 홍복원이라도 나타나서 주둥아리라도 나불거려야 성을 지키는 병사들이 긴장할 터인데 도무지 움직이지 않으니 김윤후의 불안은 더했다. 어쩌면 방호별감이 무릎을 꿇고 성문으로 기어 나오기 기다릴지도 몰랐다.

'이대로 무너지는 건가…….'

몽골군이 점령한 외성은 고려군 포로들을 들여보내 척후를 세우고 몽골군은 외성 밖에 진을 쳤다.

김윤후는 금대의 말을 하루에도 수십 번씩 곱씹었다.

'스승님이라면 어떻게 했을까?'

전쟁에 이기고 지는 것은 부처님의 뜻일 것이다. 그러나 부처님도 이 전쟁에서 김윤후에게 승리를 안겨줄 것 같지 않았다. 하지만 성을 지켜야 한다. 지키지 못하면 백성들은 몽골군에게 모조리 도륙당할 것이다. 모든 게 끝장이었다.

충주성은 이미 말라가고 있었다. 우물물도 군량도 며칠을 더 버틸지 알 수 없었다. 곡식 배급도 줄어 끼니를 거른 백성들의 아우성이 병영 막사까지 들려왔다. 김윤후는 고민에 빠졌다.

'어떻게 하면 노비와 대장장이들의 마음을 돌릴 수 있을까……?'

백성들의 농성은 북풍보다 드셌다. 병영을 이탈하는 병사도 눈에 띄게 늘어났다. 이대로는 절망적이었다.

"대정 이기달은 창정을 불러오라."

"예, 별감."

이기달이 병영 막사를 나갔다.

8

운제와 충차가 내성을 향해 촘촘하게 조여왔다. 몽골군이 점점
빠르게 움직이고 있었다. 숨이 막혔다. 성을 지키는 병사들이 긴장
하고 있었다. 다행히 병사들은 농성에 가담하지 않아 그나마 다행
이었지만 언제 돌아설지 알 수 없었다. 몽골군은 성을 조여오고 노
비들과 대장장이들은 방호별감 김윤후를 압박하고 있었다. 시간
은 청풍강 강물처럼 더딘 듯 빠르게 흘러갔다. 더디 가는 시간만큼
김윤후의 시간은 빠르게 흘러갔다.

"방호별감은 몽골군에게 항복하라!"

성안 백성들의 목소리는 갈수록 그 강도가 커지고 있었다. 농성
에 가담하는 백성들도 눈에 띄게 늘어났다.

"나으리, 저놈들을 이대로 놔두실 겁니까?"

시백이 걱정스러운 듯 말했다.

"……."

김윤후는 시백의 걱정을 모르지 않았다. 이대로 놔두었다가 싸우기도 전에 저들이 먼저 성을 무너뜨릴 수 있었다. 몽골 오랑캐에게 짓밟힌 뒤 후회할 것이다. 그때는 이미 늦었다.

김윤후는 금대의 말을 확신할 수 없었다.

그는 이십여 년 전, 처인성 전투를 생각했다. 그때는 그는 세상에 갓 나온 얼치기 수원승으로 고려를 쳐들어온 몽골 오랑캐를 피해 엉겁결에 처인성으로 입보해 백성들 처지와 다르지 않았다.

처인성은 혼란스러웠다. 백성들이 밤마다 성을 빠져나가 실낱같은 희망을 찾아가고 있었다. 운이 좋으면 한두 명은 살 수 있을지 몰라도 대부분은 몽골 오랑캐 칼날에 죽었다.

죽음은 누구나 두렵다. 가족 없는 수원승 만우조차 두려운데 식솔을 데리고 성으로 들어온 백성들이야 말할 나위 없었다. 흩어지면 모두 죽는다. 살아남으려면 힘을 합쳐야 한다. 뿔뿔이 흩어져서 죽느니 힘을 합쳐 싸우다가 죽으면 후회라도 없을 것 같았다.

"여러분!"

만우(김윤후의 법명)는 목소리를 높였다.

"우리는 모두 한낱 하잘것없는 사람들이오. 게다가 무기도 없소. 우리는 훈련 받은 병사도 아니오. 그렇다고 여러분의 식솔을 오랑캐의 손에 죽게 내버려 둘 수도 없소. 저들과 싸워 식솔을 지킵시다."

만우의 한 마디에 성안이 조용해졌다. 그는 다시 목소리를 높였다.

"우리가 힘을 합쳐 싸워야 식솔들을 살릴 수 있습니다. 작은 힘이라도 서로 의지하고 합치면 그 힘은 커집니다."

이대로는 몽골군에게 짓밟혀 모조리 죽을 것이다.

"흩어지면 우리는 모두 죽소. 힘을 합쳐 함께 싸워야 하오."

백성들이 고개를 갸웃거리더니 한 남정네가 목소리를 높였다.

"우리가 어떻게 몽골 오랑캐와 싸웁니까. 우리는 무기도 없고, 이곳 처인성에는 먹을 곡식도 마실 물도 모자랍니다. 스님 말대로 몽골군과 싸워 이긴다고 합시다. 그런다고 누가 우리를 알아주겠습니까. 차라리 성을 버리고 산속으로 도망가는 게 낫습니다. 스님도 괜한 의기로 개죽음이나 당하지 말고 우리와 같이 성을 빠져나가 산속으로 달아납시다."

백성들이 여기저기 술렁거렸다. 틀린 말이 아니었다. 싸워서 이긴다고 알아줄 사람도 없었다. 임금은 저만 살겠다고 도성(개경)을 버리고 강도江島로 도망갔다. 백성들의 죽음을 안타까워할 사람은 고려 어디에도 없었다.

"우리가 온 힘을 합쳐 몽골군을 물리친다면 그 전과는 모두 여러분에게 나누어 주겠소."

"우리가 어떻게 스님을 믿습니까?"

누군가 고개를 쳐들었다.

만우를 믿을 사람은 없었다. 돌중 주제에 그것도 목숨까지 걸고 몽골군과 싸우자고 떠들며 선동했으니 그를 지켜보는 사람들도 어처구니없었을 것이다. 틀린 말이 아니었다.

"나를 믿지 못하겠지만 식솔은 살려야 하지 않겠소. 성이 함락되면 오랑캐는 우리를 모두 도륙할 거요. 살려두지 않는단 말이오. 그러니 힘을 합쳐 몽골군과 싸워 이겨야 살 수 있소. 소승이 앞장서겠소."

고개를 갸웃거리던 어수룩한 남정네가 다시 나섰다.

"우리도 살고 식솔도 살리고 싶습니다. 죽고 싶은 사람이 세상에 어디 있겠습니까. 그런데……, 스님 말을 믿고 몽골군과 싸우다가 지면 오랑캐는 우리를 살려두지 않을 겁니다. 그러나 싸우지 않고 항복하면 몽골군이 살려줄지도 모르지 않습니까?"

만우는 할 말이 없었다. 자신이 없었다. 그도 못 믿는데 백성들이 식솔들의 목숨을 갑자기 나타난 돌중에게 맡길 수 없었을 것이다. 만우는 고민 끝에 다시 말을 이어 나갔다.

"진각국사 혜심 제자라면 믿을 수 있겠소?"

만우는 영소검을 뽑아 들었다. 조계산 수선사를 떠나올 때 혜심 스승님이 주었던 영소월광검의 반쪽으로 국운이 따르면 나머지 반쪽 월광검이 나타날 거라고 말씀하셨다.

"이 영소검은 혜심 스님이 소승에게 내리신 보검이오. 영소월광검은 아니지만, 스승님은 이 영소검으로 거란군을 물리쳤소. 몽골 오랑캐라고 거란군과 다르지 않을 거요. 염려하지 말고 소승을 믿고 함께 싸웁시다."

만우는 혜심 스승님의 말씀을 생각하며, 대나무 그림자로 마당을 쓸 듯이 검을 가슴으로 끌어당겼다. 검은 생명이라던 혜심 스승님의 말씀까지 이해하지 못해도 부처님이 도력이라도 내려주기를 빌었다.

"아무리 보검이라도 검 한 자루로 어떻게 몽골 오랑캐를 물리치겠습니까. 스님은 요사스러운 말 몇 마디로 우리를 유혹하지 마십시오."

백성들이 시큰둥 콧방귀를 꼈다.

"그런데 우리가 힘을 합치면 오랑캐를 물리칠 수 있습니까?"

늙은 어미를 등에 업은 남정네가 불쑥 목소리를 높였다.

"굳이 영소검의 힘을 빌리지 않더라도 우리가 힘을 합쳐 온 힘 다해 오랑캐에 맞서 싸우면 물리칠 수 있다고 소승은 이미 말했소."

백성들은 그때야 고개를 끄덕이며 만우의 말에 집중했다.

"나는 이미 여러분들과 약속했소. 소승을 믿고 따를 자는 성에 남고, 믿지 못하겠다는 자들은 식솔을 데리고 성을 떠나도 좋소."

백성들의 눈빛이 반짝거렸다. 무덕의 일그러진 표정이 슬며시 펴졌다.

"소승은 여러분들과 약속을 반드시 지킬 것이오. 저 앞을 보시오. 몽골 오랑캐가 눈앞에서 으르렁거리고 있소. 언제 성으로 쳐들어올지 모르오. 그러나 우리는 식솔을 지켜야 하오. 성에 남아 몽골군과 싸울 자는 병장기를 잡으시오. 병장기가 없는 사람은 농기구라도 드시오."

만우는 검을 높이 쳐들었다. 영소검이 달빛에 번쩍거렸다. 성을 빠져나가던 백성들이 되돌아오기 시작했다. 식솔은 그들에게 희망이자 삶이었고, 오랑캐와 싸워야 하는 이유였다. 식솔을 지킬 수 있으면 임금이 섬으로 달아나든 산으로 달아나든 상관없었다.

－와, 와, 와

백성들의 함성이 처인성을 달빛에 띄웠다. 몽골군의 창검이 달빛 속에서 허우적거렸다.

결국, 백성들은 하나로 뭉쳐 몽골군 총사령관 살례탑을 사살하고 처인성을 지켜냈다. 어쩌면 운이 좋았을지 몰랐다. 하지만 작아도 백성들의 뭉친 힘으로 몽골 대군을 물리칠 수 있었다.

처인성 승리는 강도江島까지 전해져 임금이 포상을 내렸다.

처인성 전투에서 화살 한 개로 적장 살례탑을 살해한 수원승 만우를 상장군에 제수際授한다.

임금의 포상은 엄청났다. 그러나 아무리 어명이라도 받아들일 수 없었다. 만우는 어명을 단번에 거절했다. 모두가 함께 싸워서 승리한 전투였다. 상장군이라니 가당치도 않았다.

입보민들이 힘을 합해 처인성을 지켰습니다. 그런데 소승 혼자 이런 큰상을 받겠습니까. 상장군이라니 가당치도 않습니다. 게다가 소승에게는 활도 화살도 없었습니다. 하여, 상을 물리시기를 바랍니다.

상장군이라니 턱없이 과분했다. 성으로 들어온 백성들이 힘을 합쳐 몽골 오랑캐를 물리쳤다. 만우는 처인성 백성들과 약속했다. 함께하고 함께 나누겠다고. 그리고 만우는 상보다 중요한 신분을 찾았다. '김윤후', 이십 년을 수원승 만우로 살았다. 섭랑장이라는 과분한 벼슬도 받았다. 그것보다 더 큰 경사는 처인 부곡이 현으로 승격해 백성들의 신분이 승격한 일이었다.

백성들은 차별을 견디기 힘들어했다. 다 같이 싸워 승리했으면 그 공과功過 또한 공평해야 한다. 그들의 머릿속에는 이십여 년 전, 저들의 부모 형제들이 치렀던 충주성 전투를 기억할 것이다. 성을 지키고도 달아났다가 돌아온 양반들의 모략에 부모 형제들이 죽었다. 그 지독한 배신을 잊지 않았을 것이다.

외성 곳곳 부서진 초가에서 연기가 났다. 말고기라도 굽는지 몽골 병사들이 쉴 없이 들락거렸다. 바람이 불면 누린내가 내성까지 밀려들어 백성들과 병사들의 허기를 재촉했다.

말고기 누린내가 성으로 달려 들었다. 창에 찔려 죽은 말이 수없이 많았다. 말고기는 몽골군이 즐겨 먹는 음식이라고 고려군 포로에게 들었다. 고려 백성들은 말을 귀히 여겨 함부로 대하지 않았다. 게다가 말고기는 오랑캐처럼 드세고 질긴데다 냄새까지 고약했다. 그러나 여장에 기댄 아군 병사들은 무기를 내려놓고 콧구멍을 내밀고 킁킁거렸다.

병사들은 하루가 다르게 지쳐갔다. 대림산성으로 구원을 요청하러 충주성을 빠져나갔던 병사는 돌아오지 않았다. 적군에게 붙잡혀 죽었는지, 제 살길 찾아 산속으로 도망갔는지 소식이 없었다. 계명산 물길이 끊겨 우물도 마르기 시작했다. 내성 서쪽과 남쪽 우물은 이미 말랐고, 동쪽 우물 수위도 낮아졌다. 새로 판 우물은 물 냄새는커녕 오줌 냄새도 비치지 않는다고 병사들이 대놓고 투덜거렸다.

그러나 몽골군은 움직이지 않았다. 싸움도 걸어오지 않았다. 어쩌면 말려 죽일 속셈일지도 몰랐다. 병사들은 성으로 달려드는 누린내를 서로 맡으려고 눈깔을 희번덕거렸다.

"시백 있느냐?"

"예, 나으리."

시백이 병영 막사로 들어왔다.

"몽골군 움직임은 어떠냐?"

"열흘이 지났는데 도통 움직이지 않습니다. 무슨 꿍꿍이가 있어 보이는데…… 도무지 알아낼 방법이 없습니다."

시백이 말꼬리를 흐렸다.

"임 교위는 뭐 하는지 아느냐?"

시백이 머뭇거렸다.

"휘경문과 경천문에는 소인이 다녀왔습니다만…… 임 교위는 조양문에서 병사들을 다잡고 있습니다."

시백도 몽골군이 퍼뜨린 누린내를 맡았는지 코를 벌름거렸다. 배가 고프면 병사나 장수나 다르지 않았다. 아랫배에서 꼬르륵거리는 소리가 났다. 김윤후는 허기진 그의 뱃구레가 민망했다.

김윤후는 임경필을 의심했다. 홍복원이 성 앞에 나타나 주둥아리를 나불거렸을 때도 임경필이 정보를 흘렸을 것이다. 성안에 군량이 부족한 것을 눈치채고, 몽골군은 말고기를 구워 냄새를 풍겨 백성들을 유혹하고 있었다. 적장 야굴이 성안 사정을 알아챘다는 증거였다. 그렇다면…… 그 정보 또한 교위 임경필이 몽골 진영에 흘렸을 것이다.

'그래, 거짓 정보를 흘리자…….'

어쩌면 임경필은 대정 이기달을 데리고 몽골군 군사 홍복원을 만나고 있을지도 몰랐다. 그가 조양문에 있을 턱이 없었다.

"시백은 기마병 일 오를 이끌고 밤이 이슥하기를 기다려 연기 나는 집을 찾아 불을 질러라. 그러면 적 병사들이 달아날 것이다.

그리고 장소를 확인하면 곧바로 성으로 퇴각하라."

"예, 나으리."

시백은 고개를 갸웃거렸다.

"명령대로 이행하라. 적병이 빈틈을 보이더라도 유인책이니 속아서는 안 된다. 알았느냐."

적장은 말고기 냄새로 아군 병사들의 주린 배를 유혹했다. 속아서는 안 된다. 몽골군도 군량과 말먹이가 모자랄 것이다. 백성들이 근처 성으로 피신할 때 달래강 들판을 모조리 불태웠고, 소대기산은 화공으로 불탔으니 군량은커녕 말먹이 할만한 건초더미가 남아 있지 않을 것이다.

"아군 군량이 모자라면 몽골군 군량도 모자랄 것이고, 아군 말먹이가 모자라면 몽골군도 말먹이도 모자랄 것이다."

"예, 나으리."

시백이 고개를 끄덕였다.

김윤후가 아무리 당차게 말해도 성안을 허허롭게 맴돌 뿐이었다. 오랑캐가 풍기는 고깃국 냄새 때문에 아군 병사들은 싸울 의기마저 무너지고 있었다. 시백이 기마병을 일 오를 이끌고 휘금문을 빠져나갔다.

외성 몽골군이 머물던 척후 막사에서 불길이 솟아올랐다. 놀란 몽골군들이 시백의 기마병을 힐끗거리며 남문으로 줄행랑쳤다.

적장 야굴의 전략은 어설펐다. 병사들에게 고깃국을 먹일 이유가 없었다. 몽골 병사들 먹일 것도 모자랄 텐데, 고려군 포로에게까지 음식을 먹일 리 없었다.

적장 야굴의 허술한 전략을 시백의 출정 한 번으로 금세 들통났다. 시백의 기마병이 조양문으로 들어왔다. 성루에서 병사들의 함성이 탄성으로 바뀌었다. 갑옷에 묻은 말고기 누린내라도 맡고 싶었을 것이다. 병사들의 허기진 눈빛이 김윤후는 안타까웠다.

5부·국원경國原京

1

사슬로 얽힌 멧부리는 저마다 우뚝했다. 깊고 가파른 바위산 아래 외대골에 물이 흘렀다. 그 물은 달래강으로 흘러 청풍강에서 합류해 북쪽으로 다시 흘렀다. 강을 거슬러 바람이 불었다. 강이 얼었다. 언 강에 눈[雪]이 빙판을 하얗게 덮었다. 언 강 물길이 밤새 쿨럭거렸다.

계명산 멧부리에 눈이 쌓였다. 눈은 아침햇살을 빨아들여 제 몸을 허물며 땅속으로 물길을 만들었다. 물은 여울 따라 성안으로 흘러들어 우물을 채워 백성들이 목을 축였다. 그 우물물이 말라가고 있었다.

노인들이 양지쪽에 앉아 길흉을 점쳤다. 하늬바람 불어야 몽골 오랑캐가 물러간다느니, 영소월광검이 나타나지 않는 이유가 불심이 없는 임금 때문이라든지, 근거 없는 말을 세월 삼아 까발린 허리춤에서 서캐를 다 잡을 때까지 노닥거렸다. 그리고 피 묻은 손톱을 짚신에 쓱 문지르며 군불 지핀 봉놋방을 생각하는지 게슴츠레한 눈으로 손가락을 하나씩 젖히며 죽을 날짜를 점쳤다.

아낙들은 한술 더 떴다. 성긴 빗으로 아이 머리를 빗겨 뒤꿈치로 짓이겼다. 땅바닥은 피로 얼룩졌다. 핏자국은 붉었다. 피는 노인들과 아이들의 것이지만, 죽은 병사와 산 병사의 피와 다르지 않았다.

몽골군은 여전히 움직이지 않았고 끼니때마다 누린내를 풍겼다. 여장 사이로 고개를 내민 병사들이 콧구멍을 벌름거리고 성안 백성들은 저마다 고향 생각하는지 차가운 저녁노을에 눈을 껌뻑거리며, 팔관회 제사상 제물을 떠올리는 듯 입맛을 쩝쩝 다셨다.

병사들이 고요했다. 움직이지 않는 몽골 오랑캐보다 백성들 가슴에 튼 똬리가 더 두려웠다.

김윤후는 금대의 말을 곱씹었다.

"나으리, 소인들이 목숨 바쳐 몽골군과 싸워 이긴들 소인들에게는 아무 소용이 없구먼유."

금대 목소리가 팍팍했다.

"금대야, 소용이 없다니 그게 무슨 말이냐?"

"나리께서는 몽골 오랑캐와 싸우라지만 소인들은 고려군이나 몽골 오랑캐나 다를 바 없구먼유……."

금대가 시큰둥 말을 뱉어내고 눈을 껌뻑거렸다. 그에게 말하지 못할 사연이 있는 것 같았다.

"아니, 이 사람아, 고려나 몽골이 다를 바 없다니 그게 무슨 해괴한 말이냐?"

금대를 바라보며 김윤후가 말했다.

"너희는 고려 백성이지, 몽골 오랑캐 백성이 아니지 않느냐?"

"나리께서 몰라서 그렇지유, 사실은 그렇지 않구먼유……."

금대가 눈물을 닦으며 고개를 들었다.

"사실이 그렇지 않다니 소상히 말해줄 수 있겠느냐?"

"암 것도 아녀유……."

금대가 말을 하려다 말고 목구멍으로 욱여넣었다.

"나를 믿으면 된다. 걱정하지 말고 말하거라. 내 무슨 일이 있어도 너의 비밀을 지켜주마."

금대가 다시 주억거렸다.

아무도 믿지 못했을 것이다. 김윤후는 금대의 깊은 사연을 듣고 싶었다.

"저어~, 그게…… 그러니께……."

금대가 주위를 흘끔거리더니 속내를 털어놓기 시작했다.

"그러니까, 이십여 년 전인디, 소인이 암 것도 모르는 갓난쟁이였을 때여유……."

금대가 막사 천정을 쳐다보면 눈물을 글썽거렸다. 어쩌면 아픈 과거를 꺼내려니 힘들었을 것이다.

"사연이 많은 모양이구나. 편하게 말하거라."

그러니까. 이십여 년 전이었다. 김윤후가 수원승 신분으로 엉겁결에 참여한 처인성 전투에서 몽골군 총사령관 살례탑을 사살하고 그 포상으로 강도江都에 교정별감 최우의 집을 경비하던 야별초로 머무를 때, 충주성에서 일어났던 사건을 설핏 들은 적이 있었다.

"야, 나으리⋯⋯."

"그래, 그래. 걱정하지 말고⋯⋯."

금대의 사연은 이랬다. 충주성에 몽골군이 들이쳤는데 부사와 관료들은 모두 달아나고, 노비들과 부곡민들이 성에 남아 힘을 합쳐 몽골군을 물리치고 성을 지켰다. 그런데 몽골군이 물러나자 도망갔던 부사와 관료들이 돌아와서 되려 노비들이 금품을 약탈했다며 죄를 뒤집어씌워 노비들과 부곡민들 목숨을 앗아갔다고 했다. 참다못한 노비들과 부곡민들이 들고일어나 부사를 죽이고 탐관오리들을 모조리 참수했다. 그런데 웬걸, 관가에서는 오히려 백성들을 역적으로 몰아 가담자를 색출해 모두 처형시켰다고 했다.

금대 부모도 휘경문에서 참수됐는데, 갓난쟁이 금대와 두 살 터울 형은 그의 할아버지가 바위산 아래에 숨어서 화전을 일구며 키웠다고 했다. 그리고 열 살쯤 할아버지가 돌아가시면서 아무에게도 말해서는 안 된다고 다짐까지 받으며 들려줬다고 금대는 훌쩍거렸다.

금대 사연은 참혹했다. 더는 위로할 수 없었다. 무슨 말을 한들 부모를 잃은 그에게 위로가 되지 않을 것이다.

"형수는 잘 계시지?"

수일 전, 두 살 터울 형마저 소대기산 전투에서 사망해서 형수를 남다르게 바라보던 금대 시선이 설핏 떠올랐다.

"아녀유."

금대는 잘라 말했다. 갓난쟁이를 업은 채 부상병 치료에 그의 형수도 동원되었을 것이다. 더군다나 전쟁터에서 남편을 잃은 아녀자가 마음 편할 리는 더더욱 없을 것이다. 김윤후는 금대 가족의 아픈 사연이 안타까웠다.

"나으리, 이제 돌아가야겠구먼유……."

금대는 목숨 걸고 그의 가족사를 방호별감 김윤후에게 털어놓았다. 하지만 어차피 함께할 수 없는 사람들이었다. 나라를, 임금을, 위한답시고 가족마저 멸족할 이유가 없었다. 이길 수 없는 전쟁이라면 항복해서라도 살아남아야 한다. 방호별감이 어떤 감언이설로 유혹하더라도 몽골군 군사 홍복원이 퍼뜨린 유언비어와 다르지 않을 것이다.

"어, 그래……."

김윤후는 더는 할 말이 없었다. 말을 끝내고 허허롭게 막사를 걸어 나가는 금대를 물끄러미 바라보았다. 금대만의 사연이 아닐 것이다. 고려 백성들이 이 땅에서 겪어야 하는 일이었다. 김윤후는 보제사 다리에서 비명을 지르던 어머니가 생각나 금대를 보낸 뒤 밤새도록 앓았다.

"대정 있느냐?"

이기달이 막사로 들어왔다.

"창정을 불러오너라."

"예, 별감."

이기달은 고개를 갸웃거렸다.

김윤후는 이유를 설명하지 않았다.

"창정이 도착했는데 안으로 들일까요?"

"그리하게."

몽골군은 움직이지 않고 적의敵意만 성으로 달려들었다. 보이지 않는 적장의 적의는 차라리 공포였다. 성문을 열고 몽골군과 싸우다가 전사하던지 성문을 닫아걸고 굶어서 죽든지, 마지막 시간이 점점 가까워지고 있었다. 김윤후는 입술을 지그시 깨물었다.

"분부가 있으신지……?"

김윤후는 창정 최수를 뚫어지게 바라보았다.

최수가 눈을 끔뻑거렸다.

"노비첩과 공역첩은 어디에 있느냐?"

"내성 문서고에 있습니다만……."

최수가 고개를 갸웃거렸다. 성을 책임지는 방호별감이라도 문서고 서류를 보여줄 의무가 없었다.

"모두 이곳으로 가져오너라."

김윤후는 짧고 단호하게 말했다.

"부사 허락 없이 아무나 꺼내 볼 수 없습니다만……"

충주 부사 김익태가 성을 도망쳤다고 차마 제 입으로 말할 수 없었던지 최수가 말을 하다 말고 어물쩍거렸다.

"부사 김익태는 도망가고 없지 않은가?"

운이 좋아 성을 수성해 도망간 충주 부사가 성으로 돌아오더라도 이유 여하를 막론하고 살려두지 않을 것이다. 그놈의 목을 잘라 수급首級을 경천문에 메달아 죄를 묻고 본보기를 보일 참이었다. 그런데 어처구니없게도 창정 최수는 달아난 충주 부사를 두려워하고 있었다.

"그건 그렇습니다만……."

노비첩과 공역첩을 선뜻 가져오지 않을 것 같아 김윤후는 창정 최수를 다그쳤다.

"부사 김익태에게 허락받을 방법이 있는가?"

김윤후는 창정 최수를 바라보았다.

"그렇긴 합니다만……"

언젠가 받겠다는 말투였다. 최수의 궁색한 대답은 어리석었다. 금당계곡에서 몽골군 척후병을 사로잡고 고려군 포로를 구했을 때는 당당하더니, 책임 여부에는 여전히 꼴사나운 말직 아전 나부랭이였다.

"저만 살겠다고 달아난 부사 따위에게 허락받을 일은 없다. 당장 문서고 서류들을 이곳으로 가져오너라."

"그래도, 별감. 부사의 허락을 받기 전에는……"

창정의 대답은 초라했다. 백성을 팽개치고 저 혼자 살겠다고 도망간 부사 따위에게 허락받을 필요가 없었다. 성이 함락되면 남정네는 모조리 도륙당해 들짐승 먹이로 버려질 것이고, 아녀자들은 적병들의 성욕을 채운 뒤, 춥고 아득한 몽골 평원으로 끌려가 노비가 되어 생을 마감할 것이다. 그리고 성은 모조리 불타 사라질 터인데 문서고라고 온전할 리 없었다.

"달아난 부사에게 허락받다니!"

가당치도 않았다. 김윤후가 목소리를 높였다.

"창정은 성이 함락되기 전에 도망이라도 가려는가?"

"그럴 리가 있겠습니까, 별감!"

최수가 화들짝 놀라 머리를 조아렸다. 그러나 걱정이 앞섰다. 전쟁이 끝난 뒤 부사 김익태가 충주성으로 돌아오면 분명 가만두지 않을 것이다.

"그러면 됐네. 창정은 내 명령을 따르라."

아직 상황 파악이 안 되는지 우물쭈물하는 창정에게 김윤후는 눈을 부라리며 몰아붙였다.

"시백은 들어오라."

"예, 나으리."

"시백은 병사를 데리고 창정을 따라가 문서고에서 노비첩은 물론 공역첩과 관련 문서들 모조리 이곳으로 가져오너라. 한 책도 빠뜨리지 말고, 알아들었느냐?"

돌아올 부사가 걱정되었던지 여전히 뭉그적거리는 창정 최수를 김윤후는 사정없이 다그쳤다.

최수는 문서고에서 노비첩과 공납첩을 내줘도 될는지 판단이 서지 않았다. 부사 김익태의 호통이 눈앞에서 어른거렸다. 그는 문서를 가져오라는 방호별감이 못마땅했지만 명령을 거부할 수도 없었다.

"창정, 부사 김익태가 돌아오지도 않겠지만, 돌아오더라도 걱정하지 말게. 내가 그때까지 살아남아서 그놈의 명줄을 끊어 놓을 테니 말이야. 그리고 내가 적군에게 죽더라도 화난 백성들이 돌아온 부사를 살려두지 않을 것일세. 무슨 말인지 알아들었는가?"

최수의 표정은 여전히 일그러져 있었다. 방호별감 따위의 말을 온전히 믿을 아전들도 없겠지만, 어리석게도 저만 살겠다고 달아난 충주 부사가 돌아올 거라고 믿는 창정이 더 안타까웠다.

"시백은 뭐 하고 있느냐, 당장 문서를 이곳으로 가져오지 않고!"

김윤후는 시백을 다그쳤다.

"예, 나으리."

최수는 여전히 뭉그적거렸다.

"어서 가져오지 않고 뭘 꾸물대느냐?"

"예, 별감."

최수는 엉거주춤 병영 막사에서 물러났다. 책임지지도 못 할 일을 마음대로 저지르다니, 시키는 대로 하다가 낭패당할 수 있을 것 같아 신경이 쓰였다.

병영 광장에 쌓인 노비첩은 수백 책이 넘었다. 한 책에 수십 명이라도 수백 명은 넘을 것이다. 대장장이들의 공납첩까지 합치면 웬만한 초가집만 했다. 그러니까 충주부 백성 대부분은 노비이거나 공역을 진 부곡민들이었다.

김윤후는 공납첩을 펼쳤다. 얼마나 대장장이들을 다그쳤던지 서첩 장帳들이 너덜거렸다. 생각만 해도 끔찍했다. 그들에게 무기를 들려 몽골 오랑캐에게 목숨 걸고 싸우라고 다그쳤으니, 방호별감 명령이 온전히 통할 리 없었다. 수성에 성공하더라도 그들의 삶이 나아지지 않는데 목숨 걸고 적진으로 뛰어들어 싸울 이유가 없었을 것이다. 지렁이도 밟으면 꿈틀거린다. 하물며 관노비든 사노비든 대장장이든 그들은 사람이었다.

대정 이기달이 병영 막사를 기웃거렸다.

"무슨 일이냐?"

"별감, 이게 무슨 서류이옵니까?"

"노비첩들인데 왜 그러는가?"

"아, 아니옵니다. ⋯⋯별감."

이기달이 눈초리를 꿈실거리며 말[言]꼬리를 씹었다. 강도江都

에 보고 거리를 찾는 눈치였다. 명청하기 이를 데 없었다. 성이 몽골군에게 함락되면 성에서 살아서 나갈 사람은 없었다. 보고 따위는 아무런 의미가 없었다.

'몽골군이 언제 들이칠지 모르는데 강도 보고 거리나 찾다니……'

소용없는 짓이었다. 혼자서 도망가려는 수작이 아니면 대정 이기달의 어처구니없는 행동은 참으로 한심했다. 충주성이 함락되면 교정별감이나 임금 따위가 무슨 소용 있겠는가. 김윤후는 병영 막사를 기웃거리는 이기달의 명청한 뒷모습을 허허롭게 바라보았다.

"시백은 마당에 장작불을 피워라!"

시백의 눈에도 미친 짓으로 보였던지 멀거니 김윤후를 바라보았다.

"……?"

"내 말이 들리지 않는가?"

"예, 나으리."

"모든 성안 백성을 병영 광장으로 모이게 하라."

"예, 나으리."

시백도 불안했던지 연신 서책과 김윤후를 번갈아 흘끔거리며 농성하는 백성을 병영 막사 앞으로 불러 모았다.

2

병영 막사에서 장작불이 타올랐다. 자욱한 연기 속에서 파란 불길이 솟아올랐다. 광장에 쌓은 책 첩이 집채처럼 쌓여 있었다. 광장에 모인 백성들이 술렁거렸다. 김윤후는 백성들을 둘러보았다. 몽골군과 싸우려는 결기는 없었고, 의심에 찬 눈빛들만 번뜩거렸다. 그들의 눈빛은 몽골 오랑캐와 싸우려는 결기가 아니었다. 방호별감 김윤후에게 싸움을 걸고 있었다.

'저들을 설득할 수 있을까?'

김윤후는 백성들을 찬찬히 훑어보았다. 어수룩한 눈빛에서 살기가 번뜩거리고 있었다.

"여러분!"

김윤후는 일단 호흡을 가다듬고 장중을 바라보았다. 저들의 흐트러진 마음으로 성을 지키기는 어려웠다. 끼니마다 성안으로 몰려드는 고깃국 누린내는 허기를 재촉하고 허리띠를 졸라맬수록 허기는 더했다.

"우리는 저 무도한 몽골 오랑캐를 이 땅에서 몰아내야 합니다."

김윤후는 목소리를 높였다. 성을 지켜 식솔을 살려야 한다는 방호별감 김윤후의 외침은 허허로울 것이다. 백성들의 눈길은 이미 성벽 너머 몽골군 진영에서 얼쩡거리며, 방호별감 김윤후를 항복하라 다그치고 있었다.

"어떻게 오랑캐를 물리칩니까?"

백성들이 술렁거렸다. 김윤후는 군중 앞에 나서서 목소리를 높이는 사람을 바라보았다. 관노 덕술이었다. 창정을 도와 사창에서 군량을 관리했으니 병참 상황을 꿰차고 있을 것이다.

"나으리, 항복하지 않으면 어차피 우리는 성안에서 굶어 죽을 겁니다. 몽골군은 고깃국에 이밥을 먹는데, 소인들은 귀리죽조차 먹지 못하는디, 물만 먹고 살 수 있깐디유. 우물물도 하루가 다르게 줄어들고 있구먼유. 헌디, 무슨 제주로 몽골 오랑캐와 싸우남유. 그리고……."

덕술이 긴장한 탓인지 호흡을 가다듬었다.

덕술의 말은 한마디도 틀리지 않았다. 백성들의 끼니는 고사하더라도 병사들 군량조차 모자랐다. 몽골군이 물길을 끊었는지 우물물도 줄어들어 며칠을 더 버틸지 가늠할 수 없었다. 하지만 몽골 오랑캐에게 항복한다고 적장 야굴이 백성들을 살려주지 않을 것이다.

"관노 덕술은 하던 말을 계속하라."

김윤후는 덕술의 말을 마저 듣고 싶었다. 그러나 덕술은 침을 꼴깍 삼키며 머뭇거렸다. 방호별감의 보복이 두려웠을 것이다.

대장장이 금대가 목소리를 높이며 가세했다.

"성한 무기라고는 한 자루도 없구먼유. 근데 무기가 있어야 싸우지유. 돌덩이라도 있어야 던지기라도 할 거 아녀유. 맨주먹으로 싸워유?"

검술을 배워 몽골 오랑캐를 물리치겠다던 대장장이마저 몽골군과 싸우기를 거부했다.

"성문을 열고 몽골 오랑캐에게 항복하던지, 오늘 밤이라도 성을 빠져나가 계명산이나 대림산성으로 달아나는 게 사는 길이 아닌감유."

관노 덕술이 다시 나섰다.

틀린 말이 아니었다. 식량은 고사하고 마실 물조차 없는데 몽골 오랑캐와 싸워서 이길 가능성은 없었다. 그렇다고 저들의 요구를 받아들여 몽골군에게 항복해 죽음을 자초할 수도 없었다. 김윤후는 백성을 설득할 방법이 생각나지 않았다. 주위를 둘러보았다. 산더미처럼 쌓인 노비첩과 공납첩을 병사들이 지키고 있었다. 게다가 창정 최수는 책 첩 근처에는 누구도 얼씬하지 못하도록 문서고 병사들을 동원해 단단히 지휘하고 있었다. 미친 짓이었다.

교위 정준은 입을 다물었다. 계명산 물길 보안을 시켰지만, 물길을 몽골군에게 내준 뒤 전전긍긍하고 있었다. 하나 남은 동쪽 우물물도 점차 말라가고 있었다. 관리 책임을 다하지 못한 죄책감이 없지 않을 것이다. 그의 탓이 아니었다. 그러나 그는 기죽어 있었다.

교위 최평이 나섰다.

"인제 와서 성문을 열고 항복한다고 무도한 몽골 오랑캐가 너희들을 살려주지 않을 것이다. 계명산이나 대림산성으로 달아날 수도 없다. 성 밖을 내다보아라, 몽골 오랑캐가 겹겹이 성을 포위하고 있다. 이곳 지리에 아무리 밝더라도 성을 빠져나가면 적군의 칼날에 죽을 것이다. 성을 나가서 살 방법은 없다. 그러니 죽을 때까지 싸워 몽골 오랑캐를 물리치는 길밖에 없다."

최평이 김윤후를 힐끗 보았다. 김윤후는 고개를 끄덕였다. 몽골군과 싸워서 이길 수 없다는 것쯤은 백성들이 더 잘 알 것이다. 교위 임경필은 입을 다물고 있었다. 어쩌면 성문을 열고 항복하기를 바라고 있을지 몰랐다. 백성들이 모두 도륙당해도 제 놈 살길은 있었던지 입가에 미소마저 번질거렸다.

'나쁜 놈!'

김윤후가 백성들을 둘러보았다. 살길을 찾으려는 백성들의 눈길이 성곽 너머에 얼쩡거렸다.

"그렇다. 여러분의 말이나 교위 최평의 말이나 모두 다 옳다. 한마디도 틀리지 않았다. 여러분도 알다시피 군량도 얼마 남지 않았다. 우물물도 말라 물조차 못 마실지 모른다. 그렇다고 성문을 열어 항복한다고 몽골 오랑캐가 너희들을 살려주지 않는다. 교위 최평의 말처럼 오랑캐는 우리를 살려두지 않을 것이다. 너희들이 성을 빠져나가도 살 수 없다는 것을 잠깐이라도 성 밖으로 눈을 돌리면 금방 알 수 있다. 몽골군도 너희에게 줄 곡식이 없기는 마찬가지다. 그러니 우리는 저 무도한 오랑캐를 물리치고 성을 지켜야 한다. 그리고 나는 마지막으로 너희들에게 제안하겠다."

김윤후는 숨을 가다듬었다. 창정 최수가 침을 꼴깍 삼키며 교위 임경필을 힐끗거렸다. 그들끼리는 이미 정보를 주고받았을 것이다.

"시백이 어딨느냐?"

"예, 나으리."

김윤후는 시백에게 귀엣말했다.

"즉시 시행하라."

시백이 기마병을 이끌고 창정과 교위 임경필에게 다가갔다. 낌새를 알아차렸는지 임경필이 뒷걸음질 쳤다.

"체포하라!."

김윤후는 여지를 두지 않았다. 시백의 수하들이 달려들자 임경필의 수하들이 가로막았다.

"물러나지 못하겠느냐!"

연화의 칼끝이 임경필의 목덜미를 겨눴다.

"움직이면 죽인다. 물러나라!"

연화의 목소리는 비장했다.

"포박하라."

김윤후는 더는 물러날 곳이 없었다. 분위기가 싸늘했다. 웅성거리던 백성들의 목소리가 가라앉았다. 체포된 교위 임경필과 창정 최수가 버둥거렸다.

"별감, 이 무슨 해괴한 처삽니까?"

김윤후는 시백에게 단호하게 명령했다.

"죄인의 주둥아리에 재갈을 물려라."

김윤후는 백성을 향해 목소리를 높였다.

"병사들과 백성들은 들어라. 우리는 항복해도 죽고 성문을 열어도 죽는다. 몽골 오랑캐 포위망을 보아라. 겹겹이 둘러싸고 있지 않으냐. 몽골군은 너희들이 포위망을 빠져나가게 내버려 두지 않을 것이다. 우리는 결국 싸우다 죽든지 항복해서 죽든지, 죽을 수밖에 없다. 우리가 사는 길은 성을 지키는 길뿐이다. 성을 지키지 못하면 어차피 죽을 목숨이다. 오랑캐는 우리를 살려주지 않는다. 왜냐하면 우리는 모두 고려 사람이기 때문이다."

병사들도 백성들도 숨을 죽였다.

"나는 충주성과 함께 죽을 것인즉, 너희들은 살아남아 식솔을 데리고 고향으로 돌아가서 봄에 씨앗을 뿌려야 하지 않느냐."

김윤후의 외침이 허허로운 메아리처럼 들렸는지 턱없는 헛소리

쯤으로 들렸는지 백성들이 눈을 멀뚱거렸다. 그러나 여기서 멈출
수 없었다. 백성들을 설득하지 못하면 죽음뿐이었다. 그는 마음을
다잡았다.

"나는 노비첩과 공납첩을 불태우고 너희들을 면천免賤하겠다.
노비들은 평민으로, 부곡민들은 공역을 면제할 것이다. 그리고 너
희들이 고려 땅 어디라도 원하는 곳에서 살 수 있게 조치하겠다."

백성들이 여기저기서 술렁거렸다. 궁지에 몰린 방호별감의 헛
소리쯤으로 들렸던지 고개를 절레절레 흔들었다.

"나으리, 말씀은 고맙지만유······"

관노 덕술이 뜸을 들이더니 말을 이었다.

"소인들은 나으리 말을 눈곱만큼도 믿지 않구먼유?"

덕술은 방호별감의 말을 믿지 않았다. 이십여 년 전에도 그랬
다. 몽골군이 충주성을 쳐들어왔을 때 성을 지켜 백성들을 보호해
야 하는 부사와 양반들은 달아났고, 노비들과 부곡민들이 힘을 합
쳐 죽기로 싸워 성을 지켜냈다. 그러나 승리의 대가는 혹독했다.
돌아온 양반들은 노비들을 모함해 죽이고 근근이 모은 백성들의
재물까지 약탈했다. 하물며 임시로 부임한 방호별감 따위가 노비
를 면천하겠다는 헛소리를 지껄이다니, 믿을 수가 없었다.

"무슨 말인지 안다. 당연히 내 말을 믿지 못할 것이다."

김윤후는 장작불 옆에 쌓아둔 서류첩을 가리켰다.

"이곳에 쌓아둔 서류첩들이 보이느냐?"

백성의 눈길이 일제히 산더미처럼 쌓인 책 첩으로 향했다. 창정 최수와 교위 임경필이 재갈을 물린 채 쌓아둔 서류첩 뒤에서 버둥 거리고 있었다.

"오른쪽이 노비첩이고, 나머지는 부곡민들의 공납첩이다. 글자 를 아는 자가 있으면 확인해도 좋다."

숯장이 목도가 나섰다.

"나으리 소인이 글자를 조금 압니다만……."

"그래, 목도가 직접 확인하라."

목도가 문서 앞으로 다가가 공납책을 넘겼다. 빽빽이 쓰인 시우 쇠 공납 일정과 농기구 수량을 보았던지 눈이 휘둥그레져 금대를 바라보며 고개를 끄덕였다.

"맞구먼유!"

관노 덕술은 노비첩을 서너 갈피 넘기더니 주위를 둘러보았다.

"득구 어디 있느냐?"

덕술이 장중을 바라보며 소리쳤다.

"여기 있구먼유!"

득구가 손을 번쩍 들고 허둥지둥 앞으로 뛰어나왔다.

"득구는 관노 막순의 아들로 값은 말 두 필로 매겨져 있는데 맞 는가?"

덕구가 어리둥절하더니 울음을 터뜨렸다.

"아이구, 아이구…… 맞구먼유."

득구가 노비첩을 움켜쥐고 오열했다.

"네, 주인이 성안 마을 이종석이더냐?"

덕술의 말은 이어졌다.

"그려유…… 헌데, 제 식솔만 데리고 도망가고 없구먼유."

덕구가 관노 덕술을 쳐다보며 울상을 지었다.

"그렇치유, 말 두 필이라고 주인마님이 말했구먼유?"

"그려, 맞구먼."

덕술이 눈을 번뜩이며 김윤후를 바라보았다.

"장작불 속으로 득구가 직접 던져 넣어라."

득구가 직접 노비첩을 장작불에 던졌다. 책갈피가 장작불에 말려들며 까맣게 불탔다.

"아이구…… 아이구 나으리…… 이 일을 어째…… 나으리 고맙구먼유."

득구는 생신지 꿈인지 볼기를 꼬집으며 울부짖었다.

김윤후는 담담하게 말을 이어 나갔다.

"나를 의심하지 않아도 된다. 시백은 이 문서들을 당장 장작불에 태우고 내아 문서고도 불태워라."

백성들의 눈이 휘둥그레졌다. 사실인지 거짓인지가 중요하지 않았다. 게다가 노비첩을 불태우면 자유로워지는지 알 수 없었다. 하지만 득구 노비첩은 장작과 함께 활활 타오르고 있었다.

김윤후가 시백에게 명령했다.

"모든 서류첩을 장작불에 던져넣어라."

"예, 나으리. 병사들은 서류첩을 장작불에 던져라."

병사들이 서류첩을 장작불에 던졌다. 검은 연기가 하늘로 치솟았다. 퀴퀴한 종이 타는 냄새조차 향기로웠다. 백성들이 얼싸안고 울었다. 아니 웃었다. 우는지 웃는지 구분조차 안 됐다. 웃다가 울었고 울다가 웃었다. 손을 들고 춤을 추다가 엎드려서 꺼이꺼이 울었다.

"나으리, 고맙습니다. 고맙습니다."

김윤후도 울었다. 저들의 마음속에 맺힌 한이 컸을 것이다. 그 한으로 몽골 오랑캐와 싸워서 이기면 된다. 그 책임은 김윤후의 죽음으로 대신하면 된다. 노비첩을 태워버리면 회수할 방법도 복원할 방법도 없다. 저들이 고려 땅 어디에서 살더라도 누구에게도 귀속되지 않고 자유롭게 살 수 있다.

"여러분…… 그만 울고 내 말을 마저 들어라."

김윤후는 목소리를 높였다.

"우리는 반드시 몽골 오랑캐와 싸워서 이겨야 한다."

―와, 와 와!

"몽골군과 싸워 공을 세운 자와 그렇지 못한 자를 구분해 상벌을 내릴 것이다. 몽골 오랑캐에게 노획한 전리품은 성과대로 공평하게 나눠줄 것이고, 목숨 걸고 싸워 공을 세우면 상을 내릴 것이다. 전사한 병사는 그 가족에게 상을 내릴 것이다. 그러나 도망가다 붙잡히면 극형에 처하고, 그 식솔들까지 엄하게 처벌할 것이다. 알아들었느냐!"

방호별감 김윤후의 명령은 추상같았다.

"그리고……"

김윤후는 뜸을 들였다. 그리고 환호하는 백성들을 물끄러미 바라보았다.

"적군에게 획득한 전리품은 전과 대로 공평하게 너희들에게 모두 나눠줄 것이다."

─와, 와, 와!

백성과 병사들은 성이 떠나갈 것처럼 함성을 질렀다.

"시백은 창정 최수와 교위 임경필을 옥사에 가둬라!"

"예, 별감."

임경필이 눈깔을 희번덕거리며 고래고래 고함을 질렀다.

"별감, 무슨 짓입니까?"

"네놈들이 잘 알 것 아닌가!"

"잘 알다니요, 소장은 모릅니다. 이유를 말씀해 주십시오."

체포하는 이유가 목구멍까지 올라왔으나 김윤후는 참아 두었다. 백성들이 보는 앞에서 교위가 몽골군과 내통했다고 떠벌릴 수도 없었다. 죄과를 일일이 설명한다고 받아들일 놈도 아니었다. 방호별감 따위가 간섭할 일이 아니라고 되레 항변할 것이다. 하지만 강도江都의 명령이라도 상관없었다. 이곳은 몽골 오랑캐와 싸우는 전쟁터일 뿐이다. 충주에서 수백 리 떨어진 강도 섬에서 몽골군과 맞서는 충주성의 전황을 알 리 없었다. 설혹 알았더라도 성을 책임지는 방호별감에게 명령해서는 안 된다. 책임자로 보냈으면 전쟁이 끝날 때까지 믿고 기다렸다가 전쟁이 끝난 뒤에 잘잘못을 따져도 늦지 않다. 벌을 주든 상을 주든 그때 가서 결정하면 될 일이다. 더군다나 교위 따위가 방호별감의 명령을 가타부타 따질 일이 아니었다.

김윤후는 시백에게 명령했다.

"저놈들을 당장 옥사에 가두지 않고 뭘 하느냐?"

"예, 나으리."

김윤후의 명령은 단호했다. 교위 정준과 최평도 입을 다물었다. 성안 정보를 몽골군에게 전달하고, 유언비어를 퍼뜨리는 짓거리가 병사들이나 백성들이 몽골군에게 항복하겠다고 항명하는 것보다 더 큰 죄라는 것쯤은 아무리 무지한 장교라도 모르지 않을 것이다.

창정 최수가 바들바들 떨었다. 임경필은 끌려가면서까지 주둥아리에 개 거품을 물었다.

이기달이 끌려가는 임경필을 멀찍이서 바라보고 있었다.

"연화 있느냐?"

"예, 별감."

"오늘 밤에 이기달의 뒤를 밟아라. 모르긴 해도 자정쯤에 성을 빠져나갈 것이다. 그 전에 할 일이 있다. 가까이 오너라."

김윤후는 연화에게 귀엣말했다.

"알겠느냐?"

"예, 나으리……"

연화가 대답 대신 고개를 끄덕였다.

3

고사리봉 멧부리에서 뉘엿거리던 저녁노을이 가라앉자 어둠이 시작되었다. 겨울밤은 빠르게 다가왔다가 느지막이 물러갔다. 장미산 멧부리에 북두北斗 꼬리가 자정을 향해 곧추세우고 있었다. 조양문과 봉아문 각루를 순찰하던 병사들이 두어 차례 지나가고 다음 순찰병이 출발할 때쯤 수상한 그림자가 암문으로 빠르게 빠져나갔다. 그 뒤를 또 다른 그림자가 뒤따랐다. 성루 여장에서 그림자 움직임을 지켜보던 시백이 고개를 끄덕거리며 병영 막사로 향했다.

"나으리, 시백입니다."

"들어 오게."

김윤후는 시백의 표정을 먼저 살폈다.

"이기달이 암문을 빠져나갔습니다."

"알았네."

김윤후는 고개를 끄덕였다.

"이기달이 옥사에 들렀는가?"

"예, 나으리. 이기달이 옥사에 들러 임경필을 만난 뒤에 곧장 조양문 동쪽 암문으로 성을 빠져나갔습니다. 연화가 뒤쫓고 있습니다."

"그랬겠지……."

대정 이기달과 교위 임경필이 귀엣말로 소곤거리는 모습이 김윤후 눈앞에 보이는 듯했다.

"금대가 퍼뜨린 소문을 들었겠지?"

김윤후가 시백을 슬쩍 바라보았다.

"그럴 겁니다. 나으리."

시백은 금대가 옥사에서 나불거리던 입심이 생각나 슬며시 웃었다.

"야굴이 영소월광검이 나타났다는 소문을 듣고 무서워서 전쟁터 못 나온다고 하던디?"

죄수로 변장한 대장장이 금대와 숯장이 목도가 마주 보며 옥사에서 귀엣말을 소곤거렸다.

"설마…… 그럴 리가요. 그래도 몽골군 총사령관인데……?"

"아니야, 정말이래. 몽골 진영에 소문이 쫙악 퍼졌다던디유……."

목도가 몽골 진영에 다녀온 것처럼 능청맞게 맞장구쳤다.

"그리고 이건 진짜 비밀인데, 북쪽 오랑캐가 달래강을 건너면 적장이 병들어 죽는다는디유. 성안에 소문이 파다헌디 여태 못 들었시유? 근디……"

금대가 말하다 말고 주위를 살피고는 뜸을 들였다.

"이 사람아 뜸 들이지 말고 어서 말해 보시게?"

목도가 궁금하다는 듯 다그쳤다.

"그게, 그러니까…… 고려에 영소월광검인가 뭔가 그 있잖유, 그 보검 말이여. 그 보검이 나타나면 오랑캐는 모조리 염병에 걸려 죽느다던디…… 그런 소문 들어봤어?"

"듣긴 했는데 설마 오뉴월도 아니고 염병에 걸려 죽기야 하려구유……?"

"아니야, 이 사람아 사실이래…… 그리고 그 보검을 대장장이가 찾아냈다는데?"

"대장장이 누구 말이여?"

"글쎄, 외대골 대장장이라던데."

교위 임경필은 죄수들이 말을 귀동냥하느라 귓바퀴를 세우는데 대정 이기달이 옥사에 들어서고 있었다.

"여기야……?"

임경필이 손을 들어 옥문지기를 흘끔거렸다. 그가 고개를 끄덕였다. 자칫 실수라도 하면 계획은 물론 모가지마저 달아날 수 있어

바짝 긴장했다. 이기달이 옥사로 다가왔다.

"대정, 여기야."

임경필의 목소리가 옥사 바닥으로 깔렸다.

"예, 교위."

이기달이 임경필의 옥사 창살까지 귓구멍을 들이댔다.

"오늘 밤 홍복원을 만나면 다음 계획을 알려줄 거야. 그대로 움직이면 돼, 착오 없이 수행하도록 하게 알아들었나?"

임경필이 주위를 흘끔거리며 위엄있게 말했다.

"예, 교위…… 그렇게 하겠습니다."

"실수 없게 하게."

임경필이 낮은 목소리로 말했다.

금대가 옥사 끝에서 그들의 만남을 확인하고 옥지기를 향해 눈을 찡긋거렸다. 시백이 옥사 너머에서 임경필과 이기달이 숙덕거리는 꼬락서니를 지켜보며 눈을 끔벅거렸다.

시백은 그들이 무슨 말을 주고받았는지 굳이 듣지 않아도 알 것 같았다. 임경필이 금대가 퍼뜨린 소문을 이기달에게 전했을 것이다. 적장 야굴이 소문을 믿을지 안 믿을지 알 수 없었다. 그러나 소문은 꼬리를 달고 또 다른 소문을 만들기 마련이다. 적장 야굴의 일그러진 상판대기가 눈에 어른거렸다.

"그런데, 나으리. 야굴이 홍복원의 말을 믿을는지 모르겠습니다.”

사실, 금대 입으로 소문은 퍼뜨렸지만 시백은 반신반의했다. 사라진 영소월광검이 나타난다고 몽골군이 염병에 걸리지도 않을 것이다. 그러나 소문을 되풀이하면 적어도 고려군 포로들은 동요할 것이다.

“두고 보면 알겠지.”

김윤후는 담담하게 말했다. 의심 많고 용렬한 야굴이 소문을 믿을 리 없었다. 다만 믿기를 바랄 뿐이었다. 아무튼 야굴을 전쟁터로 끌어내야 한다. 황량한 들판에서 말이나 잡던 몽골검으로 고려검을 이길 수 없다는 것을 그는 보여주고 싶었다.

고려검은 신라 화랑 황창랑이 창제한 검세劍勢를 지눌 선사께서 다듬고 진각국사 혜심이 완성했다. 감히 몽골 외날검으로 고려검을 이길 수 없다고 야굴의 자존심을 건드렸으니, 홍복원이 제대로 전달하면 성질이 불같은 적장 야굴이 참을 수 없을 것이다. 어쩌면 당장이라도 성을 공격할지도 몰랐다. 진영 속에 숨은 적장 야굴을 전장으로 끌어내어만 이 싸움을 마무리 지을 수 있다.

‘야굴 이놈, 숨어있지 말고 전쟁터로 어서 나오너라.’

김윤후는 이를 으드득 갈았다.

노비첩과 공납첩까지 장작불에 태워서인지 백성들의 사기士氣는 드높았다. 그러나 오래가지 않을 것이다. 전세戰勢가 불리하면 백성들의 사기는 다시 떨어질 터이고 그때는 대안이 없었다. 그 전에 이 지독한 싸움을 끝내야 한다.

"장수들은 안으로 들라."

교위 정준과 최평, 창정 최수가 병영 막사로 들어왔다. 시백과 연화도 뒤따라 들어왔다. 임경필의 체포가 충격이었던지 장교들의 표정이 굳어있었다. 풀려난 창정은 돌아올 부사가 여태 신경 쓰였던지 풀이 죽어 있었다. 김윤후는 최수 어깨를 두드려 주었다.

"다들 모였는가?"

"예, 별감."

장수들이 대답과 함께 일제히 고개를 빳빳하게 세웠다. 방호별감 김윤후는 장수들을 둘러보았다. 긴장감이 팽팽했다.

"장수들은 들어라. 오늘 밤에 외성 몽골군을 소탕한다. 북두 파군성이 장미산 능선으로 드러누우면 삼경쯤이다. 공격은 그때 한다. 목표 지점은 이미 장수에게 일러두었으니 제장諸將들이 더 잘 알 것이다. 오늘 밤 삼경에 외성의 적 진영 거점을 모조리 불태울 것이다. 달아나는 적병들까지 추격할 필요는 없다. 알았느냐?"

"예, 별감."

장수들의 목소리는 여전히 달라지지 않았다. 싫든 좋든 이곳은 전쟁터다. 방호별감의 명령을 듣지 않으려면 목숨으로 항명해야 한다. 김윤후는 어금니를 꽉 깨물고 장수 한 명씩 바라보며 눈빛으로 말했다. 죽기 싫으면 싸워서 이기라고 방호별감 김윤후는 말하고 있었다.

"목적지에 접근하면 횃불을 좌우로 흔들어라. 그리고 거점이 확인되면 불화살로 신호할 것인즉, 일시에 공격하라. 나는 기병을 이끌고 휘경문으로 나가 서문으로 퇴각하는 몽골 오랑캐 후면을 칠 것이다.

"예, 별감!"

장수들의 목소리는 여전히 말뿐인 결기였다.

"자, 그러면 출정하라. 불화살이 오를 때까지 조용히 행군으로 목적지까지 접근하라."

김윤후가 서문으로 달아나는 적 배후를 치고 나가면 몽골군 중앙군 움직임을 간파할 수 있을 것이다. 기회를 놓쳐서는 안 된다.

외성 북문과 동문에서 횃불이 좌우로 흔들렸다. 봉아문으로 빠져나가 남문으로 향했던 창정 최수의 신호가 올라 오지 않았다. 공격하든지 퇴각하든지 명령을 기다리는 장수들이 멈칫거렸다.

"무슨 일일까?"

김윤후는 난감했다. 초조한 시간이 흘렀다. 북두 파군성이 장미산 능선으로 드러눕고 있었다. 좌우로 흔들던 횃불들이 힘을 잃어가고 있었다. 더는 창정의 횃불을 기다릴 수 없었다.

김윤후는 창정 최수를 믿었다. 그는 불화살을 밤하늘로 힘껏 쏘아 올렸다. 뒤따라 남문에서 횃불이 올라왔다. 창정 최수 횃불을 본 뒤에 김윤후는 비로소 그의 믿음 옳았다는 확신이 들었다.

적병들의 비명이 외성 곳곳에서 들렸다. 김윤후는 불화살을 연거푸 하늘 높이 쏘아 올렸다. 캄캄하던 밤하늘에 유성처럼 불꽃이 쏟아졌다.

몽골군들의 비명이 밤하늘에 퍼덕였다.

"한 놈도 남기지 말고 모조리 죽여라!"

김윤후가 고함을 질렀다. 적병들은 갈팡질팡 흩어져 성문으로 달아났다. 고려군 포로들이었다. 말 고깃국 한 그릇에 제 목숨을 맡긴 대가였다. 말뚝에 고삐를 묶인 우마牛馬들이 달아나지도 못한 채 날뛰었다. 주인을 원망할 것이다. 몽골군이 남겨놓은 말 고기는 차치하더라도 막사마다 수상한 뼈다귀가 수두룩했다. 짐승 뼈다귄지 사람 뼈다귄지 정체조차 알 수 없는 백골들이 초소마다 가득했다. 몽골군 포로들은 비쩍 말라 뱃구레만 불룩했다. 김윤후는 가슴이 아팠다.

"노획한 마소들과 무기를 챙겨 내성으로 퇴각한다!"

김윤후는 서문으로 달아나는 몽골군을 일격에 척살했다. 그리고 불화살을 쏘아 올렸다. 적병들이 전선을 수습하기 전에 퇴각해야 한다. 늦었다가는 오히려 적장의 전략에 걸려들 수 있었다. 적장도 전략을 눈치챘겠지만, 김윤후가 한발 앞서 허를 찔렀으니 적장 야굴은 분통이 터졌을 것이다.

—와, 와, 와!

적 중앙군이 외성 서문으로 들이닥치고 있었다.

"성문을 닫아라."

최수의 병사들이 봉아문으로 들어온 것을 확인한 뒤 김윤후는 휘금문에 올라 병사들을 독려했다.

외성 곳곳에서 연기가 솟아올랐다.

"쇠내수와 궁수는 성루에서 적병들이 가까이 올 때까지 기다려라."

궁수들이 여장에 숨어 적군이 다가오기를 기다렸다.

"북을 울려라!"

성곽에는 북소리가 밤하늘에 울려 퍼졌다.

적 기마병이 내성 성문까지 거침없이 들이닥쳤다.

"시위를 당겨라!"

화살이 빗발처럼 날아갔다.

"북을 울려라."

아무리 강한 몽골 기병이라도 여장 사이사이에서 날아가는 화살을 당해내지 못했다. 어둠은 김윤후의 편이었다.

"야굴은 말에서 떨어져 다리라도 부러졌느냐. 어찌 싸움도 하지 않느냐? 말고기를 처먹어 배라도 터졌느냐?"

시백의 조롱이 밤하늘을 갈랐다.

적 장수가 말 머리를 돌렸다.

"시위를 당겨라!"

화살이 적장에게로 날아갔다.

"배신자 홍복원아, 야굴 놈의 똥이나 처먹는 똥개 새끼야. 오늘 밤에는 똥도 못 처먹었겠구나!"

시백의 조롱은 화살처럼 날아갔다. 서문으로 들이친 몽골 중앙 군은 힘쓰지도 못한 채 물러갔다.

대정 이기달을 잡아들일 때가 됐다. 김윤후는 그들의 첩자 질을 더는 두고 볼 수 없었다.

"시백은 이기달을 체포하라."

이기달이 막사 밖으로 달아났다.

"저놈을 당장 체포하라."

"예, 별감."

"정 교위는 옥사에서 임 교위를 끌고 오너라."

"예, 별감."

이기달은 이미 눈치를 챘는지 고분고분했다.

"네놈의 죄를 알겠느냐?"

김윤후가 이기달을 다그쳤다.

이기달이 버티기를 체념했는지 고개를 푹 숙였다.

"지난번에 홍복원을 만나서 무슨 말을 주고받았는지 낱낱이 말하라!"

이기달은 입을 열지 않았다.

김윤후는 칼을 빼 들었다.

"말하지 못하겠느냐?"

"그게 …… 그러니까……"

"네, 이놈! 네 놈이 아직도 거짓말을 할 텐가. 적장 홍복원과 나눈 말을 더하지도 빼지도 말고 사실대로만 말하라."

이기달의 눈이 휘둥그레졌다.

"아니 그게…… 별감……."

"말하지 못하겠느냐?"

김윤후는 이기달을 다그쳤다.

"교위 임경필을 끌고 오너라."

머리를 풀어 헤친 임결필이 이기달 옆에 꿇어앉았다.

"그래도 사실대로 말하지 않을 테냐?"

"별감, 그게 아니옵고……"

이기달이 당황했다. 그는 임경필이 입을 열었을 거라 꿈에도 생각하지 못했을 것이다.

"네놈은 고려 장수로서 몽골군과 내통했으니 당장 죽여도 시원찮은데 어디서 주둥아리를 함부로 나불거리느냐. 자, 이제는 네놈과 내통한 교위 임경필이 옆에 있으니 사실대로 말하라. 한 마디라도 거짓이 탄로 나면 네놈의 모가지를 당장 베어 휘경문에 걸어 배신자의 마지막이 어떤지 백성들에게 알릴 것인즉 바른대로 말하지 않으면 당장 목을 치겠다."

이기달이 교위 임경필을 바라보았다. 그의 눈빛은 차라리 애처

로웠다.

임경필이 고개를 떨궜다.

"포로를 들여보내라."

"예, 별감."

시백이 포로를 데려왔다. 홍복원을 보좌하던 고려 안주 사람 몽골군 우 군사 우열이었다.

이기달의 눈이 휘둥그레지더니 교위 임경필을 바라보았다.

"저, 그게…… 별감, 소장의 짓이 아니오고……"

"아직도 속일 게 있던가!"

네놈들 때문에 수많은 고려 백성이 죽었다. 김윤후는 더는 참을 수 없어 이기달과 우열의 모가지를 사정없이 베었다.

"아악……!"

비명이 허공으로 날았다. 그들의 피는 백성들과 다르지 않았다.

"저놈들의 대가리를 경천문에 매달아 나라를 배신한 자의 말로는 죽음밖에 없다고 백성들에게 알려라."

이기달과 우열의 비명이 유령처럼 성안을 떠돌아다녔다.

"교위, 임경필은 들어라. 네놈이 지은 죄는 당장 죽여도 마땅하지만, 너의 정보로 몽골군 장수 우열을 사로잡았으니 공이 있다. 하여, 목숨만은 살려 줄 것이다. 이후로 더는 나라에 해害가 안 되게 목숨을 바쳐 전투에 임하라. 무슨 말인지 알아들었느냐?"

김윤후는 가슴이 허허로웠다. 임경필의 밀고로 몽골군 장수 우열을 사로잡았다. 계집과 같이 술에 질펀하게 취해 있었다. 그는 고향이 국경 근처 안주라 몽골 말솜씨가 뛰어나 홍복원의 눈에 띄어 발탁되었다고 했다. 게다가 몽골군 내부 사정을 빠짐없이 말해 주었다.

'우열을 믿을 수 있을까……?'

김윤후는 몽골군 우군사 우열의 말을 믿을지 안 믿을지 고민했다.

4

몽골 오랑캐가 내성을 에워쌌다. 휘금문, 경천문, 봉아문과 조양문 앞에 충차와 운제가 촘촘히 들어섰고 후미에는 포차가 버티고 있었다. 내성은 외성과 달리 성곽도 두 자나 높은 석성이고 성문에는 치성雉城까지 있어, 충차로 들이치기 어려워 성은 좁아도 방어가 수월했다.

대림산성 군사들은 여전히 움직이지 않았다. 지원 요청하러 성을 나갔던 병사는 돌아오지 않았다. 성을 무사히 빠져나갔으면 방호별감이라도 만났을 터인데, 여태 소식이 없는 게 충주성을 지원할 의사가 없어 보였다. 어차피 몽골군 포위를 뚫고 성에서 탈출하지 않으면 성에 갇혀 굶어 죽을 수밖에 없었다.

적막은 계속됐다. 전쟁터의 적막은 두려움 그 자체였다. 몽골군은 움직이기는커녕 척후병 그림자마저 보이지 않았다. '무슨 일일까?' 고립된 성에서 자중지란으로 무너질 수 있다는 불안감이 가슴을 짓눌렀다. 그러나 적군이 움직일 때까지 참고 기다려야 한다. 적은 병사로 많은 군사를 맞서 싸우려면 적군이 움직이기를 기다리는 수밖에 없었다. 병사들이 시들시들 나태해지기 시작했다. '그래도 조금만 더 기다리자…….' 김윤후는 참고 또 참으면서 적군이 움직이기를 그리고 마지막 결단의 시간을 기다렸다.

─콰광

밤이 이슥해지자 포탄이 성으로 날아들었다. 몽골 오랑캐가 드디어 움직이기 시작했다. 충주성을 고립시키려던 전략이 먹혀들지 않았던지, 아니면 며칠 전 야밤에 기습당한 분풀이를 하려는지 몽골 좌우 군과 중앙군, 그리고 별동 군까지 합세해 기세 좋게 성문마다 들이치며 총공격을 해왔다.

"적병들이 성문으로 다가오지 못하게 활을 쏘아라!"

김윤후는 함성을 질렀다. 적군 화살이 빗발처럼 성으로 날아들었다. 병사들의 비명이 어지럽게 들렸다.

"북을 쳐라! 함성을 질러라!"

김윤후는 성상로로 말을 달리며 병사들을 독려했다. 성루를 지날 때마다 북소리는 증폭했고, 북소리 장단 따라 깃발은 펄럭거렸다. 아군 병사들의 움직임은 빠르고 꽉 다문 입술에서 성을 지키겠다는 결기를 무너뜨리는 포탄 떨어지는 소리와 성벽 부서지는 소리, 죽어가는 병사들의 비명조차 함성처럼 들려왔다.

"봉아문이 몽골군에게 뚫렸다."

교위 정준의 고함이 휘금문까지 들렸다. 적 기마병 수십 기가 봉아문으로 들이닥쳤다. 김윤후는 봉아문으로 말을 달렸다.

"시백은 교위 정준을 도와라."

"예, 나으리."

시백의 기마병이 봉아문으로 내달렸다. 불화살이 날아들고 성루마다 불길이 타올랐다. 내아와 사창은 물론 곡식을 보관한 관창에 불길이 번졌다.

"물을 뿌려라."

노인들과 아낙들이 물동이에 물을 퍼 날랐다.

"별감, 불은 안 꺼지고 번지기만 합니다."

창정 최수의 침통한 목소리가 김윤후 귀를 아프게 두드렸다. 몽골 장수 우열이 털어놓았던 인유人油를 적신 불화살 같았다.

"죽일 놈들……!"

인유를 발랐으니 불길이 잡힐 리 없었다. 오히려 다른 곳까지 번져나가고 있었다. 사람 사체에서 살점을 발라내 가마솥에 곤 기름이라 물을 부으면 부을수록 불길이 번졌다. 김윤후는 외성 적군 척후 막사에 수두룩하게 쌓였던 백골이 떠올랐다. 아무리 사람이 짐승보다 못하다지만, 인육까지 처먹는 야만스러운 오랑캐 놈들을 용서할 수 없었다.

"금대 어디 있느냐?"

"남문에 있을 것이옵니다."

연화의 대답이었다.

"연화는 성문을 돌면서 부석浮石 가루를 진흙에 섞어 불난 곳에 뿌려라."

"예, 나으리."

연화가 성문으로 말을 달렸다. 불길은 성안 마을과 관창까지 번졌다.

"나으리."

금대가 피투성인 채로 휘경문으로 달려왔다. 포탄(돌덩이) 파편에 맞았는지 다리를 절룩거렸다.

"금대, 왔느냐?"

"예, 나으리."

"금대는 대장장이 별초군을 인솔해 성루마다 올려놓았던 부석 가루를 해자에서 파낸 퇴적물을 섞어서 불난 곳으로 날라라."

금대가 고개를 갸웃거렸다.

"부석 가루에 퇴적물을 섞으면 불이 꺼져유?"

"해 보아라. 네가 만든 부석이 쓰일 때가 온 것 같구나."

"예, 나으리."

"연화는 아낙들을 데리고 퇴적물을 금대와 대장장이 별초군에게 가져다주어라."

금대는 다리를 절뚝거리며 대장간 뒤뜰로 내달렸다. 마음은 느려도 발걸음은 빨랐다. 그는 이미 대장장이가 아니었다. 몽골군과 맞서는 어엿한 고려 백성, 대장장이 별초군이었다. 바위산 광산에서 석철괴를 나르듯이 부석 가루에 퇴적물을 섞어 불난 곳으로 빠르게 퍼날랐다.

"불길이 잡힌다!"

누군가의 목소리가 들릴 때마다 성안 곳곳에서 타오르던 불길이 점점 잦아들기 시작했다. 수없이 날아들던 포탄도 뜸했다. 성문을 들이밀던 부서진 몽골군 충차에서 고려군 포로들이 비명을 질렀다. 팔다리가 떨어졌고, 머리뼈가 뭉개져도 부릅뜬 두 눈깔은 제놈들의 고향하늘을 향해 숨을 헐떡거렸다.

'저들은 도대체 전생에 무슨 죄를 지었길래……'

김윤후는 부처님이 원망스러웠다. 전쟁터로 끌려간 아들을 만날 때까지 고향으로 돌아가지 않겠다고 고집을 부리던 노인의 절절하던 눈빛이 그의 눈앞에서 얼쩡거렸다.

"몽골군이 퇴각한다."

병사들의 환호성이 여기저기서 들렸다. 이때를 놓치면 안 된다. 몽골군이 진영을 수습하기 전에 들이쳐야 한다. 김윤후는 휘경문을 열고 퇴각하는 몽골군 후미를 빠르게 뒤쫓았다.

"병사들은 나를 따르라."

김윤후는 퇴각하는 적병들을 추격했다. 시백과 연화가 뒤를 따르고, 교위 정준과 최평 임경필도 뒤따랐다. 미처 달아나지 못한 몽골 병사들 모가지가 나뭇잎처럼 땅바닥에 나뒹굴었다.

"야굴은 비겁하게 도망가지 말고 게 섰거라. 내가 충주성 방호별감 김윤후다. 나와 한 판 겨루자."

김윤후는 몽골군 중앙군 후미를 치고 들어갔다.

좌군 왕만호가 거느린 병사들이 앞을 가로막았다. 시백이 그들을 맞섰다. 연화가 쌍검을 휘두르며 몽골군 옆구리를 치고 들어갔다. 검 끝이 하늘을 가를 때마다 적병들의 모가지가 오뉴월 하늬바람에 떨어지는 붉은 연꽃잎처럼 흩어졌다. 교위 임경필의 부대와 정준의 부대가 연화 부대와 합세했다.

김윤후는 달아나는 적장 야굴 앞을 가로막았다.

"야굴 이놈, 달아나지 말고 게 섰거라."

김윤후의 고함을 들었던지 달아나던 적장 야굴이 돌아섰다. 황금색 갑옷의 위엄은 눈이 부실 정도였다.

"오냐, 네놈이 그 잘난 김윤후로구나. 처인성에서 몽골 사령관 살례탑을 죽였다던데, 오늘에야 복수하는구나. 어디 나와 한 판 겨뤄보자."

검을 휘두르던 야굴은 적장이 달래강을 건너면 병들어 죽는다던 소문이 퍼뜩 머리를 스쳐 불편했다. 강을 건넌다고 병들 이유가 없었다. 소문에 불과할 것이다. 병사들이 수군거리던 게 생각나 찜찜한 기분은 가시지 않았지만, 그렇다고 진영을 벗어나려니 왠지 비겁한 것 같아 달아날 수도 없었다. 야굴이 몽골 외날검을 좌우로 휘두르며 김윤후에게 달려들었다.

"그래 이놈아, 내가 김윤후다. 오늘이 네놈 제삿날이 될 것이다."

김윤후가 야굴의 몽골 외날검을 가볍게 받아쳤다.

"이놈의 오랑캐야, 초원에서 말고기나 처먹으며 살 것이지 남의 나라를 쳐들어와 횡포를 부리느냐. 오늘은 네놈을 반드시 지옥으로 보내주마."

김윤후는 말 머리를 돌려 야굴 측면으로 지쳐 들어갔다. 말[馬]과 말[馬]이 비껴 갔다.

야굴이 마상에서 허리를 젖혀 검으로 김윤후 허리를 베어왔다.

김윤후는 말 등으로 뛰어올라 영소검을 휘두르며 야굴의 백회혈을 내려찍었다. 그리고 말고삐를 잡았다.

ㅡ쨍!

검과 검이 부딪혔다. 부딪치는 소리가 우레처럼 허공에 번쩍거렸다.

야굴이 말에서 뛰어내려 외날검을 비켜 잡았다.

김윤후도 즉시 말에서 뛰어내리면서 야굴의 기해혈을 찔러 갔다. 야굴이 몸을 굴려 영소검을 피해 곧장 외날검을 세워 김윤후의 장문혈을 빠르게 베어왔다. 살기가 번뜩였다.

신라검 제 일 세, 지검대적세持劍對賊勢, 김윤후는 검을 가슴으로 끌어당기며 마음을 가다듬었다. 조계산 수선사에서 검술을 수련할 때 혜심 스승님의 말씀이 언뜻 떠올랐다.

'검은 곧 생명이니라.'

만전이 휘두르던 검의 살기를 핀잔하시던 스승님의 화난 얼굴이 설핏 지나갔다. 검은 사람을 살리기도 죽이기도 한다고 했다. 몽골군을 물리치더라도 어차피 교정별감 최항에게 피살될 것이다. 차라리 적장 야굴 칼날에 죽는 것도 나쁘지 않았다. 죽고 사는 일은 부처님의 뜻이지 인간이 아니었다. 김윤후는 목숨을 부처님께 맡겼다. 영소검을 천천히 들어 올렸다. 그리고 야굴의 정수리 백회혈을 힘차게 내리치며 말을 비껴달렸다.

야굴이 몸을 비틀며 김윤후의 왼쪽 견정혈을 쳐왔다.

김윤후는 몸을 오른편으로 뒤틀어 야굴의 외날검을 피하고 진전격적세進前擊賊勢로 야굴의 인당혈을 찔러 갔다.

야굴의 몽골검이 허공을 가르며 김윤후 반대편 어깨 견정혈을 베어왔다.

ㅡ이얍!

김윤후는 한 바퀴를 돌아 검을 맞받아치고 야굴의 백회혈로 한 번 더 내려쳤다.

ㅡ쨍

몽골검과 고려검 부딪히는 소리가 우레가 치는 듯했다. 차가운 쇳소리가 한 번 더 허공을 갈랐다. 야굴이 뒤뚱거리며 한 발짝 뒤로 물러났다. 김윤후는 곧장 뛰어올라 독수리가 외발로 먹이를 채듯 신라검 금계독립세金鷄獨立勢 초식으로 야굴의 천돌혈을 찔러

갔다.

야굴이 쓰러질 듯 비틀거리며 뒤로 물러섰다.

언제 다가왔는지 우군 왕만호가 마상에서 창으로 김윤후를 찔러왔다.

김윤후는 후일격세後一擊勢를 취하며 뒤로 물러나 왕만호 창끝을 피하면서 야굴의 왼쪽 장문혈을 향해 다시 치고 들어갔다.

왕만호가 야굴을 막아서며 김윤후의 검을 맞받았다.

시백이 창으로 왕만호를 찔러 갔다.

왕만호가 앞으로 꼬꾸라지며 창 자루를 붙잡고 부르르 떨었고, 야굴이 일어서려다 말고 제자리에 주저앉았다.

—와! 와! 와!

전투를 지켜보던 병사들이 창을 흔들며 함성을 질렀다.

홍복원의 기마병이 기세 좋게 달려들고 있었다.

"나으리, 홍복원의 군사가 몰려옵니다. 일단 피해야겠습니다."

시백이 다급하게 소리를 질렀다.

김윤후는 야굴을 힐끗 보았다. 급소를 비켜 맞았는지 얼굴을 찡그리면서 비틀거리며 일어났다. 몽골군 군사 홍복원이 나서지 않았으면 야굴은 치명상을 입었을 것이다.

"이놈, 돌중 김윤후야."

홍복원이 검을 높이며 달려들었다.

"이곳은 소인이 맡겠습니다."

시백이 달려드는 홍복원을 막아섰다.

"알았다."

김윤후는 주위를 둘러보았다. 병사들이 서로 뒤엉켜 아군인지 몽골군이지 정신없이 전투를 벌이고 있었다. 야굴이 붉으락푸르락하며 노한 기색으로 김윤후를 바라보고 있었다. 그는 야굴을 상대할 만큼 여유롭지 않았다. 아쉽지만 야굴의 수급은 다음 전투를 기약하는 수밖에.

"성으로 퇴각하라."

김윤후가 성을 향해 말을 달렸다. 아군 장수들과 병사들이 그를 뒤따랐다.

"이놈, 김윤후야 승부를 겨루다 말고 어디로 도망가느냐?"

홍복원이 앞을 가로막으며 김윤후에게 달려들었다.

"별감, 위험합니다. 일단 성으로 퇴각해야 합니다."

아군 병사들이 몽골군에게 쫓기고 있었다. 병사들이 성으로 퇴각할 시간이 필요해 보였다. 머뭇거리다가 아군 병사들이 화를 입을 것 같아 김윤후는 몽골군을 유인했다.

"이놈 야굴아, 이리 오너라!"

김윤후는 홍복원을 뒤로한 채 말을 달려 야굴을 향해 돌진하다 말머리를 돌렸다.

"야, 이놈 김윤후야!"

야굴이 부르르 떨더니 말 등에 올라 씩씩거리며 뒤따라왔다.

김윤후는 성으로 달리다가 퇴각하는 아군 병사들 반대쪽을 향해 힘차게 말을 달렸다. 시백과 임경필, 금대가 이끄는 대장장이 별초군이 빠르게 합류해 뒤따랐다.

"이놈, 김윤후야 비겁하게 도망가지 말고 게 섰거라!"

적장 야굴의 고함이 귓전을 후볐다. 아군 병사들이 퇴각하느라 우왕좌왕하고 있었다. 병사들이 성으로 퇴각할 때까지 몽골군을 유인해야 한다. 김윤후는 말 옆구리를 힘차게 걷어차며 앞으로 달렸다. 얼마쯤 달렸을까. 익숙한 풍경이 눈앞에 나타났다. 외대골이었다.

'유학사……'

김윤후에게 낯익은 곳이었다. 이 상태로 몽골군과 맞서 싸우려면 힘에 부쳤다. 그러나 유학사 경내라면 승부를 겨뤄볼 만했다.

"그래 야굴을 유학사로 유인하자."

김윤후는 외대골로 말을 몰면서 뒤를 돌아보았다. 시백과 교위 임경필, 대장장이 금대와 연화가 이끄는 기마병 수십 기와 보병들이 뒤따랐고, 그 뒤를 황금색 갑옷을 입은 야굴과 몽골 기마병이 뒤쫓고 있었다.

5

시오리는 달려온 것 같았다. 능선 말미에 우뚝 솟은 고사리봉과 오른편 바위산 멧부리가 한눈에 들어왔다. 유학사로 들어가는 외대골 입구였다. 계곡 양편 비탈은 가팔라 몽골 대군이 쳐들어와도 입구에 진을 치면 함부로 공격할 수 없었다. 그러나 쫓기는 처지라 아무리 천혜의 지형이라도 김윤후에게는 무용지물이었다.

"유학사로 들어간다."

김윤후는 목소리를 높이고 골짜기로 말을 달렸다. 외대골 부곡 마을은 쥐 죽은 듯 조용했다. 대장장이들이 충주성으로 입보했으니 남아 있을 사람들이 없었다. 그나마 쇠둑부리 여남은 기基가 어둠 속에서 우두커니 주인을 기다리고, 피난 통에 챙기지 못한 골이 팬 이영 아래 대장간과 움막들이 어슴푸레한 달빛을 받으며 사람이 살았던 흔적이 남아 있었다.

─댕그랑…….

유학사 풍경 소리가 났다. 여음餘音 실려 오는 소리에 '검이 곧 생명이라고' 말씀하시던 진각국사 혜심 스승님의 목소리가 들려왔다. 김윤후는 그때야 정신이 번쩍 들었다.

유학사 일주문으로 들어섰다. 법당 앞 삼층 석탑은 우뚝했고 미륵불은 빙그레 미소 지으며 나란히 제자리를 지키고, 반쯤 열린 법당문은 길잃은 나그네가 하룻밤 유숙한 듯 흔적이 남아 있었다.

몽골군 말발굽 소리가 밤공기에 부딪혀 산란했다. 멧비둘기가 숲속에서 미친 듯 후드득거렸다.

"나무아미타불 관세음보살……."

김윤후는 오랜만에 부처님을 찾았다. 뒤를 돌아보았다. 야굴과 몽골 기병들의 말발굽 소리가 숨 가쁘게 뒤따라왔다.

"돌중 김윤후는 도망가지 말고 게 섰거라."

야굴의 패악이 유학사 일주문을 흔들었다. 고사리봉에 걸린 보름달마저 구름 속에서 숨을 죽였다. 이승에서 보는 마지막 보름달이 될 것이다. 시백의 기마병들이 일주문으로 들어섰다. 주인밖에 모르는 충직한 노비로 산 기구한 인생, 김윤후는 시백이 안타까웠다.

"네 이놈 김윤후야, 이제 이곳이 너의 무덤이 될 것이다."

야굴의 욕지거리가 유학사를 사납게 흔들었다.

"오냐, 이놈 오랑캐 놈아. 오늘은 기필코 네놈 숨통을 끊어 고려 백성의 원한을 풀어줄 것이다."

김윤후는 어금니를 깨물었다. 더는 물러설 곳이 없었다. 막다른 폐사찰 유학사에 퇴로는 없었다. 혜심 스승님 말씀이 생각났다.

"대나무 그림자가 계단을 쓸어도 티끌은 움직이지 않고, 달빛이 바닷물을 뚫어도 물결에 흔적이 없다." (良久云竹影掃堦 塵不動 月光穿海浪無痕)'

조계산 수선사를 떠난 지 이십 년이 지나도록 김윤후는 이해하지 못했다. 어쩌면 이 길이 그 길인지도 몰랐다. 삼 층 석탑에 기댄 미륵불 그림자는 힘들어하지 않았고, 유학사를 둘러싼 대나무 울타리 그림자는 매일 마당을 쓸지만 티끌조차 걷어내지 못했다. 팔만대장경으로 물리치지 못하는 몽골 오랑캐를 영소검 한 자루로 물리치지는 못할 것이다. 그러나 오랑캐 총사령관 야굴이라도 죽여야 한다. 김윤후는 단단히 마음먹었다.

"나오고 들어감이 넉넉하더라도 나가지도 들어가지도 않는 하나의 길이 있음을 알아라." (直饒出入俱備, 更須知有不出不入底一路 且道 作麼生是那一路)'

혜심 스승님은 말씀하셨다. 김윤후는 그 길을 알지 못했다. 나가지도 들어가지도 않는 하나의 길, 그 길을 생각했다.

김윤후는 혜심 스승님이 물려준 영소검을 천천히 뽑아 들었다. 적장 야굴이 빼든 몽골 외날검이 달빛에 번쩍거렸다.

'검은 곧 생명이니라.'

김윤후는 스승님이 일러주었던 검의 의미를 생각했다.

"네 이놈, 김윤후야!"

야굴이 몽골 외날검을 곧추세워 김윤후 백회혈을 노리며 달려들었다.

김윤후는 영소검을 들어 올려 신라검 표두압정세豹頭壓頂勢 초식으로 내려치는 야굴의 검을 힘껏 받아쳤다.

ㅡ쨍!

그 힘에 눌렸는지 야굴이 한 발짝 물러났다. 김윤후는 곧바로 지검대적세持劍對賊勢를 취해 야굴 움직임을 관찰하며 좌측 어깨 위로 영소검을 천천히 들어 올리고 숨을 가다듬었다. 온 세상은 고요하고 만물이 정지한 듯 야굴의 야멸찬 움직임이 눈에 들어왔다.

ㅡ야 얏압.

야굴의 몽골 외날검이 김윤후의 견정혈로 베어왔다.

김윤후는 미륵불을 돌아 석탑에 기댔다.

"진전격적세進前擊賊勢!"

독수리가 외발로 먹이를 채듯이 김윤후는 빠르게 야굴의 백회혈을 내려쳤다.

야굴의 몽골 외날검으로 부딪쳐왔다.

—쨍.

고려검과 몽골검과 부딪히는 순간 불빛이 번쩍거렸다. 김윤후
는 즉각 몸을 비틀어 자세를 낮춘 뒤, 어두운 밤 호랑이가 숲에서
뛰어나와 앞발을 내밀어 먹잇감을 낚아채듯 맹호은림세猛虎隱林勢
로 야굴의 천돌혈을 향해 영소검을 힘차게 되받아 찔러 갔다.

야굴이 석탑을 돌면서 피했다.

김윤후는 몸을 날려 석탑 뒤로 돌아 야굴의 기해혈을 내려쳤다.

야굴이 몸을 비틀면서 몽골 외날검으로 부딪쳐왔다. 김윤후는
영소검으로 맞부딪쳐갔다.

—쨍!

영소검이 몽골 외날검에 튕겨 석탑 삼 층으로 날아갔다. 김윤후
는 온몸에 전율이 왔다.

'이것이 마지막인가!'

"나으리……."

김윤후는 영소검을 잡으러 삼 층 석탑으로 뛰어오르는데 금대
목소리와 함께 검 한 자루가 날아왔다.

—콰쾅!

푸른 섬광이 번쩍이고 우레가 뒤따랐다.

"나으리! 검 잡으셔유……."

금대의 다급한 목소리가 들렸다. 김윤후가 금대가 날린 검을 취
하려는 찰나, 구름을 뚫은 보름달이 고사리봉 멧부리에 솟아올랐

다. 삼 층 석탑이 황금빛을 뿜어냈다. 눈이 부셨다.

"월광검."

김윤후는 그도 모르게 온몸을 떨었다. 대장장이 금대가 만들었던 검이야말로 '월광검'이었다.

"햐……!"

야굴이 몽골 외날검을 떨어뜨리며 땅바닥에 주저앉았다. 두 사람의 격투를 지켜보던 병사들도 뒤로 물러나며 탄성을 질렀다.

김윤후는 한 손에는 영소검을 한 손에는 월광검을 고사리봉에 솟아오른 보름달 향해 천천히 들어 올렸다. 푸른 달빛이 유학사 경내로 쏟아졌다. 검신檢身에 새겨진 명문이 허공으로 떠올라 달빛을 튕겨냈다. 푸르디푸른 명문이 붉게 변하기 시작했다. 백성들의 피처럼 붉게.

"영소월광검影掃月光劍……!"

김윤후는 혜심 스승님이 말씀이 언뜻 떠올랐다. 영소검은 월광검을 만나야 위력을 발휘할 수 있다던 그 말씀을…… 붉은 명문이 하늘로 둥실 떠올라 유학사 경내는 온통 붉게 빛났다. 그는 영소검과 월광검을 양손에 잡고 하늘로 치켜올렸다. 우주의 모든 기운이 단전으로 모여들었다. 그 기운은 다시 돌아 양손의 검으로 뻗쳐나갔다. '영소월광검' 보검의 위용은 엄청났다.

김윤후는 곧장 야굴의 백회혈과 천돌혈을 동시에 찔러 갔다.

"으윽……."

야굴이 육중한 몸뚱이를 기우뚱거리며 서너 발짝 물러나 비명을 지르며 주저앉았다. 지독한 놈이었다.

김윤후는 양팔을 벌려 직부송서세直符送書勢로 야굴의 기해혈을 찔러 가자 피하지 못한 야굴이 몽골 외날검으로 받아쳤다.

—야~ 얍

야굴이 몸뚱이를 비틀거리며 미륵불 앞에 꿇어앉아 피를 토해 냈다. 허공으로 튕긴 몽골 외날검은 두 동강 나 땅바닥에 떨어졌다.

"적장이 쓰러졌다. 와, 와, 와!"

아군 병사들의 함성이 하늘을 찔렀다.

홍복원의 창이 김윤후를 찔러왔다. 창끝이 허우적거렸다.

김윤후는 몸을 비틀어 창끝을 피하면서 야굴의 기해혈을 재차 찔렀다. 끝장을 볼 참이었다. 그런데 몽골 군사 홍복원이 그를 막아섰다.

"비켜라, 이놈 고려의 배신자 놈아. 네놈이 백성에게 무슨 짓을 하고 있는지 알기는 하는가?"

"이놈, 김윤후야. 네놈이 아무리 살려고 발버둥을 쳐도 교정별감 최항이 네놈을 가만두지 않을 것이다. 이쯤에서 그만두고 나와 함께 몽골로 가서 부귀영화를 누리지 않겠느냐."

"미친놈!"

김윤후는 영소검과 월광검을 양손에 들고 홍복원의 천돌혈을 찔러 갔다.

홍복원이 법당 죽담까지 튕겨 나갔다.

왕만호의 기병이 들이닥쳤다.

시백의 기마대가 홍복원의 기마병을 가로막았다. 왕만호의 검은 날카로웠다. 시백이 말에서 떨어졌다.

연화가 뛰어들어 왕만호를 가로막았다. 그가 비틀거리며 물러서자 삽시간에 몽골 기마 대열이 무너졌다.

"장군을 보호하라!"

홍복원의 목소리가 유학사를 들썩거렸다.

"퇴각하라."

홍복원이 야굴을 말에 태워 달아나기 시작했다. 야굴이 억울한 듯 말 등에서 얼굴을 찡그리며 뒤돌아보았다. 노한 빛이 역력했다. 김윤후는 그의 노한 눈빛마저 용서할 수 없었다.

"야굴이 달아난다."

아군 병사들이 함성을 질렀다.

김윤후는 야굴의 노한 눈빛조차 역겨웠다. 초원에서 말[馬]이나 잡으며 살 놈들이 감히 고려를 넘보다니⋯⋯ 피가 거꾸로 치솟아 올랐다.

홍복원이 야굴을 등 뒤에 태운 채 유학사 일주문을 빠르게 빠져 나갔다.

"이놈, 야굴아. 내 칼을 마저 받지 않고 비겁하게 달아나느냐!"

김윤후는 가슴이 울컥했다. 야굴 숨통을 끊지 못한 게 분했다. 그는 피가 거꾸로 치솟는 것 같았다.

"나쁜 놈들……."

머리가 어찔했다. 마음을 다스리지 못한 탓일 터, 김윤후는 검 끝을 땅에 세우고 자세를 곧추세웠다.

"별감."

비틀거리는 김윤후를 교위 임경필이 붙잡았다.

"괜찮다. 팔을 놓아라."

김윤후는 병사들에게 약한 모습을 보이고 싶지 않았다. 단전에 기를 몰아 꼿꼿하게 몸을 세웠다.

"별감, 몽골군이 물러갔습니다."

임경필은 무안해 한마디 하고는 슬며시 김윤후 팔을 놓았다. 하지만 그는 엄청난 방호별감의 무술에 놀랐다. 게다가 영소검과 월광검이 펼치는 위력은 대단했다. 방호별감 내실에서 훔쳐 강도江都 별장 김인준에게 보냈던 검이 설핏 떠올랐다. 그 검은 가짜였다. 영소월광검의 주인은 교정별감 최항이 아니라 충주성 방호별감 김윤후의 것이었다.

시백이 쓰러진 채 피를 흘리고 있었다.

"시백아?"

"나으리……."

"연화 어디 있느냐? 시백을 도와라."

김윤후는 시백을 끌어안았다.

"정신 차려, 이 사람아!"

"나으리, 소인은 괜찮습니다. 걱정하지 마십시오."

눈물을 글썽거리는 시백의 숨소리가 점점 희미해지고 있었다.

"시백아, 정신 차려!"

김윤후는 마음이 다급했다.

"성으로 돌아간다."

김윤후는 퇴각 명령을 내렸다. 도망가는 몽골군을 쫓아갈 필요가 없었다. 치명상은 아니더라도 야굴 상처가 가볍지 않을 것이다. 양손에 잡은 영소검과 월광검을 하늘로 들어 올렸다. 검신에 새겨진 명문이 붉게 빛났다. 홍복원의 말 뒤에 실려 달아나는 야굴의 뒷모습이 설핏했다.

"숨통을 끊어야 했는데……."

김윤후는 야굴을 죽이지 못한 게 아쉬웠지만, 지금은 성으로 돌아가 몽골 오랑캐가 물러날 때까지 성을 지켜야 한다.

"성으로 퇴각한다."

적장 야굴을 거꾸러뜨린 방호별감 김윤후의 목소리는 단단했다. 병사들의 함성에 외대골이 터질 것 같았다. 몽골군 총사령관 야굴이 충주성 방호별감 김윤후의 칼날에 쓰러졌으니 기뻤을 것이다.

"퇴각하라!"

임경필이 깃발을 빠르게 흔들었다.

아침 해가 대림산에서 솟아올랐다. 아무리 겨울이라도 햇살이
따뜻했다. 검게 불탄 소대기산이 햇살을 빨아들였다. 몽골군은 조
용했다. 진영 경비는 엄해졌고 첩자들의 움직임도 보이지 않았다.
　임경필이 다리를 절룩거리며 병영으로 들어왔다.
　"임 교위, 다친 곳은 어떤가?"
　"괜찮습니다. 별감."
　김윤후는 임경필의 맑은 얼굴에서 믿음을 보았다.
　"야굴이 상처가 심각하다고 합니다."
　"그렇다고 죽은 것은 아니지 않는가?"
　김윤후는 담담하게 말했다. 몽골군 진영은 조용하고 침착했지
만 음울한 기운이 나돌았다.
　"무슨 꿍꿍이를 부릴지 모르니 교위 정준은 성문 수비를 철저히
하라."
　"예, 별감."
　정준이 말을 달려 병영 막사를 빠져나갔다.
　"강도에 보고는 했는가?"
　김윤후는 임경필의 속내를 떠보고 싶었다.
　"아닙니다. 별감……"
　임경필은 주저 없이 대답했다. 보검은 진정한 장수만이 위력을

발휘할 수 있다는 것을 그의 눈으로 직접 보았다. 방호별감 내실에서 검을 훔쳐 강도로 보냈던 게 부끄러웠다. 말은 하지 않아도 진심으로 방호별감 김윤후에게 고개를 숙였다.

"오랑캐도 물러가지 않았는데 굳이 강도에 장계까지 보낼 필요가 있겠습니까?"

임경필의 한마디 대답은 단단했다. 이제야 장수로 돌아온 것 같았다.

"그렇게 하게, 오랑캐가 물러가면 강도로 장계를 보내게. 그리고 굳이 내 허락까지 받을 필요까지 없네. 본데로만 보고하면 될 걸세."

"예, 별감. 그렇게 하겠습니다."

김윤후는 교위 임경필 어깨를 두드려 주었다.

"창정을 불러 주게."

"예, 별감. 창정입니다."

최수의 표정은 나긋했다.

"창정은 이번 전투에서 노획한 전리품 목록을 작성하고 상벌을 할 수 있게 준비하라."

"예, 별감."

최수는 방호별감의 한결같은 모습에 놀랐다. 저만 살겠다고 야밤에 식솔을 데리고 달아나던 충주 부사 김익태가 설핏 스쳤다. 이번 전투의 승리도 대단했지만 흐트러지지 않는 그의 모습은 역시 장수였다. 하지만 걱정까지 없어진 것은 아니었다. 이미 불태운 노비첩과 공납첩의 책임은 오롯이 그의 몫이었다. 몽골군이 물러나면 충주 부사 김익태는 반드시 돌아와 책임을 물을 것이다. 하지만 이제는 담대할 수 있어 창정 최수는 걱정하지 않았다.

6

몽골군은 움직이지 않았다. 아침저녁으로 피어오르던 연기도 성곽을 넘던 누린내도 달려들지 않았다. 그러나 성을 포위한 몽골 병사들은 물리지 않았다. 몽골군 총사령관 야굴이 상처를 입었다고 끝난 싸움이 아니었다. 교활한 군사 홍복원과 음흉한 좌군 왕만호가 살아있는 한, 그리고 몽골 오랑캐가 압록강을 건너 황량한 몽골 들판으로 돌아가기 전에는 언제 어떤 방법으로 충주성을 공격할지 알 수 없어 수비에 소홀할 수 없었다.

"숨통을 끊었어야 했는데……."

김윤후는 야굴을 죽이지 못한 게 못내 아쉬웠다. 그렇다고 넋 놓고 있을 수 없어. 교위 임경필을 병영 막사로 불렀다.

"첩자는 돌아왔느냐?"

임경필을 힐끗 보았다. 생각이 복잡해 보였다. 몽골군 군사 홍복원과의 약속을 저버리고, 그의 주군 김인준까지 배신하려니 머리가 혼란스러웠을 것이다.

"안으로 들여라."

김윤후는 조용히 말했다. 임경필 마음이 흔들린다고 전쟁 상황까지 달라지지는 않을 터, 이쯤에서 정리하는 게 그나마 사는 길일 것이다.

"예, 별감."

임경필은 머리가 복잡했다. 한 달이 지나도록 별장 김인준에게 보고하지 않았다. 그의 계략, 그러니까 몽골군에게 항복해 방호별감 김윤후를 살해하려던 별장 김인준의 계략이 들통났지만, 한 번의 배신으로 목숨을 건졌다. 하지만 그의 발설로 인해 수하 대정 이기달이 죽었다. 그리고 방호별감에 충성하기로 약속했으니 강도에 보고할 명분이 없어 차일피일 미루고 있었다.

임경필의 얼굴에 복잡한 마음이 어른거렸다. 그럴 것이다. 배신은 한 번으로 족하다. 두 번이면 죽음이었다. 강도에 밀정 보내기도 쉽지 않을 것이다. 제 입으로 보내지 않겠다고 말했으니 그의 고충을 들어줄 수도 없었다. 사는 길을 찾으려면 고민도 많을 것이다.

"들여보내라."

첩자가 사시나무처럼 떨었다.

"그래, 몽골군은 어떻게 하고 있다냐?"

"예, 나으리. 몽골 진영은 쥐 죽은 듯 조용합니다. 몽골군 총사령관 야굴 막사로 의원들이 자주 드나들어 상처가 가볍지 않다고 병사들이 수군거리는 모습을 여럿 보았습니다."

"바른대로 말하라! 주둥이를 잘못 놀리면 살려두지 않을 것이야!"

임경필이 첩자를 윽박질렀다. 그의 단단한 목소리로 보아 심경 정리가 되어가는 듯했다.

"소인이 어느 안전이라고 함부로 입을 놀리겠습니까."

"그럼, 더하지도 빼지도 말고 본 대로 들은 대로만 말하라."

임경필은 첩자 눈을 똑바로 바라보며 말했다.

"저, 그게……"

첩자는 의외라는 듯이 고개를 쳐들었다.

"그래, 결심이 섰으면 이제 말해보아라."

"예, 나으리……"

첩자가 마음을 굳힌 듯 말하기 시작했다.

"야굴의 상처가 아물지 않는 것도 큰 문제지만, 내상은 더 심각해 밤마다 헛소리를 지껄인다고 합니다. 그런데 몽골군 군사軍師 홍복원은 충주성을 함락시키기 전에는 철수할 수 없다고 우기고 좌군 왕만호는 당장 철수해야 한다고 고집을 피우며 싸우는데, 총사령관 야굴이 입을 다문 채 가타부타 대답을 안 하니 이러지도 저러지도 못하고 있다고 합니다."

몽골군 사령관이 고려의 작은 성, 충주성 방호별감에게 패했으니 체면을 구겼을 것이다. 전쟁은 체면으로 하는 것이 아니었다. 명분이 분명해야 병사들이 따르고 그나마 승리할 수 있다. 고려를 들이친 몽골군은 그 명분이 없었다. 사납던 적장의 적의는 엉뚱하게도 고작 체면이었다. 그의 체면이 남의 나라를 침략해도 된다는 명분일 수 없었다. 그들은 애초부터 명분 따위는 없었다. 그리고 몽골 황제의 허락 없이는 철수조차 할 수 없을 것이다. 아무리 강한 몽골군이라도 명분이 약하면 패한다는 것쯤은 수없이 많은 전쟁을 치른 적장 야굴이 모를 리 없었다. 마음이 병들 만했다. 고려 백성들의 원혼이 야굴을 조금씩 죽일 것이다.

"알았다. 물러나 쉬도록 하라."

"예, 나으리."

"창정은 저자에게 베 한 필을 내려주어라."

"예, 별감."

창정이 빠르게 움직였다.

병영 막사를 나가는 첩자의 몸놀림이 가벼웠다. 속내를 죄다 털어놨으니 가벼울 수밖에…… 김윤후는 슬며시 웃음이 나왔다.

시백의 상처가 깊었다. 김윤후를 돕다가 홍복원에게 베인 상처가 안 나아 시름시름 앓았다.

"어떤가?"

김윤후가 시백 손목을 잡았다. 맥박이 가늘게 흐느꼈다.

"나으리, 소인은 이대로 죽어도 여한이 없습니다."

"이 사람아, 죽다니 무슨 소린가. 힘내야지……."

"소인은 주군을 모신 게 자랑스럽습니다."

김윤후는 가슴이 아팠다. 반평생은 수원승으로, 나머지 반평생은 김윤후의 노비로 살았다. 한이 맺혔을 것이다. 그런데도 그의 분신처럼 지켜준 시백에게 고마웠다.

연화가 훌쩍거렸다.

"연화야?"

시백이 띄엄띄엄 말을 꺼냈다. 사랑했던 사람(무덕)은 저세상으로 먼저 보내고 그녀의 딸을 평생 친딸처럼 키웠다. 그러나 후회는 없었다.

"예, 아버지……"

연화가 말끝을 흐렸다.

"이제는 너의 친아비를 밝힐 때가 되었구나……."

시백의 숨소리가 점점 가늘어지고 있었다.

김윤후는 숨이 넘어가면서도 연화 친아비를 말하지 않았던 무덕이 생각났다. 이 아이의 친아버지라니…… 시백은 알고 있었던 모양이었다. 어머니 품 안에서 울어 젖히던 여동생 덕주가 생각났다.

"네, 친아비는 만전이란다. 그러니까…… 교정별감 최항이 네 아비다. 하지만 네 어미가 연유까지 말하지 않아 이 아비도 잘 그 사연은 잘 모르겠구나…….”

“……?”

연화 얼굴이 새파랗게 변하더니 입술을 깨물었다.

“그리고 네가 수련한 연화쌍검법은 네 어미의 비급이었다. 네 어미의 부모가 남겨주었다고 하더라. 그 비급으로 너에게 이 아비가 너를 가르쳤지만 많이 모자랄 것이다. 너 스스로 중진하여 네 어미처럼 훌륭한 무사가 되어라.”

시백은 머리맡에 두었던 낡은 책 첩을 연화에게 내밀었다.

“자 이 서책을 받아라. 이제 네가 보관하여라.”

연화가 물끄러미 책 첩을 바라보더니 옷섶에서 푸른색 옥가락지를 꺼냈다.

“그러면 이 옥가락지는 어머니의 것이었습니까?”

연화가 울먹거리더니 옥가락지를 꺼내 손바닥에 올렸다.

“그것은 나도 모르겠다. 네 어미가 죽기 전해 네가 나이가 들면 전해주라던 것인데, 옥가락지 사연까지는 나도 아는 게 없구나.”

김윤후는 부녀의 말을 듣다가 옥가락지라는 말에 정신이 번쩍 들었다. 무덕은 혜심 스승님의 시자侍者로 조계산 수선사에 가끔 들렀는데, 그때 만났던 비구니 수원승이었다. 그리고 백현원에서 다시 무덕을 보았을 때는 시자侍子라기보다 쌍검을 잘 쓰는 수원 승 무장이었다.

“아니, 이 사람아 옥가락지라니……?”

김윤후는 깜짝 놀랐다.

"연화야 내가 봐도 되겠느냐?"

"예, 나으리."

연화가 옥가락지를 김윤후에게 내밀었다. 잘 다듬은 청옥 손 가락지였다.

"이 옥가락지가 무덕의 것이더냐?"

"예, 나으리."

시백이 애써 고개를 끄덕였다.

김윤후는 가슴에 품고 다녔던 옥가락지를 꺼냈다. 어머니가 집을 도망쳐 나올 때 가슴에 매달아 주었던 옥가락지와 똑같았다. 그는 옥가락지를 손바닥에 올려놓았다. 한 쌍이었다.

'그러면…… 무덕이 덕주였단 말인가……?'

연화가 멀거니 김윤후를 바라보았다.

김윤후는 말문이 막혀 말을 할 수 없었다

'세상에 이런 일이……!'

김윤후는 기가 차서 가슴이 먹먹했다.

"나으리, 금대구먼유. 들어가도 될까유?"

"들어 오게."

김윤후는 자리를 고쳐 앉았다.

"무슨 일이냐?"

몽골군의 움직이지 않으니 성은 편안했다. 적에게 노획한 전리 품은 창정 최수의 정리가 끝나는 대로 포상할 예정이었다.

"연화 낭자가 점심나절에 달래강으로 나가더니 여태 돌아오지 않구먼유?"

김윤후는 연화가 걱정됐다. 엄청난 비밀을 알았으니 혼란을 넘어 충격이었을 것이다.

'연화가 덕주 딸이라니……'

김윤후는 도저히 믿을 수가 없었다.

"소인이 찾아 나설까 하는디유……"

"그렇게 하게, 그리고 내 말[馬]을 타도록 해라."

"아니구먼유, 소인이 어떻게 나으리 말을 탑니까. 경을 칠 일이 지유."

금대가 머리를 절레절레 흔들며 조아렸다. 평생을 대장장이로 살았으니 선뜻 내키지 않았을 것이다. 게다가 조정의 허락을 받지 않았지만, 저들은 노비나 대장장이라는 근거는 모조리 불탔다.

"괜찮다, 너는 이제 평민이 아니더냐. 나 또한 평민이니 문제 될 게 없지 않으냐. 걱정하지 말고 내 말을 타고 가거라."

금대가 주억거렸다.

"연화를 찾아오기나 하여라."

"예, 나으리."

마구간에서 금대 말몰이 소리가 들렸다.

백마령(음성 가는 고개)을 넘은 기마 일 대가 몽골군 진영으로 들어간 지 여러 날이 지났지만 몽골군 진영의 움직임은 포착되지 않았다. 그러나 성을 에워싼 몽골군들이 느리게 물러가기 시작했다.

　"몽골군이 물러갑니다."

　척후병의 보고가 연달아 들어왔다.

　―와! 와! 와!

　병사들의 함성이 성루마다 메아리쳤다.

　계축년(1253년) 섣달 임술일, 몽골군이 추운 초원으로 돌아가고 있었다. 비쩍 마르고 지쳐 그들의 어깨는 축 늘어졌다. 남의 나라를 짓밟은 대가는 가볍지 않았다.

　"교위 임경필은 강도에 장계를 보내라."

　"예, 별감."

　김윤후는 미리 준비했던 장계를 임경필에게 내밀었다.

　임경필은 고민에 빠졌다. 강도에 장계를 보내는 것도 좋지만 방호별감이 저질러 놓은 문제들이 사실 더 걱정이었다.

　"별감, 그런데……"

　김윤후는 임경필의 걱정이 뭔지 알았다.

　"장계에 소상히 아뢰었으니 교위는 걱정하지 않아도 될 것이야."

임경필의 걱정은 달랐다. 충주에서 방호별감을 살해하지 못하면 자결하라던 별장 김인준의 명령 때문이었다.

"아니, 그게……."

임경필이 머뭇거렸다.

"아, 네 목 말인가?"

"별감, 어찌 그런 말씀을……!"

임경필은 오금이 저렸다.

"그것 또한 임 교위가 걱정하지 않아도 되네. 내 이미 폐하께 아뢰었으니, 어명이 도착하면 그때 결정해도 늦지 않을 것이야."

파발이 남풍을 일으키며 충주성을 빠져나가 강도로 향했다.

"폐하, 몽골 오랑캐가 충주성에서 퇴각했다고 합니다."

시랑 이국술이 어전으로 허겁지겁 뛰어들어 임금에게 아뢰었다.

"뭐가 그리 급한가?"

임금은 목을 길게 내밀었다.

"예, 폐하, 그게 그런데……."

이국술은 숨이 막혔다. 몽골군이 퇴각한 것은 다행이지만 충주성 장계는 혼란스러웠다. 노비첩과 공역첩을 불태워버렸으니 아무리 충주성을 수성한 방호별감이라도 죄를 면하기 어려울 것 같았다. 게다가 도망갔던 충주 부사와 토호들이 노비첩과 공납첩이 불태웠다는 사실을 알면 김윤후를 가만두지 않을 터, 아무래도 방호별감 김윤후는 성을 지키고도 살아남기 어려워 보였다.

"이게 무엇이냐?"

"폐하, 충주성 방호별감 김윤후가 보내온 장계이옵니다."

임금이 고개를 절레절레 흔들었다.

"그게, 그러니까……."

임금에게 아뢰던 이국술이 입을 다물었다. 그가 생각해도 어이없는데 임금은 더할 것이다. 어명도 없이 노비를 면천하다니……. 주둥아리를 잘못 나불거렸다가 닥쳐올 피바람이 머릿속에서 얼쩡거렸다.

"영공, 이 장계 좀 보시오. 방호별감이라면 이 정도는 돼야 하지 않겠습니까?"

임금은 오랜만에 껄껄껄 호탕하게 웃었다.

장계를 손에 든 교정별감 최항도 어이가 없었다. 죽이라고 했더니 충주성을 지켜냈다는 장계를 김윤후에게 받게 될 줄은 꿈에도 생각하지 않았다. 속이 부글거렸다. 별장 김인준을 힐끔 바라보았다. 그의 일그러진 꼬락서니라도 보아야 속이 편할 것 같았다. 아무튼 섭랑장 김윤후는 못 말릴 놈이었다.

'임경필이 보냈던 보검도 가짜란 말인가……?'

교정별감 최항은 기가 찼다. 어떻게 이럴 수가…… 김윤후는 조계산 수선사부터 따라다니는 원수 같은 놈이었다.

별장 김인준은 당황했다.

'김윤후가 충주성을 지켜내다니…….'

유학사에서 죽여야 했다. 임경필 같은 얼치기 자객이 일을 그르치고 말았다. 김인준은 뭐라고 할 말조차 떠오르지 않아 입을 꾹 다물었다.

"영공께서도 충주성 승전보를 보았겠지만 방호별감 김윤후가 충주성을 지켜냈다니 대단한 일이 아닙니까. 게다가 오랑캐가 제 나라로 돌아갔다고 합니다. 상이라도 내려야 하지 않겠습니까."

임금은 의기양양했다. 몽골군이 쳐들어와도 대궐도 아닌 교정도감 울타리만 지키는 야별초도 못 한 엄청난 일을 방호별감 김윤후가 백성들과 함께해냈다.

"하해같이 너른 폐하의 은덕입니다."

교정별감 최항은 할 말이 없었다. 섭랑장 따위가 노비첩과 공납첩을 불태워 노비들은 자유롭게 풀어주었다. 죽여도 마땅한 역모를 저질렀다. 그러나 그보다 더 큰 공은 몽골 오랑캐를 국경 밖으로 물리친 것이다. 이 상황에서 노비첩과 공납첩을 불사른 죄인이라 임금에게 아뢰면 더 초라해질 것 같았다. 아무튼 몽골군이 제나라로 돌아갔으니 당장 개경으로 환도하자고 임금이 칭얼거리지는 않을 것이다.

"영공, 하실 말씀이라도 있으신지요?"

임금 목소리는 자신만만했다. 제 목숨 부지하려고 야별초만 끌어안고 강도에서 쭈뼛거려 할 말도 없을 것이다.

"아니옵니다. 폐하."

김윤후를 죽이려던 계획은 미루는 것이 나을 것 같았다. 최항은
어쩔 줄 몰라 쩔쩔매는 김인준을 힐끗 보았다.

'영소검이라며 임경필이 보냈던 검은 가짜였다는 말인가? 꼬락
서니하고는……!'

최항은 속이 부글거렸다.

"시랑 이국술은 어명을 받들어라."

"예, 폐하."

섭랑장 김윤후가 영소월광검으로 백성과 함께 고려를 구하다
니…… 실로 엄청난 일을 해냈다. 만고에 빛날 충신이었다. 시랑
이국술은 임금이 내리는 명을 차근차근 받아적었다.

일단의 무리가 경천문을 들어섰다. 강도에서 어명을 받든 사자
使者와 호위하는 야별초 기마 군사들이었다.

"충주성 방호별감 김윤후는 성문을 열어 어명을 받으시오."

시랑 이국술의 목소리는 유학사에서 유배 중이던 죄인 김윤후
를 대할 때와 그 어조부터 달랐다.

김윤후는 병영 광장에 무릎 꿇고 부복했다.

"폐하, 충주성 방호별감 김윤후가 어명을 받사옵니다."

임금이 사약을 내리더라도 여한이 없었다. 다만, 전쟁으로 죽
은 수없는 백성들과 석모도에서 숨어 사는 아내와 식솔에게 부모
와 지아비 노릇을 못 한 게 미안할 뿐이었다. 그렇더라도 백성들은
제각각 고향으로 돌아가 추운 겨울이 지나고 돌아오는 봄에는 씨
앗을 뿌려 가족끼리 모여앉아 희망을 이야기할 것이다. 외대골 부
곡마을 대장장이들은 살고 싶은 곳으로 떠나고, 남을 사람들은 남
아서 쇠둑부리(야철로)에 다시 불을 지펴, 오금이 저리도록 풀무를
밟으며 바위산 석굴에 감춰둔 곡식을 꺼내 식솔들에게 배불리 먹

일 것이다.

모루에 얹은 시우쇠 벼리는 망치 소리와 쇠둑부리 아궁이 풀무 밟는 대장장이들의 노랫가락이 들리는 듯했다.

어기영차 불어라 바람아 /이집 저집 호미 모아
어기영차 불어라 바람아 /창검 방패 만들어서
어기영차 불어라 바람아 /남풍 불러 북풍 막고
어기영차 어기영차……

시랑 이국술은 방호별감 김윤후 얼굴을 진중히 바라보았다. 그는 여는 때보다 의연했다.

충주성 방호별감 김윤후를 정삼품 갑문위 상장군에 명하고, 교위 임경필, 최평, 정준은 정육품 낭장으로 명한다. 금당계곡에서 오랑캐 척후병을 사로잡고 백성 수백 명을 구한 창정 최수는 정칠품 별장에 명한다.

이국술은 방호별감 김윤후를 지그시 바라보았다. 그는 이미 생사를 초월한 사람이었다. 나가지도 들어가지도 않는 문으로 들어간 부처님의 모습이 분명 이와 같을 것이다.

방호별감 김윤후를 도와 충주성을 지킨 백성과 노비, 대장장이들은 방호별감의 처분대로 이행할 것이며, 백성을 내팽개치고 저만 살겠다고 달아난 충주 부사 김익태와 그의 식솔, 그리고 달아난 양반들을 모조리 잡아들여 극형에 처하라. 또한 이번 충주성의 승리는 충주 민의 나라를 위한 충성심에서 우러나왔으니 충주부를 국원경國原京으로 승격한다.

계축년 섣달 임술일

"폐하 성은이 망극하옵니다."

김윤후는 눈물이 났다. 돌아가신 아버지와 어머니가 보고 싶었다. 상벌이 끝나면 석모도에 감금된 식솔과도 만날 것이다.

시백은 결국 상처를 치료하지 못하고 저세상으로 먼저 떠났다. 금대와 연화 혼사를 마친 뒤라 그나마 다행이었다. 김윤후는 시백의 시신을 장작불에 올려놓고 불을 붙였다. 불길이 활활 타올랐다. 그 장작불은 노비들의 노비첩과 대장장이들의 공납첩을 태웠던 불길로 그를 산화시키며, 나가지도 들어가지도 않는 문, 그 영원한 문으로 시백은 먼저 들어갔다. 김윤후는 시백에게 미안하고 미안해 밤새도록 꺼이꺼이 서럽게 울었다.

북창나루에 나룻배 한 척이 돛을 올리고 있었다. 금대와 연화가 단출한 차림으로 고물 갑판에서 나란히 고개를 숙였다. 괴나리 봇짐을 등에 진 단출한 차림이었다. 남쪽으로 간다고 하고, 금대는 어디로 가는지 말하지 않았다. 다만, 몽골 오랑캐가 쳐들어오지 않는 남쪽의 어느 작은 섬이라고만 말했다.

"장군, 낭장 임경필입니다. 들어가도 괜찮을는지요."

"들어오시게."

임경필이 고개를 숙였다.

"앞으로는 소장이 상장군을 모시겠습니다."

"……."

김윤후는 대답하지 않았다. 낭장 임경필은 별장 김인준과 갑문위 상장군 김윤후 사이를 오가며 여전히 방황하고 있었다.

'제 맘 편한 대로 하면 될 것을…….'

방황하는 임경필이 안타까웠다.

─와 와 와!

백성들의 환호성으로 충주성이 떠나갈 듯했다. 백성들의 힘으로 몽골 대군을 물리쳤으니 산 사람들의 기쁨은 배가되었을 것이다. 그러나 전쟁으로 죽은 백성들의 원혼을 달랠 방법이 없었다. 그저 미안할 뿐이었다. 사실 몽골 오랑캐를 물리친 것은 팔만대장경도, 영소월광검도, 방호별감 김윤후도 아니었다. 노비들과 대장장이 그리고 양민들이었다. 고려 백성들의 함께 뭉친 마음이었다. 그 백성들이 임금을 구하고 나라를 구했다. 그들은 고려 백성들이었기에 목숨까지 내던지며 충주성을 지킬 수 있었다.

금대 부부도 돌아오는 봄에는 남쪽 섬 어딘가에서 밭을 갈아 씨앗을 뿌리고 아이를 낳을 것이다. 북창나루를 떠나던 나룻배에 올라 곱게 절하던 연화와 금대가 낳은 아이들이 방긋거리는 모습이 보이는 듯했다. 시백은 나가지도 들어가지도 않는 영원한 문으로 들어갔다. 그곳은 분명 극락일 것이다.

시백은 극락에서 금대와 연화가 낳은 아이들이 재잘거리는 모습을 넌지시 바라보며 미소 지을 것이다. 그 아이들은 금대가 만든 검으로 연화가 연화쌍검법을 가르쳐 세상의 부조리를 혁파할 것이다. 상장군 김윤후는 그 세상에 사는 아이들의 활짝 웃는 모습을 보고 싶었다.

일러두기

1, 이 글은 소설이며 오직 소설로서 읽기를 바란다.

2, 실명으로 등장하는 인물 묘사는 그 인물에 대한 역사적 평가를 해 서는 안 된다.

3, 본 소설의 중심어는 진각국사 혜심의 어록을 인용했다. 역사적인 사건과 배경은 고려실록 세가 편과 아래 자료를 참고했다. 그리고 소설에 쓰인 지명은 일부를 제외하고 조선 후기 충주목 지도에 명 기된 지명을 사용했다.

4, 참고 자료

· 고려시대 승병의 성격과 역할, 김창현 논문, 동국대학교 발행

· 高麗 對夢 抗爭期 金允侯將軍의 3次例 勝戰의 意義, 김호준 논문

· 1232년 처인성(處仁城) 승첩과 김윤후, 김성환, 논문, 수원학 연구소

· 高麗 郡縣制의 構造와 運營, 윤경진 논문, 서울大學校 大學院

· 高麗 對夢抗爭期의 築城과 入保, 김호준 논문, 忠北大學校

· 한국 기마전 연구, 이홍두, 혜안

· 高麗時代 修院僧에 대한 재검토, 임영정

· 무경십서 중 손빈병법 편 참조, 신동준 역주, 역사의 아침

· 고려왕조실록, 백지원, ㈜진명출판사

· 본국검법, 출처 : 우리문화 (http://cafe.daum.net/munkorea)

· 실록 : Naver 지식백과, 고려실록 세가 편 참조

· 택리지擇里志 : 이중환 지음, 이의상 옮김, 을유문화사

· 지명 : 충주사랑 중원경(https://cafe.daum.net/kgy420) 카페에 게 재된 충주목 지도

■ 감사의 말

제33화 국원경을 끝으로 장편소설 『중원의 바람』 연재를 마친다. 무엇보다 부족한 글을 함께 호흡해준 독자들에게 고맙다. 그리고 인터넷 지면을 할애해 준 문피아에 감사한다. 비록 조회수는 미미하지만, 그 또한 작가의 필력 부족일 것이다. 그런데도 그동안 열심히 찾아준 독자들에 한 번 더 감사하며, 후속작을 연재할 기회가 있으면 좀 더 성숙한 글로 도전하겠다.

■ 작가의 말

장편소설 『중원의 바람』은 방호별감 김윤후가 백성들과 함께 몽골군을 물리친 충주성 전투 이야기다. 이 이야기는 동명의 제목(필명 유리최)으로 네이버 웹소설 2024 문피아에 연재했다.

장군 김윤후는 고려 고종 재위 시, 여섯 차례(1231년~1259년) 몽골군 침략에서, 2차 처인성 전투(승려)와 5차 충주성 전투(섭랑장/방호별감)에서 백성들과 함께 몽골군을 돌려세운 유일한 고려 장수였다.

그리고 그의 목숨을 담보로 노비들을 해방해 함락 위기에 처한 충주성 전투를 승리로 이끈다. 노비들의 해방은 그들이 곧 자유인임을 의미한다. 자유, 노비들에게 자유는 무엇이었을까. 나는 장편소설 『중원의 바람』을 구상할 때부터 고민했다. 그리고 결론지었다. 적어도 장편소설 『중원의 바람』에서는 먹고사는 일이라고. 또한 끼 거르지 않는 일이라고 생각했다.

하루에 세 끼를 편하게 먹는 것보다 행복한 일은 없다. 행복하면 그것이 곧 자유다. 아무리 가난해도 열심히 일하면, 세 끼는 먹을 수 있어야 한다. 그조차 할 수 없어 스스로 목숨을 끊는 사람은 없어야 한다.

나는 나라가 위기에 처하면 분연히 일어나 침략자를 물리친 장군 김윤후의 업적이 희미해지는 것이 안타까웠다. 특히, 5차 몽골군 침략이 있었던 충주성 전투에서 성을 지키면서 겪은 시련과 외로움을, 함락당할 위기에 처했을 때 백성들의 단합을 끌어낸 통솔력을, 국가관을, 위기를 극복하려는 용기와 결단력을 장편소설 『중원의 바람』에 담고 싶었다.

2024년 가을.

중원의 바람
-장군 김윤후

초판 1쇄 인쇄 2024년 10월 1일
초판 1쇄 발행 2024년 10월 4일

저   자 최희영
발행인 박지연
발행처 도서출판 도화
등   록 2013년 11월 19일 제2013-000124호

주   소 서울시 송파구 중대로34길 9-3
전   화 02) 3012-1030
팩   스 02) 3012-1031
전자우편 dohwa1030@daum.net
인   쇄 유진보라

ISBN ㅣ 979-11-92828-65-7*03810
정가 15,000원

도화道化, fool는
고정적인 질서에 대한 익살맞은 비판자,
고정화된 사고의 틀을 해체한다는 뜻입니다.